ハヤカワ文庫NV
〈NV1186〉

フェイス
〔上〕

マルティナ・コール
嵯峨静江訳

JN282896

早川書房
6392

日本語版翻訳権独占
早　川　書　房

©2008 Hayakawa Publishing, Inc.

FACES

by

Martina Cole

Copyright © 2007 by
Martina Cole

Translated by
Shizue Saga
First published 2008 in Japan by
HAYAKAWA PUBLISHING, INC.
This book is published in Japan by
direct arrangement with
HEADLINE PUBLISHING GROUP LTD.

謝辞

いつもわたしの心の中心にいる孫娘、ナタリア・ホワイトサイドにこの本を捧げます。わたしは子供たち、孫たち、そして義理の娘カリーナに恵まれました。人生とは、この世に何を遺すか、誰に引き継ぐかにかかっているのだ、とわたしは考えています。神がどれほど偉大かを、わたしはだれよりもよく知っています。神様はお金以外のもので借りを返してくださるんだよ、物事は巡り巡って最後はまた自分に返ってくるものだよ、と母はよく口にしていました。わたしは一生の夢だった家族を手に入れ、その数は日に日に増えています。

読者のみなさんの幸運と末永い幸せを祈るとともに、これまでわたしの人生に起こったすべての良いできごとと、毎日経験する幸せなできごとを神に感謝します。幸せばかりが続くわけではありませんが、本当の幸せの秘訣は、楽しい時間をできるだけ大切にして、愛する人たちとできるだけ多くの時間をすごすことだと、わたしは知っています。

そして大切な友人であるイヴ・パチートにもこの本を捧げます。彼女は素晴らしい女性です。

彼女は友人を必要とする者のそばにいつもいてくれる人で、長年わたしの良き友でいてくれました。彼女はだれに対しても親切で、つねに自分のことよりも他人のことを優先させる人でした。彼女のことも、彼女といっしょにすごした楽しいランチタイムのことはけっして忘れません。二人のピーターへ、心からお悔やみ申し上げます。

けっして忘れられない人、ドナおばあちゃんへ。

あなたと出会えて、友だちになれたことを神に感謝します。あなたなしでは、毎日の暮らしがずっとつまらないものになっていたでしょう。神のご加護を、そしてあなたが神の許で星のなかの星として光り輝くことを祈ります。

それから、大切な友人であるダイアナにとくにお礼を言いたいと思います。彼女はわたしのいちばんのファンであり、わたしは彼女のいちばんのファンです。本当の親友であり、素晴らしい人柄の愛すべき女性です。彼女にはすてきな家族がいて、彼女のように素晴らしい人の友人になれたことを誇りに思います。頑張れ、相棒、たくさんの愛をこめて。

それから、だれからも愛されている妹、デリーへも感謝をこめてこの本を捧げます。

フェイス〔上〕

登場人物

ダニー・ボーイ・カドガン……………………若いギャング
ビッグ・ダン………………………………………ダニー・ボーイの父
アンジェリカ（アンジ）……………………ダニー・ボーイの母
アナウンシア（アニー）……………………ダニー・ボーイの姉
ジョンジョー……………………………………ダニー・ボーイの弟
マイケル・マイルズ……………………………ダニー・ボーイの相棒
メアリー…………………………………………マイケルの妹
ゴードン…………………………………………マイケルの弟
ルーイ・スタイン………………………………くず鉄業者
ウォルター・マーリー…………………………ギャング
ウィルフレッド…………………………………同。ウォルターの弟
フランキー・ダガート…………………………銀行強盗
デニス……………………………………………大麻の売人
ローレンス・マンガン…………………………大物ギャング
ジェレミー・ダウキンズ………………………ローレンスの仲間
ケニー・ダグラス………………………………年配のギャング
ドナルド・カールトン…………………………ローレンス・マンガンのパートナー
ジェイミー………………………………………ドナルドの息子

プロローグ

二〇〇六年　十二月

メアリー・カドガンは自分のベッドに横たわっていた。彼女は怯えていた。といっても、彼女はつねに怯えていた。夫が逮捕されるのではないかと怯え、また彼が逮捕されないことにより強い恐怖を感じていた。

こんな凍えるような十二月の夜に、きちんと服を着たままベッドに横たわり、彼女の人生を物理的のみならず精神的にも終わらせることのできる男の帰りを待っているという事実を、公言したくはなかった。メアリーの吐く息が室内に満ちていた。それは常習的な酒飲み特有の悪臭で、鼻をつくようなひどい臭いだったが、そのことを口に出して言う者はいなかった。彼女の飲酒癖は、彼女の生活の他のすべてのことと同様に、声高に語られるべき事柄ではなかった。だが彼女の周囲の者たちは、どれほど大量のブレス・ミントやチューインガムでもその臭いを隠せないことを知っていた。メアリーの生き方は彼らに無力感を感じさせたが、それをいちばん強く感じているのはメアリー自身だった。

ダニー・ボーイ・カドガンは、とくに彼がなにかについて話したいと決めると、最も凶悪な犯罪者でさえも不安にさせ、被害妄想に陥らせた。ダニーはまるで罪のない発言を宣戦布告に変え、一見あたりさわりのない台詞を恐ろしい現実的な脅迫に変えてしまった。

メアリー・カドガンは、夫の名を口にするたびに感じる、胸が締めつけられるような感覚にまた襲われた。夫がだれに対しても同じ影響をおよぼすという事実も、彼女の神経を静めはしなかった。彼女はこれまで何年間も夫が実際に行動するさまを間近で見てきたので、ほんのすこしでも脳細胞のある人間ならば、なにかしら強力な武器を持たずに、彼の邪魔をするような真似はしないことを知っていた――たとえその武器が彼の激しい怒りに立ち向かうのではなく、自殺するために使われることになるとしても。ベッドの向かい側にある鏡に映る自分の姿が見えた。たとえ周囲でどんな騒ぎが起ころうとも、わが身になにが起きようとも、つねに落ち着いているように見え、髪の毛一本乱れることなくきちんとした身なりをしている自分に、彼女は驚嘆した。それは彼女の特技であり、夫であり、彼女の子供たちの父親である男に、本心を見抜かれないように何年もかけて作りあげた仮面だった。精神に異常をきたさないための、生き残り戦術だった。

地雷原で、いかなる意見の相違でも個人的な侮辱と受け取る男との暮らしをつづけてきた結果、何年も前に彼女は夫の言うことすべてにただ同意だけすることを学んだ。ダニー

・カドガンのような人間が言うことには、だれもが同意しなくてはならなかった。しかも、彼の言うことが正しいと心から信じているように見せかけなければならない。彼がどれほど賢い人間かということに突然気づいたようにふるまわなくてはならない。たとえそれが、どこに住むかといった重要な問題であろうと、子供たちに朝食になにを食べさせるかといったささいなことであろうとも。どれほどたわいのない、子供じみた事柄でも、ダニーの意見は絶対だった。

当初は、彼女は妻に対する愛情が夫を変えると信じていた。独裁的な態度が変化すると思っていたが、それが間違いだったことにすぐに気づかされた。それどころか、彼の態度はますます悪化していったので、歳をかさねるにつれて、彼女は落ち着きと信頼性を身につけることで、彼女の生活を他人が見て幸せそうではないにしろ、すくなくとも世間並みに見えるようにしてきたのだった。

メアリーは完璧に手入れされた手で、まったく乱れていない髪を無意識に撫でつけた。彼女の兄のマイケルは、彼なりに妹の状況をなんとかしようと努力したものの、その試みが失敗したことを彼自身がわかっているようだった。同様に、彼はダニーを含めて、他の者たちの期待をこれまで裏切ってきた。しかし、すくなくとも彼はダニーの感情を多少は抑えることができていた。ダニーにとっては、つねに自分自身が法律で、彼と会った人間はみなすぐにそのことに気づいた。子供のときから闘争心が強く、年長で手強い少年たちから彼らを守ったので、彼らが育った地域ではダニー・カドガンは役に立った。彼は生まれつきのリーダーで、公平に見れば、たしかにダニーは彼らを正しい方向に導いた。彼のおかげで全員がそれなりにいい暮らしができるようになった。だが今回はダニーのせいで、八方ふさがりの苦しい立場に追い込まれていた。

ダニーの母親が子供たちといっしょに階下にいて、いつものように古びたラジオから小さい音で流れる古臭い曲に合わせてハミングしながら、古い過去の記憶をたどっていた。

メアリーの兄、マイケル・マイルズは大きなため息をついた。「やつは本気でそんなことをするつもりなのか？」

「知るもんか。本心はだれにも明かさないやつなんだから。どうせ自分でもなにをするか、最後の瞬間までわかっちゃいないんだ」ジョンジョーの言うことはいつものように曖昧だった。

「とにかくイーライが来るまで待て。話はそれからだ。子供じみた真似はよせ。準備はできているんだから、おとなしく黙っていろ」

そのとき、ジョンジョーはこれで終わりだと感じた。彼は今夜だけでなく、この先もなにも起こらないと信じていた。こんなことをしても意味はない。ダニーはまたいつものように自分のしたいようにするだけだ。それが変わるわけがない。なぜそれを止められるなどと思うのだ？　まるでラケットで銃弾を止めようとするようなものだ。

マイケルにはジョンジョーの恐怖が理解できた。それは彼自身も過去に何度も経験してきたことだった。マイケルはダニー・ボーイが多少なりとも敬意を示し、寛大にあつかうただ一人の相手だったが、それでも事情は同じだった。実際、ダニー・ボーイは彼が好きだったし、彼もまたダニーを愛していた。だが物事には限度がある。全員がそう感じていた。やがて彼は車をスタートさせた。「時間だ」

車は猛スピードでその場から離れた。これからやろうとしていることを考えて、二人の男は押し黙っていた。

ダニー・ボーイの目から見ると、メアリー・カドガンには胸に秘めた思いなどというものはなかった。だが実際には彼女だけの思いがあって、彼女はそれを生きる支えにしていた。彼女はなにか良いことが本当に起きるかもしれないと信じていた。ダニーが排除されることを夢見ていた。こんな生活には、もう耐えられないからだった。今の生活はまるで真空状態で暮らすようなもので、ダニーが彼女の行動をすべて決め、彼女の考えを支配し、彼女の友人まで選んだ。そして今、彼女はその内情を彼の弟のジョンジョーにさらけ出し、彼女の結婚生活の実態をおしえてしまったので、彼女の身につねに起きていることが、これからは気の毒な兄のマイケルにまでおよぶだろう。ジョンジョーは忠誠心のある人間ではないのが、今になってわかった。今夜、そのことだけははっきりした。

ベッドに横たわったまま、メアリーは考えた――今ここで起き上がり、自分の車のところまで行き（それが新車のベンツなのは、ダニー・ボーイの妻はつねに最高のものを持っていなければならないからだった）、車に乗り込んでエンジンをかけ、そのまま近くの壁に突っ込むほうが、だれにとっても良いことなのではないだろうか？　そうすれば、この状況に終止符が打てる。もう一つのシナリオは、車をダニー・ボーイに向けることだ。その考えの大胆さに、彼女は微笑んだ。警察の重大犯罪捜査課ですらダニーに手を出せないというのに、彼女にどれだけのチャンスがあるというのか？　もしも夫が生き延びたら、きっと彼女はすぐさまあの世行きだろう。そしてあのろくでなしのことだから、かならず生き延びるにちがいない。

ダニーはつねに彼女の行動を監視していた。むろん、直接的にではないが、彼は妻がいたという場所、普通は義姉の家にわざわざ行って、軽口をたたきながらなにげなく質問する。「それで、きみたち二人、昨晩はなにを話してたんだ？」まるで彼女が本当に言葉どおりの場所にいたかどうかを確かめるように。まるで彼女が大胆にも夫の裏をかこうとしているかのように。

メアリーには夫の好奇心と狡猾さに満ちた声が聞こえるような気がした。キャロルの表情からごまかしの徴候を見逃すまいとする彼の姿が目に見えるようだった。彼はコーヒーカップを両手の指関節が白くなるほどぎゅっと握りしめ、大胆にも一人で外出した妻に対する怒りで理性を失っている。キャロルが真実を語っているのか、それとも友人のために嘘をついているのかをさぐり、妻がいったいなにをたくらんでいるのかを突きとめようとしている。もしも彼が妻の友人の言葉よりも、自分の疑い深い性格のほうを信じれば、彼の苛立ちはその後数カ月にわたってつづくことになる。ただ一つだけキャロルに有利な点があるとしたら、それは彼女が太りすぎだということだった。彼女にとって大事なのは子供たちと夫だけで、自分の家庭と家族以外のことにはまったく関心がなかった。ダニーがキャロル・マイルズを好意的に見ていることを、メアリーは知っていた。キャロルはメアリーが頻繁に会うことを許されている数少ない人間の一人だった。ダニーから見たキャロルは、妻に道を誤らせるような人間ではなかった。彼女はおしゃれをしたり、スポーツクラブに通いたがるタイプの女性ではない。彼はキャロルのような女性と結婚すべきだったのだ。今、メアリーは心の底から彼がそうしてくれればよかったのにと思っていた。メアリーは自分が泣いているのに気づいた。涙がゆっくりと頬をつたう泣き方は、彼女の生き方と同じように抑制されていた。彼女はこれまで二十五年以上ものあいだ、一度も普通の反応を示したことがなかった。

　なぜこんなことになってしまったのだろう？　女性ならばだれもが羨むような彼女の人生が、なぜ自殺を考えるほど悲惨なものになってしまったのだろう？　だがそうなった理由は彼女がいちばんよく知っていた。今夜は、彼女にとって最後のチャンスだった。夫から逃れて自由になる最後のチャンス。娘たちといっしょに普通の暮らしをする最後のチャンスだった。だがそれは実現しない。実現するはずがないことを、彼女はこんな愚かで無意味な状況に自分を置く前に気づくべきだった。後知恵というのは、まったく役に立たないわ、と彼女は思った。

「おばあちゃん、もう一つアイスキャンディーを食べてもいい?」

すでに夜の九時半だったが、リオーナ・カドガンはベッドに入る気はなかった。祖母のアンジェリカ・カドガンも、孫娘を寝かせるつもりはなかった。「いいわよ、好きなだけお食べなさい。さあ、ソファにすわって。おばあちゃんが今、アイスキャンディーを持ってきてあげるから」

少女は嬉しそうだった。長い黒髪と離れ気味の青い目は父親にそっくりだ。アンジェリカは最近買ったばかりのアメリカ製冷蔵庫のドアを開け、アイスキャンディーをとりだした。彼女の息子は、母になにひとつ不自由をさせないように気を配っていた。彼女は孫娘にアイスキャンディーを渡し、少女に毛布をかけて頭のてっぺんにキスをした。

リオーナはテレビのリモコンを片手にしっかりと握りしめ、視線は画面に釘付けで、祖母のほうをちらりとも見ようとはしなかった。みんなから親しみをこめてレイニーと呼ばれている妹のレインは、椅子の上ですでに眠っていた。リオーナはちゃんと妹の面倒をみていた。家族でたがいに面倒をみるのがこの家族の決まりで、祖母は孫娘たちがきちんとこの決まりにしたがうように目を光らせていた。

アンジェリカは孫が《リトル・ブリテン》を観ているのを眺め、ゆっくりと首を振った。まだ六歳だというのに、すでにこんな過激なコメディのおかしさがわかるなんて。彼女は内心ではテレビを消したほうがいいと思ったものの、このくらいの歳になった少女を、そんなふうに挑発して苛立たせるわけにはいかない。彼女の子供たちとは違い、孫たちは殺人を犯しても罪を逃れることができる。この二人の場合はとくにそうだ。なにしろダニーは遅く生まれてきたこの二人の娘たちを溺愛しているのだから。以前に生まれた子供たちには、彼はさほど愛情を感じていないが、彼らは正妻の子ではないのだからしかたがない。その気持ちは彼女にもあるていど理解できた。ダニーと結婚してからメアリーはずっと苦しんできたけれど、だれが見ても彼は申し分のない夫だ。最初の子を失ってすぐにメアリーが次の子を産んでいたら、彼も道からそれることはなかっただろう。アンジェリカはそう確信していた。

リオーナがまたポテトチップスの袋を開けるのを見て、祖母はあきれたように手を振って部屋を出た。老女の格好をした男があたりかまわず嘔吐している映像は、見ているだけで気分が悪くなりそうだった。《リトル・アンド・ラージ》が懐かしい。すくなくともあの番組は家族みんなで観ることができた。ここ最近のお笑い番組は、彼女にはさっぱり理解できない。こんな俗悪な番組に比べたら、ジミー・ジョーンズのほうがよほどましだ。

リオーナがおかしそうに笑うのを見て、アンジェリカはふたたびため息をついてキッチンに入った。ここは心が落ち着く場所だ。キッチンは彼女の領地で、人生の半分以上をここですごしてきた。このキッチンは、彼女が花嫁として最初にすごしたキッチンよりもずっと豪華で、きらきら光るタイル張りの床や壁を目にするだけで、彼女は幸せな気分になった。

タバコに火をつけながら、彼女はシンクの下に隠してあるボトルから少量のウィスキーを注いだ。洗剤の奥のその隠し場所は、家族のだれもけっして覗こうとはしない場所だった。彼女は新聞を開き、家族がそばにいることに幸福を感じながら、つまらないと思いながらもついつい観てしまったテレビ番組について、イアン・ハイランドが滑稽な意見を述べている記事に目を通した。

孤独というのは恐ろしい。しだいに人を蝕み、注意を払っていないと、やがて身体までぼろぼろにする。子供を産み、育て、そして一歩下がって見守る。それが一般的な女性の生き方だが、彼女のような人間にとって、それは難しいことだった。彼女は子供たちにとって特別に大切な存在であり、彼女は彼らがそれを忘れないように言い聞かせてきた。実際はまったく違うのだが、すくなくとも今の彼女はそうだと信じていた。過去というのはえてして色眼鏡を通して見たほうがよく見えるものだ。

今では年老いて白髪だらけとなり、後部座席に追いやられていることに苛立ちを覚えるが、心の隅では、肩に背負った重荷がとれてほっとしている部分もあった。彼女の知り合いのだれもが目を見張るような豪邸に住み、そのうえ好きなことをするだけの金もある。それにもっと重要なことは、家族のだれもがかなり成功しているということだ。それでも、昔の家や昔の友人たちが懐かしかった。この家はまるで捕虜収容所みたいで、だれもが自分の部屋に閉じこもっていて、よほどの理由がないかぎり、ほかの部屋のドアをノックしようともしない。ここではお茶を飲みながら噂話をするなどということはなく、あるのはただ芝生と柵と、ガレージとバーベキュー、それに公共放送とドキュメンタリーだけ。彼女はまるで水から引き上げられた魚のようだったが、ダニーは母親のために最高のことをしたと思い込んでいた。それに息子があたえてくれた多くのものを思えば、彼に不満を言うわけにはいかなかった。もしもダニーが電話料金を払ってくれなければ、ときどき友人の声を聞くことができないし、そうなったら彼女は気がふれてしまうだろう。アイルランド移民としては、彼女は女王のような暮らしをしているので、いくら旧友が懐かしくても、それを息子の前で認める気にはなれなかった。そのため、彼女は友人たちと何時間も電話で話したが、彼らにとって彼女はすでに遠い過去の存在で、彼らは彼女の新しい暮らしとは縁がなかった。彼女は自分が変わってしまったことを知っていたし、旧友たちに金品を奪われずにすむのは息子の評判に守られているからだということも承知していた。彼女はあの飲んだくれの夫すら懐かしかった。すくなくとも夫とは、機嫌をそこねるのではないかと気をもまずに会話をすることができた。ここに住んでいる連中との会話ときたら、まるで軍事作戦のようで、「おはようございます」から始まって、儀礼的な挨拶が延々とつづいた。

すくなくとも教会のおかげで数少ない友人はできた。彼らは彼女の家族を恐れているが、それでも顔を合わせたときには、彼女とおしゃべりはしてくれる。老人たちのために教会が主催するバスツアーに行ってみるのもいいかもしれない。家事と、子供たちが会いに来るのを待つだけの生活からのいい息抜きになるかもしれない。神様は良い方《かた》だ。彼女はそれを知っていたし、神様も彼女が子供たちのために多くの犠牲を払ってきたことをご存知だ。残念なのは、子供たちがそのことに気づいているかどうかの確信が持てないことだ。とくに一人娘に関しては。

ウィスキーをすすっていると、突然、悪い予感に襲われた。そのあまりの激しさに息がとまり、汗がどっと噴き出てきて、悪寒がした。死んだ夫のぼろぼろになった姿が頭に浮かんできて、吐き気がした。息子が彼を死ぬほど殴りつけて身体の自由を奪い、その後も威嚇と恐怖によって彼を死ぬまで支配した。それでも、彼女は息子を愛していたし、今でも彼のことを心配していた。息子が弱い者いじめをするごろつきで、それも残忍なごろつきであることは知っていたが。人生が彼をそんなふうにしてしまったのだ。人生が彼らをゆがめ、人格を破壊してしまったのだ。

彼女はダニー・ボーイが危険にさらされているという悪い予感を感じていたが、考えてみれば、息子は怒りと危険と隣り合わせの日々を生きているのだ。その思いが彼女の心臓をわしづかみにし、目に見えない手が彼女の命を奪おうとしているのを感じた。椅子の背をつかんだまま、痛みのあまり助けを呼ぶことすらできなかった。立ち上がろうとしたが、動けない。哀れなメアリーは二階の自分のベッドに横たわり、眠ることで今日のアルコール摂取量からくる酔いを醒まそうとしている。孫たちは居間で、あのくだらないテレビ番組を観ている。なんとかしてだれかに気づいてもらわなければならない。彼女は窮地に陥っていた。

「よせ、ダニー、そんなことをしたら、よけいに厄介なことになるだけだ。癇癪を起こして腹を立てても、なんの得にもならないぞ」マイケルはシーバスリーガルを二つのグラスにたっぷり注いでから、話をつづけた。「じっくりと考えたうえで、きちんとしたやり方で売らなければ、覚醒剤《クリスタル・メス》はおれたちがこれまでこつこつ築いてきたものを、すべてぶち壊してしまうことはわかっているだろう。この話は前にもした。タイミングが命なのはおまえも知っているはずだ。販売を始めるまえに、どういう需要があるかを調べなければ。もしかすると、この国では売れないかもしれない。アメリカとはマーケットが違うんだ、なにしろあっちはヤク中人口がこの国よりもずっと多いからな」

ダニーはグラスを手にとり、口につけた。友人が話を終えるあいだの時間を使って、考えをまとめ、怒りを抑えようとしていた。

「今のところ、クリスタル・メスはゲイのドラッグだ。やつらは新しいものに最初に飛びつく。売人は慎重に選んだほうがいい。これが街に出たとたん、とんでもない大騒ぎになるはずだ。その影響がこっちに飛び火してとばっちりを受けないよう、注意深くやらねばならない。クリスタル・メスとコカインは違うし、むろんマリファナとも大違いだ。こいつはヘロインみたいなものだ。ヘロインに核弾頭をつけたようなもので、この国の社会にでかい穴を開けることになる。むろん、売ることはできる。おれたちはなんだって売れるさ。だが万が一捕まったら、さすがのおれたちでもただでは済まない」

マイケルは、死んでほしいと思っている男とすわっていたが、それ自体は驚くべきことではなかった。実際、心の奥底では、なにも起こらないかもしれないと覚悟していた。というのも、ダニー・ボーイ・カドガンは、ギャング同士の抗争や自動車事故といったきっかけでもないかぎり、自分が行きたくないところには行かないからだ。しかし、きっかけを作る時間はまだある。彼らに残されているのは時間だけだ。マイケルは考えにふけりながら、ゆっくりとスコッチに口をつけた。彼はいつものように慎重に、この件についてじっくりと考えた。クリスタル・メスについては、悪い予感がする。ジャンボジェット機のごとく猛スピードで飛び発つか、一夜で自滅するかのどちらかだということはわかっていた。だが、いつものようにダニーには金のことしか見えていない。それと、こうした製品の配給元がふるうであろう権力のことしか。

「この件は信頼できる子会社を通さねばならないし、ぜったいにおれたちとの関連を知られてはならない。もしもそんなことになったりしたら、子飼いの警官や取引相手もとっとと逃げ出すだろう。だからすこし待て。我慢して、まず様子を見よう、な？」

マイケルはいつものように静かな、良識ある口調で話していた。それはダニーが彼について最も気に入っている点だった。マイケルはつねに物事をじっくりと考える。マイケルはマスターベーションをするまえにも、そのメリットとデメリットを二週間考え続けるのだと、ダニーはよく冗談を言った。だが、この商品には多くの人間が興味を持っていて、今、この地域には熱気が高まっていた。すこし前に流行ったクラックと同じように、これは役に立たない人間たちが欲しがるドラッグで、最終的には愚か者たちが愛用するようになる。つまり、これは紙幣を印刷する権利を得るようなもので、そのことは彼らのどちらにとっても歓迎すべきことだった。そのため、マイケルが予想していたとおり、ダニーが同意するようにうなずいた。ダニーを理詰めで説き伏せることは簡単だった。ビジネスに関する話であれば、ダニーが彼の意見を聞き入れることはわかっていた。だが、これが恨みや、ダニーがやたらに感じる自分への侮辱となると、話はまったく違ってくる。しかしマイケルは、それはしかたがないことだとあきらめていた。そうすることでダニーの怒りがおさまり、すくなくとも次にまた同じことが起きるまでは、彼を落ち着かせることができる。

「だれがいい？」

マイケルは首を振って微笑んだ。「まあ落ち着け。時間はたっぷりある。まずはこのドラッグを、ヤクをやってない連中に浸透させて、市場の評判をさぐろう。そうすれば、情報をもとにして正しい判断を下せる。今は、急いで物事を決めるのはよそう。ロシア人は売人としてはまったく役に立たないし、その点でいえば他の東欧の連中も似たり寄ったりだ。ほとんどが役立たずのヒモ野郎ばかりだし、あいつらは協力してなにかをするってことができないんだ。最終的には、それがやつらの命取りになる。派手に生きて、若くして死ぬ。だが良い面を考えれば、使い捨ての人間が山ほどいるってことになる。いずれは決断することになるが、いつものごとくおれたちは正しい決断をする。コロンビア人たちもまだ候補だし、それを言ったら黒人たちもそうだ。だれが真っ先にブツを手に入れるかを見て、それから週末のクラブでの客の反応を見てみよう。エクスタシーはすっかり値が下がって、アスピリンよりも簡単に手に入るし、一服分のコカインのほうがグラスワインの値段より安いくらいだ。クリスタル・メスは一回分が十ポンドで、何日も効果がつづく。他の利点は言うにおよばず、値段だけだって一番人気のドラッグになるだろう。うまくやればおれたちのところに大金がころがりこむ。そのためには最初に関わることが大切だが、新たな社会問題になるまえにとっとと足を洗わなくてはならない」

ダニーは取り澄ました顔でうなずいた。これもまたマイケルが予想したとおりだった。

「ああ、おまえの言うとおりだ、マイク。いつものように、おまえは市場調査をちゃんとしている」彼は大金をつぎ込んだ複雑な架工義歯《ブリッジ》を見せてにやりと笑った。その笑みは明るく温かかったが、目だけは笑っていなかった。

ダニーは不器用な人間であり、それは自分でも承知していた。彼が口を開くだけで、人々は飛び上がる。そして、彼に言わせれば、それは当然のことだった。目の前にいるこの男を除いては、だれも彼に意見を言うことは許されない。マイケルは彼の親友であり、ビジネス・パートナーであり、二人きりのときには自分の片割れ、思慮深い頭脳と呼ぶ相手だった。この世の中で、彼が唯一信頼できる相手だった。

マイケルはどんなときでも理性の声であり、ダニー・カドガンは頭の隅でそのことを知っていた。マイケルの意見は、唯一ダニーに自分の行動に疑問を抱かせるものだった。いっしょに育った子供時代ですら、二人の関係はそうだった。彼らは二人ともがっしりした体格のハンサムな男で、財産と威光がそれに拍車をかけていた。だが、若い頃からダニーが凶暴だったのに対し、マイケルは合理的でもの静かなタイプで、それは別の意味で大きな影響力を持っていた。人々はダニーがいるからこそマイケルの話を聞く。そしてすこしでも知恵がある人間は、理にかなったことを言うマイケルの話に耳を傾ける。女性たちは彼らを愛した――とくにダニーが積極的に探し求めるようなタイプの女性たちは。彼女たちは美人で、グラマーで、行き当たりばったりでロマンスの相手を選ぶ。質問はいっさいせず、要求もせず、どんな男の要求も拒まず、どんな時間に男が現われてもそれを受け入れる。この手の女性は身ぎれいで、スタイルを気にし、つねに身だしなみをととのえて、パトロンが訪れるのを辛抱強く待っている。

　二人は身だしなみがよく、二面性を持っていて、名声に弱かった。そして彼らは世界を自分の欲求を満たすために作られた、思うがままになる舞台と見ていた。二人の違いは、ダニーにはまわりから一目置かれるようになった生来の目ざとさと残忍性があったが、非合法のビジネスによって今のような合法的な資産家になるのに必要な、現実的な鋭い洞察力を持っているのはマイケルだという点だった。大きな家からダイアモンド付きのローレックスの時計にいたるまで、彼らが所有しているものはすべてきちんと説明がつく物だった。すべての資産は正規のルートで購入されたものばかりで、きちんと保険をかけ、税金も付加価値税も支払われていた。彼らはどの点から見ても、特級の男たち、裏社会の顔役《フェイス》だった。

だが、彼らを知っている者たちにとっては、彼らはそれ以上の存在だった。彼らのビジネスは国連よりも世界規模で、串焼きレストランよりも地元に根付いていた。彼らが許可しないかぎり、だれもどんな商売もすることはできなかった。それが盗難車に偽造プレートをつけることであっても、海賊版DVDを売ることであっても、彼らはその途中のどこかで関わっていた。だがそこには完璧な階級制度ができていた、彼らの名前がおもてに出るまでには数十年にわたる緻密な捜査が必要だった。ダニーの存在は、二十年の刑期に服するよりもはるかに恐ろしかった。だが、もしも実際に事故が起きて逮捕されるはめになっても、犯人は自分の家族が豪勢な生活をおくり、子供が私立学校での教育を受けられることにすこしの疑問も抱かなかった。忠誠心には金がかかるが、他の選択肢と比較すれば、それは微々たる出費だった。最下位の子分に対してもきちんと手をさしのべる。そんな気前のよさが、彼らを今の地位に押し上げた理由だった。トニー・ブレアはだれが自分を首相の椅子にすわらせたかを覚えているべきだった、とダニーはつねづね主張していた。もしも首相がそれを忘れていなければ、すくなくとも選挙民は今でも彼を支持していたかもしれない。当初、ダニーはブレアを敬愛していたが、戦争のせいで、彼のことも、新しい労働党のことも見限った。自国民をけっして勝てない無益な戦争の犠牲にするような者が、真のリーダーと言えるだろうか？　ヤンキーにそそのかされたからといって、自国民を危険にさらすリーダーがいるだろうか？　だが、ブレアのおかげで、自分たちが繁栄することをダニーは知っていた。ブレアのおかげで、犯罪者は飛行機に乗る必要もなく拡大し、連帯する機会をあたえられたのだ。ブレアのおかげで、彼らは安心して商売に励むことができる。なにしろ警察はテロリストを追いかけるのに大忙しなのだから。

今や、ダニー・ボーイ・カドガンは英国最大のフェイスとなり、他の犯罪社会と日々取引をして、この国の首相よりも大きな尊敬を勝ち得ていた。彼はウェルカム財団など足下にもおよばない事業を展開しているが、すくなくとも彼は商品であるドラッグを適正価格で販売しているし、必要とする者が皆それを手に入れられるようにしている。それこそがダニー・ボーイ・カドガン流の物の見方で、彼は自分がすべての物、すべての人間、とくに法律を超えた存在だと信じていた。

パブが開いていると、たとえ子供たちが腹を空かせていても、あの父親はポケットに金を入れたままにしておけなかった。あの男は新しい免許法に拍手喝采し、躊躇せず年金受給者を襲って金を奪った。パブが閉まり、家に帰る以外に行き場がなくならないと、子供たちに会おうとしなかった。自分の子供たちの面倒をみずに、仲間と飲んだくれていた父を、ダニーはけっして許さなかった。自分以外にはまったく関心をはらわない父親の態度が、ダニーに独自の人生を歩む決意をさせた。彼は父親が障害者になるように仕向けたが、罪の意識は微塵も感じなかった。あの役立たずはみずから墓穴を掘り、その報いを受けたのだ。

ダニーとマイケルは、他の成功したビジネスマンたちと同様に、最初は小さな商売から始めた。そして今では巨万の富を得て、当局すらも手を出せない大物になっていた。彼らの資産は世界中に及び、だれの目から見ても素晴らしい生活を楽しんでいたが、それでも彼らは自分たちの本当の資産にはほとんど手をつけていなかった。いつものようにマイケルの忠告で現実に引き戻されなかったら、ダニーはおそらくこんどの取引を進めていただろう。ダニーは自分がまだ長生きをし、逮捕されるおそれもないということを確信し、それがマイケルのおかげだと認めていた。マイケルのほうも、もしもダニーがいなかったら、彼はこの世界で五分ともたなかったであろうことを認めていた。彼には闘争本能はなかったし、ダニーのような暴力的な欲求もなかった。彼は基本的に真面目な人間で、つねに取引そのものよりも、取引から生まれる経済的な面に興味があった。マイケルが資産を使うよりも、それを増やすことに喜びを感じることを、ダニーは知っていた。マイケルは取引を成功させることが生き甲斐であり、ダニーは彼らの投機的事業の興奮とスリルが生き甲斐だった。それゆえに彼らは最高のチームであり、彼らもそれを知っていた。

　いつの日か、彼らも現役を引退したら、世界は彼らの遊び場になる。そのときが来たら、汗水たらして稼いだ金を思うがままに使うことができる。

　だが、それも、もはや実現不可能だ。もしもマイケルの計画どおりにことが進めば、ダニーの引退先は空のむこうだ。「ではあとで、倉庫で落ち合おう、いいな？　話の続きはそこで」

　ダニーはうわの空でうなずいた。

怒り狂った兄に襲われた傷跡がまだ顔に生々しく残っているジョンジョーは、押し黙っていた。彼はすべてを終わりにしたかったが、それは他の連中とは違う理由からだった。ダニーは彼の兄であり、たしかに仲の良い兄弟だが、彼の側からすれば他人が思うほど親密ではなかった。これは彼の生活からダニーを消し去る完璧なチャンスだった。マイケルの場合は、妹とその娘たちの心配をしなければならないが、ジョンジョーは自分のことだけを心配すればよかった。

「腹をくくる時間だぞ」

マイケルは首をすくめた。鈍い反響音とともに、冷たい夜風が彼らを現実に引き戻した。ジョンジョーは悲しげに首を振った。「かわいそうなのはメアリーだ。こんなことに巻き込んで。そのうえ彼女を落胆させることになる」

「メアリーが彼を愛しているのは知っているだろう、ジョンジョー。妙なことだが、おれたちはみんな一度はやつを愛していた。あいつがいなかったら、おれたちはどうなっていた？」マイケルはエンジンをかけるまえに、しばらく黙り込んだ。車は廃車処理場から出た。

走る車のなかで、ジョンジョーはどうしてこういう状況になったのか、どうして自分たちの人生から正常なものが奪われてしまったのだろうと考えていた。かつては、彼は兄ととても親しかったし、ダニーが今でも弟とのつながりを感じていることを彼は知っていた。

もしもできるなら、兄はこの地球すべてを弟に差し出すだろう。ただ彼は他人がすべて自分と同じではなく、だれもがそこまで必要としないということが理解できないのだ。子供の頃は、まったく状況が違っていた。ジョンジョーにとってダニーは唯一絶対的なものだった。ダニーは彼のヒーローであり、手本となる人間であっただけでなく、怒り狂う父親の前に立ちはだかってくれるただ一人の人間だった。当時は、彼には兄の力が必要で、それを歓迎しさえした。だがしだいに、それが兄を嫌らいちばんの理由となり、兄を亡き者にしようと決心する理由となった。

ダニーは今やだれの手にも負えない。だが今夜のできごとが終わったあと、ジョンジョーの頭に浮かぶのは子供の頃のことと、兄がいなかったら自分は生き延びられなかったという事実だけだろう。

今、彼を守り、彼をいじめ、彼をたたきのめした男がようやく死ぬ。ジョンジョーはそうなることを望んでいたが、もしも兄がこれを自分に有利な状況に変えてしまえば、彼ら全員はおしまいだった。

いずれにしろ、今夜で終止符が打たれる。どんな結果になろうとも。ようやくこれですべてが終わる。

第一部

夜ごと　朝ごと
苦しみへと生まれるものあり

——ウィリアム・ブレイク（一七五七 - 一八二七）
『無心のまえぶれ』より

1

一九六九年

「もしかして、きみの安眠を邪魔したかね、カドガン？」

少年は返事をしなかった。間違ったことを言うのが怖かった。かわりに彼は首を激しく振った。

「これはすまなかった。では祈っているのを邪魔したのかね？　目をつぶる目的は二つしかない。眠るときと祈るときだ。それとも、わたしが知らない三つ目の理由があるというのかね？」

「いいえ、そんなことはありません……」

神父はまったく悪意がないというそぶりで両手を広げ、教室を見まわした。彼は少年がどう答えるかに関心をはらっているように見えた。

「ただ死を待つだけの哀れなわれわれになにか伝えることがあるのなら、もしも偉大なる方《かた》とのあいだにわれわれの知らない電話回線でも持っているなら、取るに足りないちっぽけなわれわれに遠慮せずに教えてくれたまえ」

なにを言っても、間違った意味に解釈され、不利な立場に立たされるのがわかっていたジョンジョーは、それでもなにも答えなかった。

「やはり祈っていたわけだな。聖人にか聖母マリアさまにか？　それとも朝っぱらから居眠りをしていたのか？　わたしには後者のように思えるのだが。さあ、どうだ、カドガン、どっちなのだ？」

神父は身長が五フィートたらずで、すこし猫背で、酔っぱらい特有の歩き方をする。白髪交じりの薄い髪はまるで独自の生命体のようで、いつも起きぬけのように見えた。奥目がちのグレーの目は白内障になりかけている。前列にすわる少年たちは、彼の息が臭いといつも文句を言っていた。彼が少年たちを怒鳴りつけるたびに、酒垢で黒い斑点状になった舌がまるでヘビのように口から出たり入ったりした。彼はまるで悲劇が服を着て歩いているような人物で、一度会ったら死ぬまで記憶に残るほどだった。腹の底につねに怒りを溜めていて、身近にいる標的にその怒りの矛先をつねに向けていた。彼の皮肉は相手を侮辱し、傷つけるためだけではなく、標的を同級生の笑いものにするためでもあった。少年たちはみな彼を嫌っていたが、言われたことは丸暗記した。そして彼がまたいつ同じことを訊くかわからなかったので、彼らは覚えたことをけっして忘れなかった。

「居眠りしていたのか？　それとも神様に祈っていたのか？　神様とはずいぶん親しいようだから、なにか特別のことでも願いしていたのかね？」彼のほうを向いているたくさんの顔を見て、神父は皮肉をこめて言った。「おまえがなにをしていたかは、わかってるんだぞ、カドガン。両目をつぶり、間抜け面をして聖ユダになにか願いごとをしてたんだろう」

神父は不思議なものでも見るような目で教室を見まわした。すべての生徒の顔に、自分でなくてよかったという安堵の表情が浮かんでいた。心の奥底では、彼は恥ずかしい気持ちでいっぱいだった。指導すべき子供たちを攻撃するたびに、弱い者いじめをしている自分が嫌でたまらなかった。だが標的に選んだ少年が、悪意ある攻撃に対してまったく無防備な様子を見ると、哀れみと不満がつのった。彼の機嫌はますます悪くなり、この連中はとことんやられても当然だという気がしてきた。彼がロンドン訛りの少女の口真似をすると、数人の生徒がにやりと笑った。

「おお、聖ユダさま、絶望の守護聖人さま、どうか脳味噌を捜すのを手伝ってくださいませんか？」と言って、くすくす笑いだすと、彼は自分の冗談に満足し、少年のばつの悪さに満足した。

「どうだ、わたしがおまえのその鈍い頭に、ほんのすこしばかりの教えをたたきこもうとしているあいだ、おまえが目をつぶっていたのはそのためなのか？」

「いいえ、違います、先生、いえ神父さま……」

ジョンジョーの声は恐怖で震えていたが、それでも同級生の前で恥をかくことにはならなかった。もしも自分がその立場に立たされたら同じようになることを、だれもが知っていた。パトリック神父が扱いにくい人間であることは、全員が承知している。力ずくで生徒を椅子から引きずり出し、殴る蹴るの暴行を加える。それも、ただ子供たちが彼をいかれた目で見ていたというだけの理由で。それはパトリック神父のお気に入りの表現だった。生徒たちのほとんどがアイルランド系だったので、いかれた目で見るという意味をちゃんとわかっていた。それは彼らが神父を尊敬していない、仰ぎ見ていないという意味だったが、実際のところは、ただ彼の機嫌が悪くて、その怒りを向ける矛先が欲しいというだけのことだった。

生徒たちは彼の罰に耐えなくてはいけないのを知っていた。神父の言葉よりも子供の言うことを信じる親などいないからだ。子供たちは親が自分たちの話を信じてくれるとは思っていなかった。なにしろ相手は神父なのだから。キリストが地上につかわした使者なのだ。彼らから見ると、神父の行動にも一理あった。家族を持ったり、性欲に溺れる機会を捨て、世の中をよくするために人生を捧げているという事実だけで、彼らにとっては充分だった。そんな約束をしたのだから、ときには苛つくこともあるだろう。そこで子供たちはなにをされても冷静にそれを受けとめ、そのことが彼をますます怒らせた。

「つまり寝ていたんだな。居眠りしていたんだな。家で親に寝かせてもらえないのか？日中眠くなるほど、夜中じゅう起きているのか？」

すでに少年を席から引きずり出していた彼は、腕にその重さを感じていた。じかにこのような扱いをするには、少年は育ちすぎていた。以前の教え子だった兄と同じように、少年も大柄だった。兄もまた彼をさんざん悩ませた、頭の鈍い少年だった。これがおそらく最後になるだろうと思うと、ジョンジョーに対する彼の仕打ちがふたたび激しくなった。生徒がこちらの目を見つめるほど大きくなったら、彼は標的からはずれる。ジョンジョーは年齢のわりに身体が大きかった。神父にとって幸いだったのは、少年がまだ教会に畏怖の念を抱いていて、反撃しようなどとは考えてもいないことだった。

生徒たちは彼の人生の悩みの種であり、社会のかすだった。自分の行ないが間違っているのはわかっていたが、彼は自分を押しとどめることができなかった。彼らが無抵抗であるほど、彼の怒りは激しくなった。子供たちが恐怖とあきらめの目で彼を見るたびに、もっと激しく殴りつけてやりたくなった。この子たちはいわば犯罪者予備軍で、だれ一人としてまともな大人にはならないだろう。彼らに教えてもなんにもならない。ただ彼らと自分の時間を埋めるだけだ。やがて彼らは工場に働きに行き、彼はようやく引退できる。その思いが彼を激しく苛立たせた。この少年たちは世界一の教育を無料で受けることができるのに、だれもその重要さに気づかないのだから、彼が酒に溺れるのも当然だ。たしかに今は貧乏だが、この子たちには現状を打開するチャンスがあたえられている。それも彼らやその家族に一ペンスの負担もなしで。それなのに、彼らはそのチャンスを生かそうとしない。そういう機会をあたえられることが、どれほど幸運なことかわかっていない。世界のほとんどの地域ではありえないような選択肢があるというのに。そして彼はこの場所から出られずに、このくずたちを教育している。それは彼が知識をもっと有効に生かせる場所で教えるほど優秀ではないとみなされているからだ。もしもこの子供たちがくずの山の底辺だとしたら、彼はいったいなんになるのだろうか？　そして人々は彼が一日をやりすごすためになぜ酒を飲むのかといぶかった。

ジョンジョーは黙って暴力を甘受した。怒りがおさまり、骨ばった手に痛みをおぼえた神父は、ふらふらと自分の席に戻った。「聖書のヨハネの黙示録のページを開けて。明日までにすべてを暗記してくるように。ヨハネが書き記したことについて、徹底的に質問する。その答えがわからない者には災いあれ」

彼よりそれをずっとよく知っている少年たちは、神父の言いつけに従った。黙示録は彼がよく使う課題だったので、子供たちは文句を言わずにそれに従った。

ジョンジョーは痛む肩をさすりたかったが、そんなことをするほど愚かではなかった。パトリック神父が目ざとく見つけ、また同じことがくりかえされるだろう。彼は歯を食いしばって聖母マリアに祈った。機会があるたびにあの神父の死を願ってしまう自分をとめてほしいと、持ちうるかぎりの誠実さで祈った。

パトリック神父は少年の顔を見て、怒った声で言った。「そこのおまえ、これから一週間、毎日ミサに出るように。早朝のミサだ」

「はい、先生、じゃなくて神父さま」

六時のミサは厄介だ。五時半までには起きて家を出なければならない。だが良い点を考えれば、母がいつもその時間のミサに参列するので、すくなくとも教会までいっしょに行く相手はいる。母が喜ぶのもわかっていた。それに正餐式に参加すれば、目玉焼きと揚げパンのまともな朝食を食べられる。母は彼らの犠牲的行為に対してたっぷりと褒美をくれた。彼女は子供たち全員が早朝のミサに参列することを夢見ていた。それはたんにその場に来ている他の女性たちに、自分の子供たちは来ていないという負い目を感じさせるためだけだった。彼女は他人にどう見られるかにこだわる人間で、とくに宗教や教会がらみのことに関してはその傾向が強かった。残念なのは、子供たちが母といっしょに教会に行くのは、彼らが面倒ごとを起こしたときだけだということだ。だがむろん、そんなささいなことでせっかくの楽しい機会をふいにするつもりはなかった。彼女にとっては子供たちがミサに参列するのを見るだけで満足で、兄と同様にジョンジョーも母の喜ぶ顔を見るために、そして母の温情を受けるために、よろこんでそうしようと考えていた。

神父が小柄で大きな目をした喘息もちのイタリア系の少年に痛烈な皮肉の矛先を向けた声で、ジョンジョーは現実に引き戻された。

「このクラスには居眠り病が蔓延しているのか？　わたしが毎日感じている退屈さに、眠り病がとってかわったということか？　それとも、これはもっと致命的な社会悪がその源泉である、あのわたしの最大の敵である遺伝的な愚かさというわけか？　イギリス流の不平だな。アイルランドでは一度もお目にかかったことはないぞ」パトリック神父はいつもの演説を始めていた。それは生徒たちがほぼ毎日聞かされている話で、神父はそれに対する答えは期待していなかった。彼は話しながら自分の声に酔っていた。

ジョンジョーはほっとして肩をこっそり撫でながら、妹は大丈夫だろうかと考えた。今日は彼女にとっては生まれて初めて学校ですごす一日で、また面倒をみてくれる兄たちと離れて一人ですごす最初の日だった。八歳にして、すでに彼は家族の絆を理解していたし、妹の面倒をみなければならないことも知っていた。彼の母親はその点をきっちり息子にたたきこんでいた。

「お給料を払ってください、ミセス・リアドン」

ミセス・リアドンは自宅の玄関前に立っている小柄な女性を見て、ふだんの行ないとは不釣り合いな穏やかな笑みを浮かべた。なんのことか見当がつかないという顔で、彼女は静かにこたえた。「お給料ってなんのことかしら、ミセス・カドガン?」その声は相手の返事に心から興味を持っているように聞こえたが、実際は豊かな胸の前で太い腕を組み、頑として相手をはねつけるように両脚を踏ん張って立っていた。彼女は他人が逆らうべき相手ではないし、また他人に逆らわれないように努めていた。この黒髪の怒りで頬を赤く染めた小柄な女は、そのことをこれから思い知ることになるのだ。

いざとなったら、これでもかというほど殴りつけ、厳しく叱責して追い払い、警察を呼ぶと脅しをかければいい。アイルランド人はかっとなりやすく、なにもしないで金だけ要求する怠け者として有名だ。

「なんの話をしているかは、よくわかっているはずです。先に忠告しておきますけど、わたしはなんとしてもお金をもらいますし、あなたはわたしを怒らせたことを後悔するわ」

エルジー・リアドンは感心した。彼女は人を仕事に派遣し、その代金を受け取って着服していた。派遣する女性は掃いて捨てるほどいて、一人が去ってもまたすぐに五十人が応募してくる。掃除は難しい仕事ではないので、だれでも床や窓を磨くことはできる。彼女たちがやる気を持って真面目に働くのは最初の数週間だけだということを、彼女は知っていた。雇い主に喜んでもらい、その後も継続的に仕事を依頼してもらうためだ。だが働き手が頻繁に代わっても、雇い主は気にも留めない。そこで、彼女はほとんどの金を懐に入れることができるのだ。

「あのね、せっかく仕事を世話してやったのに、あんたはきちんとやらなかったの。お客様から別の人をよこしてくれって言われたのよ」彼女はふたたび笑顔を見せ、言葉の意味を強調するように太った腕で垂れた胸を持ち上げた。

アンジェリカ・カドガンは怒っていたが、上の息子と同様に、それはまわりにはわからなかった。ゆっくりと燃えるような彼女の怒りは自由自在に解き放つことができて、その結果は目を見張るものだった。

「あなたは嘘をついているし、そのことは自分でもわかっているはずだわ。ミセス・ブラウンはずっとわたしに来てほしいと言っていたし、わたしもはいと答えたわ。さっさとわたしのお金をちょうだい」

玄関先でくりひろげられる騒ぎを、近所の住人たちが期待の目で見ているのをエルジー・リアドンは感じていた。喧嘩はいつでも群集を喜ばせる。「痛い目を見るまえに、さっさとお帰り」

アンジェリカは目の前にいるだらしない格好の大柄な女性を見つめた。薄汚れた服に、前日から巻いているカーラーが頭についたままで、真っ赤な口紅がざつに塗られている。彼女は大きな買い物袋をそっと地面に置き、大柄な女にむかって静かに言った。「きちんとお金を払うこれが最後のチャンスよ。そのお金が必要なの。わたしが稼いだものだし、それをもらうまではここから一歩も動かないわよ」

エルジー・リアドンは声をあげて笑いだした。本気で笑っているその声は、状況が違っていたら、アンジェリカもいっしょにおかしがって笑いだしてしまいそうだった。そのかわりに、アンジェリカは勢いをつけて敵対者の顔を拳で殴りつけた。カーラーだらけの髪をわしづかみにして、抵抗する女を歩道に引きずり出した。戦いは短時間で、あっけなく終わった。アンジェリカは喧嘩上手で、もし必要とあれば、本当に戦えた。それがこの二人の違いだった。エルジー・リアドンは口喧嘩なら負けないが、実際の取っ組み合いはできなかった。自分の堂々たる体軀と口が、どたん場で彼女にいつも勝利をもたらしていた。

ところが、アンジェリカのほうは生まれつきの闘士だった。彼女は上着のポケットから子供の靴下をとりだした。白い学校用のハイソックスには、庭で拾った石が詰めてある。

彼女は嬉々として、それで女をくりかえし殴りつけた。金を取り返せるのは知っていたし、そもそもこの女を信用したのが間違いだということはわかっていた。だが、ことは思っていたよりもずっとうまく運んだ。リアドンは恐ろしい評判を持つ女だったが、彼女はその化けの皮をはがした。

ほかに方法がなかった。夫はまたもや行方をくらましていて、彼女の手もとには一斤のパンを買う金すら残っていなかった。彼女はなんとしても金を回収しなくてはならなかった。礼儀正しく頼んでも効果がなく、結局、実力行使が功を奏した。ようやく金を受け取った彼女は、礼を言い、胸を張って家まで歩いて帰った。途中で〈ベスナル・グリーン・マーケット〉で子供たちの夕食の材料をすこしだけ買い、家に溜まっている請求書をどうやって払おうかとふたたび思い悩んだ。ビッグ・ダニーと呼ばれる彼女の夫は、もう三日間も家に帰っておらず、今となっては彼が金を持ち帰るという望みは完全に絶たれていた。今日は月曜日で、夫に最後に会ったのは先週の金曜日の朝、彼が出勤するときだった。彼女が結婚した相手から金をもらうよりも、法王の股下を計るほうが実現の可能性が高いことを、彼女は知っていた。

だがなによりつらかったのは、十五シリングというはした金のために、道端で喧嘩騒ぎを起こすほど自分が落ちぶれたことだった。このことはけっして忘れられないし、夫がすぐにこの話を聞きつけるだろうと思うと、けっして許すこともできなかった。

ビッグ・ダン・カドガンは困りはてていた。彼は北ロンドンのパブで、手持ちの最後の小銭で買ったビールを飲んでいた。彼はもう三日間も行方をくらましていて、無一文なうえに、ギャンブルで巨額の借金をつくっていた。

その道のプロらしきプレーヤーたちを相手にカードをしたのはおぼろげに記憶にあるが、たしかに覚えているのはそこまでだった。すっかり打ち負かされたというのは、あとで聞いた話で、レモネードのビール割りですっかり酔っぱらっていた彼は格好のカモだった。だが破滅の原因をつくったのは、いつものとおり自分自身だとわかっていた。酔っぱらっているときは、自分が東ロンドンのポーカー・キングだと信じてしまう。おそらく六百ポンドをすったゲームで、はったりをかけたときの手持ちの札は、二のワンペアか、せいぜいエースが一枚だろう。カードゲームは彼を破滅に追い込む。けっして一ゲームでは止められず、それに酔いが加わると、もう見境いがなくなってしまう。自分が手にしていた札も、いっしょにプレーした相手のことも、まったくなにも覚えていなかった。確かなことは、マーレー兄弟に六百ポンドもの借金があるということで、彼の前に同じような目にあった男たちと同様に、苦境の詳細について文句を言うほど彼は愚かではなかった。彼は金をすった状況を覚えていないばかりか、そのときに目撃者たちがいたのはたしかだし、さらに悪いことに、彼らは借金を返すための時間の猶予もくれなかった。一週間以内に借金を返せなければ、彼らのほうから出向くとすでに申し渡されていた。最初の訪問で、彼は指を切り落とされるか、骨を一、二本へし折られ、その後はなにが起こってもおかしくなかった。

だが、それがわかっているからといって気分はよくならないし、実際、そのせいでますます気持ちは落ち込んだ。いっしょにプレーした相手がとても有利な状況だったのはわかっていた。とにかく、ギャンブルの借金はあくまでもギャンブルの借金で、返さなければならない——たとえそのせいで家族が飢えることになっても。普通の借金なら分割払いやローンでもいいが、ギャンブルの場合はべつだ。それを全額返すのはプライドの問題だった。暴力的な脅しはべつにして、ギャンブルの借金を踏み倒したやつと思われるくらいなら、自分で自分の指を切り落とすほうがまだましだった。計画を練らなくてはならない。借金を返すのに充分なだけの金を手に入れ、評判を守る方法を考えなくてはならなかった。

妻のアンジがこの話を聞いたら、彼の睾丸を切り取ってキャセロールに入れて料理するにちがいない。そして彼は平和を保つために、面目にかけても黙ってその仕打ちを受け入れるしかないのはわかっていた。妻にはいつもつらく当たっていたし、気が向いたり妻が生意気な口をきいたときには、拳を振り上げることも多々あった。妻が口答えをするのはしょっちゅうだったが、それはいちがいに彼女のせいだけではなかった。だが今回ばかりは、自分がやりすぎたことをわかっていた。いつものように妻をおだてても、暴力をふるっても、今回だけは彼女を黙らせることはできない。彼女の言うことは正論なのだ。正論をかざし、三人の腹を空かせた子供をかかえる女性は、殺人だってしかねない。アンジはかっとなりやすい性格だったし、彼と違って酒の助けを借りる必要もなかった。

巨額の借金をかかえ、それを返せるめどはない。彼は生まれて初めて本気で恐怖を感じていた。生まれて初めて、逃げださなくてはならないと感じていた。

ダニー・カドガンはもうじき十四歳になるが、見た目にはずっと大人に見えた。身長はすでに六フィートちかくあり、身体つきもがっしりしていた。彼の巨大な足に合う靴がなくて、母が嘆いているほどだった。今日も彼は父のお下がりのブーツのきつさに苦しんでいた。彼は体格のいい少年で、それは多くの場合、とりわけ仕事を得るときには有利だった。悩みの種は、彼が日々成長しているように思える点だ。安定した収入がある家庭に生まれていたなら、とくにその収入がバーカウンターやカードテーブル越しに使われるのではなく、家計費となるのなら、それは歓迎すべき成長だったはずだ。だが父親にとっては自分自身が法律だったので、彼になにかができるわけではなかった。ダニー・ジュニアはいつも精力的に活動し、ちょうど今のように父がいなくてうろたえている母の恐怖をやわらげるために、できるかぎりの手段で小銭を稼いでは、食卓に食べ物を運んだ。

ダニーが地元業者のためにくず鉄を移動させていると、あの男がまたこちらを見ているのに気づいた。ルーイ・スタインはつねに優秀な働き手を探していて、その少年がこつこつ働く人間だということが、彼にはひと目でわかった。少年は休みなしに働き、はしの壁沿いにきちんとくず鉄をならべている彼の若い腕は、金属の重みで引き締まっていた。その場所は巡回の警察官からは見えない位置だが、必要なときにはすぐに搬出できるように門に近いところだった。

ルーイはダニー・カドガンに近づき、微笑んだ。金歯が弱い日差しにきらりと光り、ダニーに昔図鑑で見たサメを思い出させた。

「なぜ学校に行かない？」

ダニーは肩をすくめて仕事をつづけた。

「返事をしろ、坊主。だれかに質問されたら、せめて答える努力をするもんだ。それがたとえ作り話か嘘でもな」

ルーイの早口の口調から、ダニーは彼を怒らせたことに気づいた。そこで彼は仕事の手をとめ、小柄な男のしわくちゃな顔を見つめながら、真面目な顔で言った。「金が必要なんです。ほかにこんなことを一日中やる理由があるんですか？」

少年は丁寧な口調で答えたが、同時に彼が皮肉をこめていることもルーイにはわかった。彼には少年の気持ちがよくわかった。彼は少年を品定めした。とても若いが、ずっと年上のような行動をとっている。若者特有の傲慢さがあるが、それはこの先人生がずっと続いていって、将来、夢や希望をかなえられると思い込んでいるからだった。

「なぜそんなに金が必要なんだ？」

ダニーはあたりまえのことを訊く老人を哀れみの目で見ると同時に、生まれつきの狡猾さから、この会話の進む方向によっては自分の得になるのではないかという期待も抱いていた。「母さんには金が必要だから。彼女はすっからかんなんだ」

ルーイは期待した答えを得てうなずいた。「おまえはビッグ・ダン・カドガンのせがれだな」

「答えを知ってるのに、なぜ訊くんだ？　秘密でもなんでもないのに」

ルーイはふたたびにやりと笑った。「風の便りで聞いたんだが、おまえの親父さん、面倒なやつらから六百ほど借金してるらしいな」

ダニーは必死で表情を変えないように努力しながら、そのニュースが騒ぎ立てるようなことではないというように、わざと肩をすくめた。「自分で返すだろう。なぜそんなことを教えてくれるんだ？」

ルーイも肩もすくめた。小さな身体がギャバジンのスーツのなかに隠れてしまいそうだった。それから彼は笑い声をあげて、鼻を拭くために、目もくらむような真っ白なハンカチをズボンのポケットからこれ見よがしにとりだした。それはまるでマジシャンのような大げさな動作で、それが彼のわざとらしい肩のすくめ方に対抗する行動だと、ダニーにはわかっていた。

「備えあれば憂いなしだ、坊主。よく覚えておけ。いざという時に役に立つ。さあ、そのくず鉄を移動させろ。そろそろ警官が引っかき回しにやって来る。ここにそれがあるのは知っているが、見える場所に置いてあると、やつらの機嫌が悪くなる。見ないふりをしてくれるように金をつかませているんだ。おれにおちょくられてると感じないかぎり、やつらは金を受け取る。おれの言ってる意味がわかるか？」彼はふたたび声をあげて笑った。

彼なりのユーモアに、骨ばった肩を震わせた。

「去る者、日々に疎し。これも覚えておくべき名言だ」

ダニーはうんざりしたように天を仰いだ。「この次は筆記具を持ってきて、忘れないように書き留めておくよ」

ルーイはさらに大きな声で笑いながら、その場から立ち去った。ダニーは怒りと恥ずかしさを感じながら、その後ろ姿を見つめた。六百ポンドは大金だ。一日数ポンドにしかならない彼の稼ぎなど、今ではないも同然に思えた。男の言葉がもたらしたショックに、それが彼と家族にもたらす影響を考え、彼は首を振った。六百ポンド。それは家を一軒買えるほどの大金だというのに、父はそれをギャンブルですってしまったのだ。彼らは家を買うどころか、家賃すら払えないというのに。そして彼は、あまりにぼろぼろになって父ですら捨てたブーツをはかされているというのに。母はまるで一時代前の人間のような格好をしているし、弟や妹はまだ小さすぎて、金にかかわる込み入った事情や、なぜそれが必要なのかもまだよくわからない。それなのに、彼の父親は、あのろくでなしは、一財産をカードのゲームですってしまったのだ。

ルーイは少年が彼から聞いた話を理解していくさまを眺めていた。彼が重い金属を持ち上げ、軽々とそれを振り回すさまを見ていた。彼が帰宅するまえに汗を流して、怒りを静めることはわかっていた。少年が動揺しているのはわかっていたし、それを気の毒に思ってはいたが、もしも自分が彼の立場ならば、すぐにでも知りたいと思うだろう。

彼にも五人の娘がいて、彼女たちはとても性格がよかったが、けっして器量よしではなかった。ダニーのような息子さえいれば、それは彼にとっては神からの恵みだったろう。彼のあとを継いでビジネスを行ない、彼の名前を後世に残していっただろう。人生というのはまったく不公平だが、父がよく言っていたように、だれもが手持ちの札をうまく使わねばならない。そして本当に運が悪ければ、マーリーが配った手札でプレーすることになる。ギャンブラーというのは、結局だれもが負け犬なのだ。そしてあの少年は家族とともに、父親と同じように負け犬の烙印を押される。あれほどの大金は、借金をした本人に血のつながりがある者の借金となってしまうのだ。

ダニー・カドガン少年は、スタイン老人の視線を感じ、この恥ずべき状況に顔から火が出る思いだった。六百ポンドのことで彼の頭はいっぱいで、ルーイが言ったことは正しいとわかっていた。彼はショックをやわらげようとしてくれたのだ。土曜の朝、強面《こわもて》の借金取りから聞かされるよりは、彼から聞いておいたほうがよかったのだ。母は知っているのだろうか、と彼は思った。人生はつらいことばかりで、この大人になるという浮かれ騒ぎもけっして大笑いできるような状況ではない。彼は金属を積み重ねる仕事に戻り、肉体労働が胸のなかのわだかまりを忘れさせてくれることを祈った。

アニーの愛称で知られるアナウンシア・カドガンは、水を得た魚だった。生まれて初めて、彼女は一人になった。行動をつぶさに監視する母も、彼女が母に叱られるようなことをしないかと目を光らせる兄たちもいない。彼女はせまい教室の席につき、彼女のほうに顔を向けるすべての人間に、愛らしい満面の笑顔をふりまいた。最初に気になったのは床磨き剤と塗りたてのペンキの臭いだった。だがそのうちに、三十人もの小さな子供たちが発する麝香のような臭いが鼻をついた。なかには数週間ぶりに風呂に入った子供もいた。子供たちのほとんどは兄や姉のお下がりを着ていて、新しい制服を着ている彼女を含む少数の生徒は、最近すこしずつ増えてきた訛りのある英語を話すアジア系の生徒たちよりもかえって目立っていた。

まわりの子供たちと同様に、アニーは聖書と教会そのものに関する実際的な知識を身につけていた。多くの子供の親たちは、カトリックの教えにしたがって子供たちを育てていたが、自分たちは教会に足しげく通っているわけではなかった。彼らは一週間のきつい仕事のあとに教会に行きたいとは思わなかった。イギリスでは仕事がなによりも優先され、彼らの多くの出身地であるアイルランドとは違い、教会はここでも生活の大きな部分を占めてはいるものの、起きている時間のすべてを捧げる存在ではなかった。

キャロル・ロークがとなりの席にすわっていて、アニーは彼女の手をぎゅっと握りしめながら、アッシジの聖フランチェスコの話に聞き入っていた。彼の話に興味があるのは、彼女は毎晩聖フランチェスコにペットを飼えますようにと祈っていたからだった。母は犬か猫を飼いたいという彼女の願いを聞き入れてはくれなかったが、ウサギかハムスターなら飼えるかもしれないと彼女は考えていた。

学校での時間が過ぎていくうちに、彼女は家での暮らしの重苦しさが薄れていくのを感じ、この興奮がずと続いてくれることを祈った。下校時間になるころには、この場所は兄たちが信じ込んでいるように彼女の命取りにはならないという判断を下していた。また明日、学校に来るのが待ちどおしかった——自分が父のお気に入りであることはわかっていたが、いつか戻ってくるであろう父の帰宅よりもずと待ちどおしかった。

家では嵐が起ころうとしていて、それがすぐに吹き荒れることを彼女は知っていた。父は家族全員の生活を脅かすか、彼らを大笑いさせる人物だった。父に関して言うなら、幸せなその中間というものは存在しない。だが、この学校のおかげで、彼女は一日のうち何時間かは母の厳しい監視の目を逃れられそうだった。


「なんですって、六百ポンドも！　本当なの、ダン？　いくらあのとんまなあのひとでも、そこまでバカなことはしないわよね？」そう言いながらも、彼女にはそれが真実だとわかっていた。

「残念だけど、母さん、ルーイ・スタインから今日聞いたんだ。ぼくたちを助けようとして言ってくれたんだと思う。彼はユダヤ人だけど、おれにはいつも本当のことをいってくれる。今週もべつの仕事をくれたんだ」

アンジェリカはもう息子の話を聞いていなかった。息子から告げられたニュースにめまいがしていた。結果は悲惨なことになる。それは確実だった。そんな大金を用意できるわけがない。もしも六百ポンドも手に入ったら、彼らは安楽な暮らしができるだろうし、古代ローマの健闘士の休日さながらに、とにかく腹いっぱいになるまで食べまくることだろう。夫はこれまでもたびたび問題を起こしてきたが、いくらなんでもこれはひどすぎる――彼の基準に照らし合わせてみても。

ダニーは母が状況をのみこむ様子を眺めながら、彼がテーブルに置いた二枚の一ポンド紙幣に、彼女が気づいてもいないのがわかっていた。父の借金に比べると、彼の家計に対する貢献などはした金に見えた。彼は学校に通わずに仕事をし、見た目を気にする年頃なのに浮浪者のような身なりでいるというのに。彼には友だちもほとんどいなかった。ティーンエイジャーたちの浮かれ騒ぎにつきあう金がなかったからだ。土曜日の午前中に映画を観に行くことすら、彼にはできなかった。彼は最底辺の貧乏人からも仲間はずれになっていた。弟や妹のために状況を変えたいと思っていたし、母の負担を軽くしてやりたかった。重荷を肩代わりするために息子がどれだけの犠牲を払っているかに、母が気づいていないとしても。彼は母に背を向けて、弟や妹といっしょに暮らす子供部屋に戻った。ジョンジョーと共用のベッドに横たわり、涙を必死で嚙み殺した。泣くことは、彼には許されない贅沢だった。

2

ダニーはいつもより無口だったが、だれもそのことに気づかなかった。彼の神経は張りつめていて、父の帰りを待つと同時に、彼が二度と戻ってこないことを願っていた。弟や妹も家庭内の緊張感に気づいていたが、ダニーは彼らを慰める気も起きなかった。ところが母ときたら、いきなり大声で夫を罵るかと思えば、急にわっと泣き出したりした。彼女は夫はどこかで死んでいると信じ込んでいた。六百ポンドのせいで、刺されるか殴られるかして死んだのだと。そしてまた夫がギャンブルですった金額を思い出し、それが引き金となってまた夫を口汚く罵りはじめるのだった。

今ではこの件は周知の事実で、なお悪いことに、彼らは団地内の噂の渦中の人物となっていた。それはプライドの高い母にとっては、かなりつらい状況だった。まるで一挙一動を監視されているようなもので、全員がそれにどう対処していいかわからなかった。ダニーのなかで父の存在はどんどん小さくなっていき、家に戻ってこない父を彼は心から憎んでいた。父にとっては、借金を完済しないかぎり、家どころかこの団地に近づくことすら狂気の沙汰だということは、もちろんダニーにもわかってはいたのだが。

お茶の支度をしていると、玄関のドアを乱暴にたたく音がしたので、ダニーは湯が沸騰しているケトルの火をとめ、せまい廊下に出ていった。弟や妹といっしょに母を寝室に押し込み、ドアを閉めた。彼はすでに恐怖に襲われていた。それはずっと待ちつづけていたノックの音で、ついにその時がきた今、自信が失われていくのがわかった。

「さっさとドアを開けろ。いるのはわかってるんだぞ」それは憎しみのこもった声で、相手に恐怖をあたえる恫喝だった。借金取りの声。これまで何度も同じことをくりかえし言ってきて、それがけっしてたんなる脅しではない人間の声だった。

ダニーはせまい玄関口で歯を食いしばり、突然、疫病のように襲ってきた震えを必死に抑えようとした。それから恐怖を押し殺し、ドアを開けようとしたとき、ふたたび激しいノックがくりかえされた。「落ち着けよ。なんの用だ？」少年の押し殺した声と、苛立った面持ちが、訪問者たちをたじろがせた。

ダニーの前には二人の男が立っていた。一人は長身で痩せていて、もう一人はずんぐりした体型だった。よく似た顔立ちなので、彼らが地元で有名なマーリー兄弟だということはすぐに察しがついた。二人とも髪はブロンドで、薄くなりかけた髪はぼさぼさで、茶色の目は小さく、のっぺりして丸みのあるスラブ系の顔立ちは、母親から譲り受けたものだった。見た目には間抜けなコンビに見えるが、それは自分たちを無害な人間だと周囲に思わせるための、彼らの演技のたまものだった。その演技は、だれかの家に入り込んだ瞬間や、その場の治安を保つために愚か者に対峙するときなど、彼らが目的の相手と対峙したとたんに、その場で忘れ去られた。

「親父さんはいるか、坊主?」背の低いほうが愛想のいい声で話しかけた。

ダニーは首を振った。「もちろん、いない。あんたたちに追われていることを知ってて、ここに戻ってくるわけがないだろう?」

兄弟の兄にあたる長身のウォルター・マーリーは、ダニーの返事に同意するようにうなずいた。期待どおりの答えが返ってきて、満足しているようだった。「おまえの言うとおりだ、坊主。だったらつぎに、やつがどこにいるのか訊かなけりゃならないな」

ダニーはふたたび首を振った。「あの野郎がどうなろうと、おれの知ったことじゃない。もしもおれより先にあんたたちがやつを見つけたら、おれがそう言っていたと伝えてくれ」

マーリーとの会話に、近所の連中が聞き耳を立てているのはわかっていた。それがこのアパートの欠点だった。ここでは、プライバシーなどは保てない。近隣住人の性生活ですら噂話の種になる。性交している音が、壁や床や天井越しに近所中に聞こえてしまう。だがトイレの水洗の音や、風呂の水が流れる音と同じように、やがてそれにも慣れてしまう。今、こうして自分たちがゴシップの種になってみると、なぜ人々が怒るのかがよく理解できた。

ウォルター・マーリーは、目の前にいる体格のいい少年を見つめ、その目に浮かぶ本能的な恐怖と、闘士のような身構えに気づいた。他のことはともかく、この少年が勇敢であることは確かなようだった。

「いいか、坊主、数日以内にやつを見つけて貸した金を回収できないときは、このアパートの物を全部いただく。ベッドも椅子も、なにもかも。その後も来て、目ぼしいものがあったらもらっていくからな」それはあきらかな脅しだった。

ダニーは当惑したように男の目を見た。「なぜおれたちに危害を加える？　あんたたちから金を借りたのは親父だ。あいつから六百ポンドを取り返そうとしても、ブルガリア発行の食物配給券で返ってくるのが関の山だ」

兄弟の背の低いほうのウィルフレッド・マーリーがにやりと笑った。それはわざとらしい笑顔で、実際に面白がっているわけではなかった。「おまえ、頭が悪いようだな」

ダニーは怒りを押し殺し、悪気のない表情を浮かべたまま静かに言った。「ああ、そうかもな。あんたたちはおれたちのためになることをしてくれた。親父が姿を消したのは、おれたちにとっては思いがけない贈り物だった。だが今のうちに警告しておくが、もしまたおれの家族に近づくつもりなら、ギャングを引き連れてくることだ。つぎにあんたが来たときに、おれが殺されずにすんだら、おまえら二人を地獄の底まで追っていって、この世から消し去ることがおれの生き甲斐になるからな」平然としてそう言い放った少年は、相手に威圧感をあたえた。

「おい、聞いたかよ。これ見よがしにどうだ！　ヤク漬けにでもなってるのか、坊主？」

ウィルフレッドの笑い声には嘲りがこもっていた。

ダニーはぴくりとも動かずに、彼らをにらみつけた。自分が肉体的に二人を足したよりも大きいことはわかっていた。自分の体格がいいのはわかっていたし、父のせいで、悪名高いこのごろつきたちに強い姿勢で臨まなければならなかった。だが、もしも彼らが家族に脅威をあたえるのなら、少年の脅しは脅しだけではすまなかった。彼は片手を上げ、警告を発するように二人を指差した。

「本気だぞ。おれの家族に指一本でも触れてみろ。どうなっても知らないからな。たとえ一生かかっても、おまえらを捜し出して殺してやる。おまえらの相手は親父であって、おれたちじゃない。それにこんなボロ家に住んでる男が、ポケットに六百ポンドを持ってると思うほうがどうかしてる。貸した金を取り戻すより、女王を肴にマスターベーションをするほうがよっぽど現実的なのは、おまえらにだってわかってるはずだ」

ウォルターは少年の言うことが真実だとわかっていたが、過去には彼らより貧乏なやつから借金を回収したことがあった。圧力をかけられると、人がどれだけのことをできるかは、まさに目を見張るほどだ。ウォルターがダニーの顔を殴りつけると、少年は後ろにひっくり返り、茶色のタイル張りの床にたたきつけられた。そのとき、母親が小さな斧を振りかざして寝室から飛び出してくるのが見えた。彼女は玄関口に立っている背の高いほうの男に、力いっぱい斧を振り下ろした。男が床に倒れると、母は斧を男の胸からねじりとり、こんどはウィルフレッドの頭目がけて襲いかかった。斧は肩にあたり、男の叫び声がアパート中に響いた。

「うちの子に手を出したら、二人とも殺してやるから」彼女が二人をめった切りにすると、彼らの傷口から大量の血がしたたり落ちた。男たちを攻撃しながら、彼女は怒り狂って叫びつづけていた。ダニーはようやく立ち上がり、母の胴をつかんで押さえると、彼女をキッチンに押し込んだ。そして男たちがショックから立ち直り、アパートの奥にまで侵入してくると、彼はケトルの中身の熱湯を彼らの顔に浴びせかけた。男たちの絶叫が響いたが、母の悲鳴がそれを掻き消した。

顔の皮膚が焼けただれ、母の攻撃によって傷だらけになった男たちを見て、ダニーは自分が悪夢を見ているのかと思った。父が戻ってきたら、責任をとらせなくてはならない。父のせいで何が起きたのか、きちんとわからせなくてはならない。

少年は男たちを力ずくでアパートから追い出した。ウィルフレッドの手をつかんだとき、焼けただれた皮膚の一部がはがれ、それが死ぬほどの痛みであろうことはダニーにもわかった。彼は玄関のドアを閉め、そこに寄りかかりながら、ふたたび息ができるようになるまで、吐き気がおさまるまで待った。それから彼は母のもとに駆けつけた。彼女はまだキッチンにいて、まるで赤子を抱くように斧をしっかりと抱きしめていた。

「わたしたち、なんてことをしてしまったんだろう?」首を振っている母を見て、ダニーは彼女がいかに小柄かにあらためて気づいた。

外の騒ぎがおさまったので、ダニーはマーリー兄弟が自力で地元の病院にむかったのだろうと思った。

妹のアニーの泣き声がした。玄関のドアを衣装だんすでふさいだあと、彼は母を落ち着かせ、妹を抱きしめて眠りにつかせた。それから母の手から斧を受け取ると、彼は床にすわりこみ、突然に現実となったこのドラマの次の展開を待った。ジョンジョーがやって来て、兄のとなりにすわった。弟の目には恐怖が浮かんでいたが、もしも今ここに父親が戻ってきて、自分の手にかかって最後を迎える父の姿に比べれば、マーリー兄弟の傷など婦人会の遠足に参加したようにしか見えないだろうと、ダニーは思った。六百ポンドのせいで、たかが六百ポンドのせいで、彼らの生活はめちゃくちゃになってしまったというのに、その原因をつくった男は、いつものとおり、この場にはいない。父親が逃げ隠れしているあいだ、彼は家族を守る立場に立たされた。だがその仕事を無事に務められるほどの逞しさが自分にあるかどうか、少年は不安だった。母は恐怖とショックで顔面蒼白で、今日のできごとから彼女が立ち直ることはできないだろう。本音を言えば、彼自身も立ち直ることは不可能だった。彼の十四歳の誕生日は五日後に迫っていたが、はたしてそれまで生きられるのだろうか、と少年は考えた。

カドガン家でマーリー兄弟の身に起きたできごとは、まるで燎原の火のように周囲に広まった。ルーイは悲しげに首を振り、定期的に少年のアパートを訪れるようになった。やがて人々が彼の存在に気づき、関係者にその噂が広まることはわかっていた。彼は人々の尊敬を集めていたし、同時の近隣の裏社会の顔役《フェイス》たちとも親交があった。ルーイは彼のもとで働く少年は、弟や妹を守るためにマーリー兄弟と戦ったのだと、会う人ごとにつとめて話すようにした。母親は一種のフェイスだと言って、彼は笑った。〝斧女、アンジェリカ〟は、すぐに都市伝説の一つとなるだろう。だがいずれマーリー兄弟はなんらかの復讐をくわだてるにちがいない。それが人間というものだ。警察に通報しなかったという点は評価の対象にはならない。そんなことをしたら、二度と顔を上げて街なかを歩くことはできなくなる。それは警察の内報者となることと同義語であり、事件がだれもが知る事実であったとしても、重大な意味を持つ。

カドガン家の教区を担当する、がっしりした体格の無愛想なドノヴァン神父は、教会員たちが生き抜くための日々の闘いを個人的な侮辱と受け取っていて、彼もまた日に二度三度と彼らの家を訪れるように心がけた。彼の訪問は、母だけでなくダニーにとっても感謝すべきことで、それはマーリー家もアイルランド系のカトリック教徒であるにもかかわらず、被害者はダニーたちであるというお墨付きをあたえられたようなもので、彼らの味方を増やす結果となった。

それでもなお、ダニーは神経が休まらず、つねにいつマーリー兄弟が復讐のために現われるかと考えていた。母や弟たちだけを家に残すようなことはせず、彼が仕事に出るときは、かならずまわりに大勢の人がいるようにして彼らの安全を確保した。その点は容易だったが、面倒なのはただひたすら待ちつづけることで、二カ月がすぎたころには、まもなく彼らがやってくると覚悟を決めていた。

父親はあいかわらず行方不明で、ダニーは日々父親への憎しみをつのらせていった。彼はもともと体格のいい少年だったが、ルーイのところで働き出してからは、以前にはなかった部分に筋肉がついていった。両肩や胸が盛り上がり、両手にはたこができた。彼は自分が実際の年齢よりもずっと大人に見えるのを知っていて、あえて服装にもこだわるようになった。同年代の少年たちが薄地の平織り綿のシャツにバギーパンツをはいているのに対し、彼はきちっとしたワイシャツに仕立て屋であつらえたようなズボンをはいていた。その姿はまるでギャングのようだったが、それが自分に似合うことを彼は知っていた。彼の立派な身体つきと、肩で風を切って歩く姿は、ベスナル・グリーンではなじみの風景となり、感情を表わさないその目で彼が近づくだけで、女たちはうっとりした。彼は今や地元のヒーローであり、少年はそれをできるだけ自分に有利に利用しようとした。マーリー兄弟がふたたび現われたときに、あらゆる助けが必要なことはわかっていたので、味方になってくれそうな人間とはだれとでも近づきになろうとした。生まれつきの狡猾さが彼の唯一の武器で、幸運なことに、彼はその才能に恵まれていた。

アンジェリカはあいかわらず夫の居場所を捜していたが、この二カ月間は実りのないもどかしい日々だった。彼の姿を見た者や噂を聞いた者はだれもおらず、彼はこの地上から姿を消してしまったかのようだった。だが夫のことをよく知っている彼女は、かれが愛人のだれかの家にころがりこみ、自分のかわりに家族を非難の矢面に立たせて、嵐が過ぎるのをじっと待っているのはわかっていた。夫がまったく信頼できない男であるのはわかっていたが、今回の件は限界を超えていた――彼の基準に照らし合わせても。

娘があの夜のことで深く傷ついているのを、彼女は知っていた。アニーは昔から興奮しやすいたちだったが、マーリー兄弟の訪問以来目立つようになった落ち着きのなさは、だれの目にもあきらかだった。少女はじっとすわっていることができず、つねに意味のない言葉をしゃべっている。彼女は同時に三つの違う話題で会話をすることができ、彼女が落ち着きのない笑い声をあげると、母親は目に涙を浮かべた。パパっ子だった彼女は、父親がただ一人本気で気にかけている相手で、娘も父をキリスト昇天以来のすばらしい人間だと信じていた。父を失った悲しみで憔悴しているアナウンシアを見るのはつらかったが、アンジェリカにとってより困難だったのは、こんなに早い時期から娘に性教育をしなくてはならないことだった。いつか娘が自力で父親の正体に気づくことは、アンジェリカにはわかっていた。だれかに丁寧に教えてもらう必要はない――母親の自分が教えてやりたくてたまらなくても。彼女はマーリー兄弟から幼い娘を守らなければならず、彼女は心配でたまらなかった。

それにしてもマーリー兄弟というのはなんというやつらだろう。女子供を脅すなんて、まともな人間のやることではない。これからはたしてどんな復讐が待っているのだろうか？　カドガン一家との対決は、彼らにとっては最悪の結果となった。彼女がいちばん心配しているのはダニーのことで、彼が復讐の標的にされることはわかっていた。息子がそれを望んでいることもわかっていた。彼はスーツを着てブーツをはき、わざとならず者のような服装で闊歩している。数ポンドは稼いでくるが、父のために借金を返す気はなく、一家の大黒柱としての役割を引き受けている。アンジェリカは、たとえそれが間違いであっても、息子がその役目を引き受けてくれたことに感謝していた。なんといっても彼はまだ子供なのだ。だが彼がいなければ、家族は困窮して路頭に迷ってしまう。息子は滞納していた家賃を払ってくれて、彼女が以前から欲しがっていた家具まで買ってくれた。ダニーはとても良い少年で、よき兄であり素晴らしい息子だったが、今はとても能力のある人間であることもよくわかった。ビッグ・ダン・カドガンは彼らの生活に大きな穴を残し、子供がその穴を必死で埋めようとしている。母親と弟たちの重荷を軽減しようとしてくれている。キリストさまも、それが彼にとってつらい道なのは知っているし、彼の母親である彼女にとってもつらい道だった。なぜなら彼女はそれをすべて目の当たりにしたうえで、彼があたえてくれるものをすべて受け取っているのだから。

彼女の最愛の長男、ダニー・ボーイは思春期を飛び越して一気に大人の世界に飛び込んでしまった。彼がわざと裏道を通って家に帰ってくるのは、そうすれば彼が車で誘拐されたり、ひと目につかないところで襲われるように仕向けるためだ。仕返しがさっさと終われば、彼らはまた普通の生活に戻れるのだから。

マーリー兄弟に襲いかかるという自分のとった行動に、彼女はショックを受けていた。たしかに昔から闘志のある人間ではあったが、武器を使ったことは一度もなかったし、その必要もなかった。子供たちの身が危ないという状況が、彼女の闘志を掻きたてた。だがマーリー兄弟がその件で彼女にじかに仕返しをできないのは、彼女はよくわかっていた。それはけっして許されないし、現実にもし今彼女が強盗に襲われたとしたら、彼らが犯人だと非難されるにちがいない。そのことは彼らもわかっていた。彼らの実の母親、ピンクの頬にしわくちゃの首の体格のいいユーゴスラビア系の母親ですら、息子たちのとった行動を非難していた。子供たちだけでなく、母親たちも一線を越えていたが、その点をマーリー兄弟に知らしめるためには、彼女の家族が幾多の苦難を乗り越えなくてはならない。だが、じつは息子と同様に、彼女もまたマーリー兄弟が行動を起こしてくれればと思っていた。そうすれば、そのあとはまたいつもの暮らしに戻れるのだから。

ダニーとルーイは休憩時間の紅茶を飲んでいた。古い木箱にならんで腰かけながら、二人ともたがいのあいだに生まれた仲間意識のようなものを感じていた。ダニーはボスが彼の肩を持ち、すくなくともトンネルの先に一筋の光明が見えると感じさせてくれたことに感謝していた。彼はルーイが彼の安全を気遣ってくれることを知っていた。彼の短い人生で、今までだれもそんなことをしてくれたことがなかったので、彼が感じる感謝の気持ちは哀れでもあった。

そこで働く者たちにしかわからないことではあったが、今では廃車処理場はきちんと整頓されていた。この二カ月間に、ダニーはくず鉄の山を系統立てて分類した。銅と鉛と鉄を分別し、それぞれの山を作っていった。彼らのおもな収入源である車は、敷地内のそこかしこに停めてあったが、プレス機にかけられてぺしゃんこになった残骸は、巨大な金属の壁のように積み上げられていた。部品を取り除いた車の残骸は、今ではダニーが目をつぶってでも操作できる廃車プレス機にかけられた。

廃品回収業者がやって来たときも、彼らが持ち込むくず鉄は、決められた山に容易に置いていくことが可能で、車の部品を求めてやって来た者は、今では半日かけて探し回ることなく目的のものにすぐたどりつけた。ルーイは少年の働きぶりに大喜びした。この廃車処理場は彼のもう一つのビジネスの隠れ蓑にすぎなかったが、それでも少年の働きによってこの場所が以前と比べて効率がよくなったことに満足していた。彼が廃品回収業者とくず鉄を取引する方法を少年に教えると、ダニーは生まれつきの才能を見せた。彼は勘がよく、なにが二束三文で、なにが金になるかを本能的に嗅ぎ分けることができた。彼は強靭な肉体を持っているだけではなく、人が思うよりもずっと抜け目がなかった。相手に得をしたと思わせて、自分に有利に取引を進めることができた。この業界では、それはかなり重要なことだった。

ダニーは自分でくず鉄を探し出して、それを回収してくることまでやった。むろんルーイは手数料を払ったので、少年は賃金とはべつに得られた数ポンドに大喜びした。たとえ金が有り余っていても、有利に取引を進め、すこしでも多くの収益を得ることは大切なことだった。厳密には車の業界ではなかったが、他の多くの若者と同じように、ダニーは車が大好きで、部品がどの車種のものかまで見分けることができた。ダニーがいなかった頃は、通りすがりの若い男が自分の車につけるための排気管や変速機を探しに来ると、ルーイはずっとそばに立って、彼らが他のものをかっぱらわないように見張っていなければならなかった。だが今は、ダニーは彼らの相手をし、なにが欲しいかを聞き出すと、たいがい一分以内に客が欲しいものを見つけ出すことができた。

全体として見ると、それはルーイにとって好ましい状況で、また相棒がいるのも歓迎すべきことだった。彼は勤勉に働く少年を気に入っていたし、余計なことを言わずに家族を養う彼の姿勢を高く評価していた。実際、彼はその件についてなにも言わず、ただ目の前に仕事をこなし、賃金をもらって、翌朝ふたたび仕事場に現われる。彼はまさにすべての男性にとっての理想の息子だった。だが彼の父親は黙って家を出ていったきり、なんの連絡もよこさない。マーリー兄弟との一件はすべに彼の耳にも入っているはずなのに。なにしろ今ではこの話はスモーク地区じゅうの話題で、北ロンドンのフェイスですら事件のことを話題にしていた。

ともかく、彼は少年のためにできるだけのことをした。取引相手に対して彼の弁護をしてきたし、マーリー兄弟が前回のような行動を大の大人に対してくりかえす気はないと確信していた。彼らはペテン師として有名だったが、ビッグ・ダン・カドガンのような連中を騙しているかぎりは安泰だった。だが本物の犯罪者の世界では、彼らはまったく相手にされず、今回のように六百ポンドの金を回収するのは無理だった。これはすべて相対的な話で、貧乏人にとっては五ポンドですら大金だった。

あのくずのような連中がこうなったのも自業自得だ。ようやくあいつらに痛い目を見せたのが、たまたま一人の少年とその母親だったという事実は癪に障るだろうが、人生とはそういうものだ。あれほど見事にこてんぱんにされたら、だれだって仕事のやり方を考え直すだろう。

人々が味方したのはダニーのほうで、それは彼が無実で、家族を守るためにしたからだ。そのうえ彼は逃げ隠れせず、今でも報復されるのを待っていて、この状況をきっぱり終わらせようとしている。ダニーは申し分のない少年だ。家族があのような脅威にさらされたら、ビッグ・ダン以外の男なら隠れ家から出てこざるをえなかっただろう。だがダニーの父親はいまだに行方不明だった。そのことについては、だれもが彼を許さないし、忘れることもないだろう。とりわけとなりにすわっているこの少年は、けっして許さないにちがいない。

スヴェトラーナ・マーリーは、アイルランド系の同じ立場の母親と同じように心配していた。もしもふたたびすべてが失敗に終わったら、こんどは彼女自身が同様の攻撃にあうことはわかっていた。それはまさに法律と同じだった。前例が認められ、慣習的に行なわれるようになると、それはあっという間に基準となる。女子供は暴力や借金の取立ての対象外なのに、彼女の息子たちがその不文律を破ったために、その報いを受けている。自分たちがまわりから敬遠されていることは、彼ら自身も知っていた。友人だったはずの連中までが、突如として彼らを冷遇するようになった。どうやら今回ばかりは息子たちがやりすぎたというのが周囲の人々の意見のようだった。だが彼らは充分すぎるほどの代償を払っている——一生残るような傷を負ったのだから。熱湯をまともにかぶった下の息子は、憎しみだけに支えられてなんとか歩いているようだった。だがウォルターは黙って怒りを押し殺し、忘れることができるだろう。だが今回のことで腹の虫がおさまらないのはウィルフレッドのほうだった。彼の父親を含む多くの背の低い男性と同じで、彼はつねに自分の有能さを示そうとしていて、カドガン家に対する世間の同情についての彼女の忠告に、耳を貸そうとしなかった。

それは彼のなかのアイルランド魂だ。カドガン家の一件で、自分はけっして間違ったことはしていないと言い張る下の息子の態度を説明するには、それしかなかった。ウォルターは子供のときからつねに仲裁人で、それに対してウィルフレッドは執念深い人間だった。小さい頃からその性格は顕著で、なにか言い争いをしたあと、ウィルフレッドは好機が来るのをじっと待ち、だれもが思ってもみなかったときに兄に仕返しをした。それもしばしば利息をつけて。だが今は、彼の恨みを持ち続ける性格が家族全員の破滅を招くことになる。彼女はそんなことをさせる気はなかった。息子たちを愛していたが、周囲の人々と同様に、彼らを好きになれなかった。

マイケル・マイルズは暗くなるまでくず鉄置き場の外で待っていた。最後のダンヒルを吸い終えた彼は、隠し場所からもう一パック持ってくるべきだったと悔やんだ。火のついた吸い殻を踏み消していると、友人がさよならと言っている声が聞こえたので、彼は笑顔を浮かべ、あらかじめしようと決めていたことを実行に移すことにした。

彼の姿に気づいたダニーが、足をとめた。ダニーの顔に怒りの表情が浮かんだのを見て、マイケルはそれを打ち消そうと陽気に話しかけた。「どうした？　おれの知らないあいだに、おれたち仲たがいしたのか？」

ダニーは深いため息をついた。「頼むから、マイク、とっとと自転車に乗ってここからうせやがれ」

それは彼らが幼い頃からずっと使ってきた言い回しだった。とっとと自転車に乗って、もしくは車に乗って、うせやがれ。それは軽い冗談で、皮肉ではなかった。彼らがなんらかの交通手段を得られるとしたら、それはその日たまたま他人の自転車を拝借したということだ。その場合も、それを売ったり解体したりせずに、彼らはあとでまた元の場所に戻しておく。他人の自転車を盗むのは、盗みとして正しいことではないと二人とも考えていた。もしも自分たちが自転車を持っていれば、だれかがそれを数時間借りても許せるが、それを失うのはとても耐えられないことだった。

少年たちは見つめ合ったまま、この状況を打開できずに立ち尽くしていた。マーリー兄弟との一件以来、ダニーはわざとマイケルを無視しつづけていた。それが最良の手段だと信じていたが、それはやはりつらかった。

「おまえはおれの親友だ、ダニー。おまえの問題は、おれの問題だ」マイケルは友人が怒りで目をぎゅっとつぶるのを見たが、かまわずにつづけた。「おまえは一人ぼっちじゃないってことをわかってほしいんだ。おまえだっておれに対して同じことをするよな?」

その質問に答えが必要なことは、二人ともわかっていた。

「おまえのために、こんなことをする必要なんてない。おまえがこんな立場になるわけがないんだから、マイケル。この一件がますます大騒ぎになったら、おまえはこの話に関わったことを心底後悔するぞ。頭を使え」彼は親友を見つめた。彼と同じように、マイケル・マイルズは黒髪だが、どことなく穏やかな面持ちで、知りたいことをうまく突きとめるという特技を持っていた。ダニーと違って、彼は喧嘩っ早いほうではなく、相手に敵意を抱かせるタイプでもなかった。二人はまさに似合いのコンビだった。

やがてマイケルは微笑んだ。すると彼の表情が一変した。笑顔は彼の最大の武器だったが、本人がそれに気づくのはまだ数年先の話だった。

「たしかにそうかもしれないが、ダン、おれたちは赤ん坊の頃からのダチだぜ。もしまたおまえに無視されたら、おれは立ち直れない」

これにはダニーも笑いだした。「おい、マイケル、状況はわかってるだろう」

ダニーは哀願するように両腕を突き出した。

マイケルはまたにやりと笑った。ようやくダニーとの距離が縮まった。「マーリー兄弟なんてクソ食らえだ。どうせやつらは半分だけのアイルランド系だろう。心配することなんてないさ」

彼らはいっしょに声をあげて笑った。二人とも友情が戻ったことを喜び、同時にそのせいでこの先なにが起きるのかと不安も感じた。

3

「あの人は死んだと思う？」

ダニーは深いため息をつき、母の質問に正直に答えるのをやめた。個人的には、あのろくでなしが死んでいてくれることを願っていた。すくなくとも父が死ねば、借金はすべて帳消しになり、このごたごたも終わる。彼が頭にきているのは待つということ、この不安感だった。すべてをはっきり終わらせたい彼は、今ではマーリー兄弟の報復を待ち望んですらいた。だがむろん、それを声に出しては言わない。そのかわりに彼は静かな怒りをこめて母の質問に答えた。その声はふだんより高めで、彼女の質問に対する不快感と苛立ちが感じられた。「そんなはずないだろう、母さん。ただ隠れてるだけだよ。親父のことはよく知ってるだろう。ほとぼりが冷めたら、なにもなかったみたいにここに戻ってくるさ。どうせ母さんは、親父を怒らせないために、この件をいっさい口にしちゃいけないって言うんだろう。そうでなけりゃ、どうしてこんなことになったのか、とっくりと説明してやるよ」

アンジェリカ・カドガンは息子のうんざりした口調に気づいたが、今や一家の長の地位についた息子の横っ面をひっぱたくわけにはいかなかった。息子がいなければ、一家は生きていけない。彼女はそれがわかっていたが、必死に働く息子の姿は彼女に強い罪悪感をあたえ、同時に自分のふがいなさに腹が立ち、ときおり息子を疎ましくも思った。小さな子供にへつらうのは不自然で、彼女が生み育てた子は突然一家の悩みの種になってしまった。夫が蒸発してからこの数カ月のあいだに、ダニーは今までの借金をすべて返済し、彼らの暮らしを立て直したが、いつのまにか独裁者になっていた。ダニーは部屋の掃除のしかたや子供たちの身だしなみについて、彼が定期的に持ち帰る金の使い途にまで、母親のやることすべてに口を出すようになった。まだ若い彼は、見返りを期待せずになにかをすることができなかった。一家の長としての彼の役割はたんなる芝居にすぎず、彼は実際に体験したことのない、父親とはこうあるべきだという理想像を演じていて、それが際限のない問題を生み出していた。今の息子は、まるで親とはこうあるべきだという理想像の風刺画そのものだったが、息子が家族のために稼いでくる金がどうしても必要だったので、彼女にはどうすることもできなかった。

正直にいうと、彼女は今、人生でいちばん良い暮らしをしていた。毎週決まった額の家計費が入っているという事実がすべてを変えたが、息子が最後の一ペンスまで使い途を詮索する生活には疲れはてていた。ダニーは彼女にダメな母親だと感じさせ、気持ちを落ち着かなくさせた。彼女のちょっとした無駄遣いを、彼は間違ったこと、恥ずべきことだと感じさせた。こんな苦境に陥っていたら、だれだってたまには一杯ひっかけたくなるではないか？　温めてくれる男性の腕がない淋しい夜には、強い酒をあおりたくなるではないか？　彼女の夫であり、子供たちの父親であるビッグ・ダンが、じつは役立たずのろくでなし、酔っては妻や子供たちを殴る以外に父親らしいことをしたことがない事実を、彼女はすっかり忘れていた。

ダニーはため息をつき、つとめて穏やかな口調で、できるだけ事実に則して筋道を立てて話しだした。「もし、あいつが死んでいたら、母さん、今頃は知らせが来てるはずだろう。警察から連絡がくると思わないか？　あいつは何度もパクられているんだ。警察のほうがおれたちよりやつのことをよく知ってる。間違いなくおれたちよりしょっちゅうあいつに会っているんだから」

彼女はなにも答えなかった。息子が話した事実は、聞く耳を持たない彼女の頭にも染みわたった。彼女がキッチンテーブルに腰をおろし、悲しげな声で話しだしたので、ダニーはそれを聞いてよけいに気分が落ち込んだ。「あの人のことが心配なのよ、ダニー。あんな男でも、あの人はわたしの夫だし、あんたの父親なんだもの」

息子がじっと自分を見つめているのを見て、アンジェリカは彼が落胆しているのがわかった。今回の窮地を招いた原因が彼女の夫にあるにもかかわらず、それでも母親が夫の帰りを待っていることに、彼は失望していた。彼女たちの世代にとって、結婚がどういう意味を持つのかは、ダニーにはとうてい理解できなかった。

ダニー・カドガンは悲しげに微笑んだ。「もしもあいつが戻ってきたら、こんどはこっちの言うことを聞いてもらうぞ、母さん。おれはもうあいつの戯言に付き合う気はないからな」彼は抑えていた怒りをついに爆発させた。「母さんにとって、これがおれたちのことを優先する最後のチャンスだ。もしその気がないなら、おれは本気でこの家を出ていって、二度とあんたたちにかかわらないからな。もしもあんたの亭主がこの家に戻ってきたら、おれは簡単には許さない。やつは嘘つきのひも野郎で、母さんが忘れようとしても、おれはやつがしたことをけっして忘れない。もしも居所がわかるなら、おれがこの手であいつをマーリー兄弟の前に突き出してやる。そうすれば、もうやつらに煩わされることはなくなるからな。自分の身になにが起きるかは、結局、自業自得なんだ。それはあんたたちがおれの頭にたたきこんできたことだ。あんたたち夫婦を見ていて、子供の頃からそれだけはちゃんと学んだんだ」

アンジはなにも答えなかった。どう答えたらいいかわからなかった。

ルーイ・スタインは、早朝の目覚めの一杯のコーヒーのあとに飲む、たっぷりのブランデーを注いだ。それを見て、妻はあきれたように天井を見上げた。彼女はなにも言わなかったが、ルーイは彼女の苛立ちを感じ取り、それがかえっていつもより酒量を増やす結果となった。もしも彼の行動が妻を苛立たせるのなら、たっぷり苛立つ原因をつくってやろうじゃないか？

小さなポーチド・エッグとバターつきのトーストの朝食を、彼女がいつものように夫の前に置くと、彼はそれをいつものように押しのけて、タバコに火をつけた。彼は妻を愛していたし、彼女は素晴らしい女性だったが、彼らの結婚生活は口論しているときにしか興奮を感じない段階に来ていた。彼はそれを歓迎していた。若い頃の寡黙さが双方に大きな打撃をあたえていた。ほどよい口論は、しばしば気分を一新させ、そのあとに笑い話の種になることに彼らは気づいていた。長い結婚生活の果てに彼らが共有しているのは、現実か空想かはべつとして不満だけだった。

「あの子に話すつもり?」

彼は肩をすくめ、タバコの灰をポーチド・エッグの上に落とした。普通なら喧嘩のきっかけとなる行ないだが、シルヴィア・スタインはそれを無視した。夫が話をそらそうとしているのがわかっていた。だが、そんなことはさせない。彼女は自分が語ったことに対して、夫がどういう行動をとるかに心底から興味があった。彼のコーヒーカップにお代わりを注ぎ、それから生まれて初めて、彼のブランデーグラスにもお代わりを注いだ。ふたたび椅子にすわると、彼女はテーブルに両肘をつき、両手にあごをのせ、おどけるように眉毛を上げて、大声で言った。「ねえ、ルーイ、お願いだから教えてよ」

彼が心からの笑い声をあげたので、妻は夫が本心を話してくれると確信した。それに彼が知り得た情報についてどうすべきか、妻の意見を聞こうとすることもわかっていた。彼女が教えた情報は、なんでも聞きつけてくる姉のイレーネがもたらしたものだった。そして残念ながら、彼女はその話をまたくりかえした。

ウォルター・マーリーの体調は快方にむかっていた。それがわかったのは、数カ月ぶりに痛みのせいではなく、しぜんに目が覚めたからだ。化粧台の鏡に映った自分の姿を眺め、以前ほどひどくはないと安心した。彼はウィルフレッドと違い、自分たちが置かれた状況の経済的な意味を理解していて、彼らの母親と同じように、今彼らにできるのは被害を最小限に食い止めることだとわかっていた。

カドガンの息子であるあの少年は、自分の家族を守ろうとしただけであり、彼がまだほんの子供であるという事実が彼の怒りを誘ったが、その同じ事実が弟を激怒させた。ウィルフレッドは少年の死だけが彼らの唯一の救いになると信じていた。どんな報復も現在の状況を悪化させるだけだということが、弟には理解できなかった。

彼らは評判だけが先行していた。社会の底辺の貧乏人から金を巻き上げて暮らしていたことはずっと黙認されてきたが、あの少年とルーイ・スタインのせいで、彼らはいきなり社会の敵となってしまった。こうなっては、まずは父親を捜し出すしかなく——ああいうくずは最後には自分の巣に戻るものだから、いずれは見つかるだろう——それ以外は、なんとか詫びを入れることしかできないのだ。だが、それは弟にはぜったいに受け入れられないことだった。

ウォルターは鏡に映っている、彼の顔を見た者すべてにあの運命の朝を思い出させる赤紫色の傷を見つめ、泣き出したくなるのを必死にこらえた。彼らはたかが子供にやられたのだ。街の連中が新たなフェイスと噂し、将来の有力な詐欺師候補と呼ぶティーンエイジャーに。あの少年は大物への道を歩み出し、スモーク地区じゅうのフェイスの脳裏に彼の名前がしっかりと刻み込まれた。

あの少年はまだ髭を剃る歳でもないのに、すでにその道を歩みはじめていて、彼の名声は家族を守るために戦った褒美だった。皆が彼に注目している。彼は立派な体格の持ち主で、態度も堂々としていて、まわりから尊敬されている。事態が手に余る状況になるまえに、ウィルフレッドはそのことを理解しなくてはならない。

近頃のビッグ・ダンは、以前のように自分が大物だとは感じていなかった。逃亡生活は彼が思い描いていたようにはならなかった。ギャンブルの借金を踏み倒すのは間違いだとはわかっていたが、彼は妻や子供を含めて、すべての悩みの種を捨てたつもりになっていた。彼は独身になり、既婚者のしがらみなしに生きていけると思っていた。豪華なアパートで気ままに暮らし、財布には金があり、世話をしてくれる新しい女がいて。だが、今までの人生と同じように、彼が求めるものはなに一つ手に入らなかった。あいかわらずギャンブルはやめられず、リバプールで落ち着くこともできず、パブの前を寄らずに通りすぎることができなかった。

結局、彼はスモーク地区に戻ってきて、数年来の浮気相手の女は、多くの愛人たちがそうであるように、他人の亭主を寝取るのはたんなる幻想であり、現実に問題の亭主が玄関ロに現われると、その幻想が打ち砕かれるということを知った。さらい悪いことに、あのぼんくら息子がマーリー兄弟と対決し、その一度きりの空威張りの行動の結果、今や地元のヒーローになっていた。なんというお笑いぐさだ。もっとも彼に笑う余裕があればだが。

ルーイ・スタインは、廃車プレス機を動かしているダニーを注意深く眺めた。古くからの友人で従業員でもあったセドリック・キャンベルが少年を育てあげ、よろこんで手綱を渡したとき、ルーイはセドリックがいかに年老いたかを思い知らされた。たんなる習慣で、かれはセドリックに賃金を渡していたし、セドリックが毎日仕事にやってくるのも同じ理由からだとわかっていた。だがほかにどうすることができるだろう？　老いは静かに忍び寄ってくる。それまで仲間たちといっしょにいたはずが、気がつくと、何人は埋葬され、ほかの連中は家にいる。残酷だが、それが人生というものだ。

今、彼は、少年の父親がホックストンのアパートに潜んでいて、ふたたび社会に戻るチャンスをうかがっているという、かなり確実性のある情報をつかんでいた。むろん、彼が姿を現わすのは、本人が身の安全を感じたときで、それは息子が彼のために安全を確保したときだ。家族による不正行為や背信行為にはいつも驚かされる。彼らをかばうその顔には、孤児のアニーがまるで闇商人に見えるような笑みを浮かべる姿を、これまで彼は何度も見せつけられてきた。

ダニーの父親がふたたび舞い戻ってきて姿を現わすのは時間の問題だという事実は、ルーイには理解できなかった。彼はどうすべきか迷っていた。少年に話して警告すべきか、それともただ黙って成り行きを見守るべきか。もしかしたら、あくまでもしかしたらだが、ビッグ・ダン・カドガンはふたたび姿をくらまして大惨事をまぬがれるかもしれない。

彼がため息をつき、セドリックにウィンクして、ダニーにオフィスに来るように手を振って合図した。ダニーはすぐにプレス機をとめ、ぼろぼろの小屋にむかった。その小屋は、警官や廃品回収業者や一般社会から、彼らを守る聖域であるオフィスとして使われていた。

くず鉄業者というのは、同業他社と仲良くしていかねばならぬビジネスではないし、女性を惹きつける魅力もない。くず鉄は金になるが、そのためにはその扱い方や利用法を知り、信用を勝ち取るために時間と努力を費やさなくてはならない。それが犯罪者にとっての信託資金として一人歩きするようになるまえに、くず鉄置き場を開業して何年か運営しなくてはならない。人々が見て、普通のビジネスとして認知するだけの期間、稼動し続けなければならない。くず鉄置き場の経営者には、社会のさまざまな分野の人々と、とりわけ警官と、疑念を持たれずに友好関係を結ぶ才能が必要だ。それは必要最低限のことがらで、なんらかの理由で人づき合いが苦手な人物には容易ではない仕事だった。

くず鉄は大きな利益を生み出すし、くず鉄は金儲けの種だが、同時にくず鉄は現金取引で、そこには独創的な経理処理をする充分な余裕が生まれてくるし、またさまざまな分野のビジネスマンと長く友好的な取引をするための手間暇をかけることが可能となる。要するに、くず鉄はひじょうに儲かるビジネスだが、その可能性を最大限に利用するには、有利な取引をひと目で見分ける頭脳と明敏さを有し、その直後に高級なスコッチをさしだす必要があるということだ。ダニー少年は自然で、くず鉄置き場はまるで彼の家のようだし、有利な取引を即座に見分けることができる。それに、なにより重要なことは、彼が金を欲しがっているということだ。

今、ルーイは口を閉じているべきか、それとも少年を彼の父親よりもっと曲がった道に導くかの決断をしなくてはならなかった。それはたしかに利益を山分けするようなものだが、なにが最良の選択か、ルーイには判断がつかなかった。

アンジェリカ・カドガンは自宅のキッチンテーブルに腰かけていた。息子が買ってくれた新しいテーブルだ。彼がことあるごとにその事実を彼女に思い出させようとするテーブル。彼女は娘が今でも家にいてくれればと思った。娘が学校で学んでくることといったら、ぞんざいな口の利き方と、接する相手を苛立たせるこつだけのように思える。アンジェリカはロザリオをいじっていた。彼女が毎日神様に小さなお願いごとをしているのは、ささやかな望みであれば聞き入れられると信じているからだ。夫の帰宅や、以前は夫の貞操を願うほど祈りの力を信じてはいなかった。そのような奇跡が起きるのは、宝くじに当たるより難しいことはわかっている。だが、どうしても気分が落ち着かなかった。まったく肩の力を抜くことができない。これまで感じたことのないような気持ちだった。まるでなにかを待っているようだったが、それがなにかわからない。

玄関ドアのノックの音は歓迎すべきものだった。すくなくとも、やることができた。彼女は椅子からさっと立ち上がり、せまい廊下に出てドアをあけたとたん、目の前に立っている人物の姿に呆然とした。ウィルフレッド・マーリーが彼女にむかって微笑んでいた――大きな黄ばんだ歯と、必要以上に目立つ歯茎を見せて。この国では公共医療サービスは無料で、歯科医もそのサービスに含まれるが、彼女はこれほど大量の痛ましい入れ歯を見たのは、フィシュガードで船を降りて以来初めてだった。

ウィルフレッドはまたたくまに室内に入り込んだ――彼女がさようならと言う暇も、出て行けと言う暇も、それどころか尻を掻く暇さえあたえずに。

マイケル・マイルズがくず鉄置き場にやって来たのは、三時二十分を過ぎたころで、それは彼にしても早い時間だった。ルーイ・スタインは少年に手を振った。彼がダニーの親友であるのは知っていたし、彼をこの場で見かけることにすっかり慣れていた。マイケルはいい少年で、それをうまく生かせばちゃんと食べていけるだけの優れた解析能力を持っていた。彼は生まれつきの泥棒だったが、銀行強盗よりは金融詐欺のほうで、その違いは彼と接すればだれにでもわかる。少年は計算機よりもすばやく暗算ができ、日々の生活の数学的な処理を愛していて、それは税金や保険の対象外で賃金を得る者にとっては得がたい才能だった。ダニーとマイケルがいずれチームとして成功することをルーイはわかっていたし、その日が来たときに彼らが自分のチームでプレーしていて欲しいと願っていた。

ダニーは彼らのビジネスに必要な顔としての役割に長けていて、マイケルにはホワイトカラーとして必要な明敏さがある。だがその性格ゆえに、人生のどこかの時点で、彼がかならず犯罪者の仲間入りすることを、ルーイは知っていた。マイケルには機知があったが、高給を得るために必要な忍耐力に欠ける。彼にとっての年金資金は、海外の秘密口座や妻も知らないマンションだった。

この二人の少年たちは、ルーイにとって現実社会とつながるための命綱だった。彼らの成長を見守り、大人になるのを手助けするのは、彼に銃をくわえて、またはプレス機に身投げして命を絶つことを思いとどまらせる唯一のものだった。彼はもともと鬱病体質で、そのことは彼自身もよく知っていた。彼のような立場の男には、老後の生き甲斐となる息子が必要だ。今は、これまで人生を賭けてきた仕事を、娘たちの夫のだれかに託そうと考え、男の孫が生まれることを祈っていた。彼にとっては、息子に跡を継がせられないとくよくよ思い悩むのは犯罪にも等しい。マイケルの話を聞いているダニーの顔に真剣な表情が浮かぶのを見て、彼は父親がふたたび現われたという一件が自分の手を離れたことを確信した。マイケルに会うたびに、この少年に対する彼の好感度が上がっていく。

ウィルフレッドは、自分を苦しめた犯人のうちの母親だけと向き合いながら、これからどうすべきかと悩んでいた。母親の警告のおかげで、それに目の前の女性の神経質な咳のせいで、彼は生まれて初めて、もしかすると自分の行動が間違っているかもしれないと感じていた。

斧による襲撃は、子供たちのためならば自分も同じことをするはずだ、というのが彼の母親の言い分だった。母親が子供を守るのはあたりまえだし、良き父親というのはめったにお目にかかれないこの世の中では、子供が本当に頼れるのは、彼らを生み育てた母親だけなのだと。そして今彼は、ほかの時であればよろこんで買い物袋を家まで運んでやるであろう女性と、ここでこうして向かいあっている。

アンジェリカは怯えながらも、なにか武器になるものを目で探していた。なんとしてでもこの男から子供たちを守らなくてはならない。彼女は夫とそのギャンブル癖をまたしても呪った。カードゲームに手を出さずにはいられない彼の弱さは、かならず命取りになるだろう。それはまるで祈りといっしょで、あまりに夫を呪いすぎたので、今ではまったくべつのことを考えながら彼をののしることができた。その事実は彼女を悩ませるのと同じくらい、彼女の気分を明るくした。

ところがウィルフレッドのほうは途方に暮れていた。この家に来てみたものの、彼自身の家族がしっぺ返しを受けずに恨みを晴らせるかどうか迷っていた。アンジェリカはそんな彼の優柔不断な心理状態を感じとり、優しく言った。「家に帰りなさい。わたしの夫はこんな騒ぎを起こす価値もない男よ」

ウィルフレッドはそれでもまだ彼女の前にたたずんでいた。彼がどんな行動をとるべきか迷っているのが、彼女にはわかった。彼女の夫と息子のせいで、彼の世界は完全に破壊された。原子爆弾でもあそこまでの被害をもたらすことはなかっただろう。

「お茶をいれましょうか？」

「親父が姿を現わしたって、本当なのか、マイケル？　本当に戻ってくるとは思わなかった」

うなずいたマイケルの目に、一瞬苛立ちの色が浮かんだ。「お袋から聞いたんだ。お袋のことは知ってるだろう、ダン。あの口うるさいおしゃべりは、スパイになったらいいんだ。ホックストンで見かけた人がいるらしい。女のところだ。おまえが揉め事を解決したから、ようやく姿を現わしたんだろう。考えてもみろよ、こうなった以上、マーリー兄弟にいつものように好き勝手にやらせるやつはいないだろう？」

ダニーは確信が持てなかった。父親はこれまでに何人か敵をつくってきたが、いずれにしろ借金は借金だ。マーリー兄弟が貸した金を回収するために、女子供に近づくことはだれも好まないが、それを父から取り返すことはまったく別の話だ。実際、もしもこの話が本当なら、彼はみずから父をマーリー兄弟の前に突き出すつもりだった。結局のところ、そうすれば問題はすべて解決し、そのうえ父にようやく自分の行動の結果を受け入れさせることができるのだから。

「お袋に知らせないと。それから先はどうなるか様子を見よう。もしかすると、まったく作り話かもしれないし」

二人がいっしょにくず鉄置き場から出ていくのを眺めながら、ルーイはほっと胸を撫で下ろしていた。こうなった以上、いずれにせよ問題は片づくにちがいない。

ダニーとマイケルはおそるおそるアパートに入っていった。二人とも緊張していたが、つとめて平静をよそおっていた。彼らの予想では、そこにビッグ・ダン・カドガンがいて、いつものように周囲の状況などおかまいなしに椅子に悠然とすわっているはずだった。だがそのかわりに、彼らはマーリー兄弟の、背が低く凶暴なほうの男と顔を突き合わせることになった。ダニーは大声で言った。「遊びに来たのか、それとも武器を用意したほうがいいのか？」

少年たちの若さに初めて気づいたかのように、ウィルフレッド・マーリーは肩をすくめた。彼は彼らの体格のいい、筋肉質の若い体を眺めて、すくなくともダニーはいつの日か注目される人物、人の上に立つ人物になるだろうと考えた。ウィルフレッドや彼の兄とは違い、ダニー・ボーイ・カドガンは今でも、そして数年後にはもっと顕著になるであろう存在感があった。彼は今後出会うすべての人間を傷つけることになるだろう。ウィルフレッドはその考えの皮肉に気づいた。彼は火傷を負った顔の皮膚がひきつるのを感じた。痛みの記憶が新しすぎて、今でも吐き気を覚えるほどだった。

なぜ自分がここに来ようと決心したかは、ウィルフレッドにもわからない。ここは多くの人間が住んでいるせまいアパートで、彼の子供時代と同様、家に金を入れるよりもバーカウンター越しに金を渡すことを好むごろつきが、この場所に影を落としている。彼はこの部屋が前回訪れたときと様子が変わっているのに気づいた。印象が違う。きちんと整頓されていて、臭いまでが変わっていた。実際、この家は父親が刑務所送りになって、ようやく彼と兄がほっと胸を撫で下ろした直後の自分たちの家を連想させた。

彼は微笑んだ。「親父さんを捜しに来たんだ。見かけたやつがいるって聞いたんで」

ダニーは母親のひじをつかみ、彼女を乱暴にキッチンから連れ出した。息子に強引にリヴィングルームに押しこめられて抗議する母親の声が、ウィルフレッドとマイケルにも聞こえた。

「母さん、ここで待っててくれ。今回だけはおれの言うとおりにしてくれ、いいな?」静かなアパートに、ドアを閉める大きな音が響いた。

キッチンに戻ってくると、ダニーはにやりとした。「あの野郎の隠れ場所を教えたら、もうおれたちを煩わせないでくれるか?」

ウィルフレッドはうなずいた。予想していたよりも事はうまく運びそうだ。

「やつの居場所はマイケルから聞いてくれ。だがそのまえに約束してほしいことがある、ウィルフレッド」

ウィルフレッドは声をあげて笑った。「なんだ? なんでも言ってくれ、おまえは大スターなんだから」

ダニーはにやりとした。「やつを見つけたら、めちゃくちゃに打ちのめして、二度とまともに立ち上がれないようにするって約束してくれ」

ウィルフレッドはさらに大声で笑いだした。「約束するぜ、相棒」

ダニーは笑うのをやめた。「冗談を言ってるんじゃないぞ。本当にやつを打ちのめしてもらいたい。ぼろぼろになるまでやってほしいんだ。もしおまえがやらないのなら、おれがやる」

ウィルフレッドとマイケルは顔を見合わせた。ダニーの激しい憎しみに、二人ともどう反応したらいいかわからなかった。

「それから、やつの居場所をちくったのはおれだと言ってくれるな？　やつを売ったのがおれだと、きちんとわからせてやってくれ」

ウィルフレッドはふたたびうなずいたものの、なんと応えればいいのかわからなかった。


ダニー・ボーイは機嫌がよかった。妹の手を引いて、近所の〈ウィンピーバー〉に入っていった。ジョンジョーは黙ってあとについていった。兄と同様に、彼も年齢のわりに大柄で、豊かな黒髪はカドガン家のトレードマークだった。店に入ったダニーは、弟たちを席につかせ、ウェイターに合図しながら大声で言った。「おい、この店は休みなのか？おできの切開手術だって、ここで注文を聞きにくるより早く終わるぞ」

少年の陽気な口調に、周囲の客が声をあげて笑った。ダニーの頭の回転の速さは、すでにみんなが知っていた。トルコ系の少年がすぐにテーブルにやって来た。「何になさいますか?」

アナウンシアは、ウェイターの兄に対するうやうやしい態度を見て、すぐさまそれを自分に有利に利用しようとした。「わたしはバーガーとミルクシェイクをもらうわ」

ダニーは妹を見て、場の雰囲気を瞬時に嗅ぎ分け、それを利用して優位に立とうとする彼女の才覚に驚いた。いつものとおりジョンジョーは無言だったので、ダニーは彼の分も含めて、同じものを二人前注文した。

「大丈夫か、ジョンジョー?」弟は肩をすくめ、ダニーは新しい制服を着ている妹と違って、ジョンジョーがお古を着ていることに気づいた。それはもう何年も前に、ダニーがお下がりとしてもらったものだった。突然、彼は弟が他の貧乏人の子供たちと同じような服装をしていることを哀れに思った。彼らのことなどまったく気にかけない父親を持ってしまったことに悲しみをおぼえた。そしてなにより胸が痛んだのは、彼がこれまで弟の苦境に気づいてやれなかったということだ。十四歳にしてダニーは、だれがなんと言おうと、見かけが人をつくるということを知っていた。きちんとした身なりをして金をばらまき、仕事をしているように見えれば、人々はちゃんとした態度で接してくれる。彼がそのことに気づいたのは、ルーイ・スタインのもとで働くようになって、まともな服を買える立場になってからだ。家に届く請求書の支払いをきちんと済ませ、そのうえささやかながら貯金ができるようになって初めて、最終的に自分がどう見られるかを考える余裕ができた。

今、こうして弟や妹に食事をさせながら、今頃は父親がこてんぱんにやられていると思うだけで、人生は突然、希望にあふれ、バラ色に見えてきた。これほど気分がいいのは生まれて初めてだった。父親が彼を誕生させてくれたことにはいつも感謝しているものの、父は平気で彼と弟と妹の人生をめちゃくちゃにした。だが今、もしもすべてが計画どおりにいけば、その父の身体は痛めつけられ、二度とまともに立ち上がれない状態になるはずだ。最悪の状況から生まれた、じつに素晴らしい結果だ。彼は父の子供たちを顧みない身勝手さを憎んでいたし、復讐してやりたいと思っていた。母に対する父の扱いを憎んでいた。母は今でも彼を愛している。父は母のことなどまったく顧みないのに。夫が彼女よりも、安っぽく髪を染めたあけすけな物言いをするホックストンにいる尻軽女とともに過ごすことを望んでいるというのに。憎しみがダニーのなかでしだいに大きくなっていき、そのことを彼は歓迎し、喜んでいた。なぜなら憎しみを感じることは、すくなくともなにかを感じていることだからだ。彼を見ている弟にウィンクして、ダニーは大きな声で言った。

「おい、ジョンジョー、明日は学校を休め。買い物に行くぞ。おまえ、まるで浮浪者みたいな身なりじゃないか」

ジョンジョーはにやりと笑い、真っ白いきれいな歯並びの歯を見せた。それは彼らが父親から受け継いだ、唯一まともなものだった。「ありがとう、ダニー。すごく嬉しいよ。いつもパトリック神父にからかわれて――」

ダニーの顔色が変わった。「なに？　あの野郎、自分を何様だと思ってるんだ」

ジョンジョーはそのとき、初めて恐怖を感じた。「いや、ダン、べつに神父様は本気じやないんだよ」

アニーは兄たちの会話を驚いた顔で眺めていた。彼女はジョンジョーよりもいち早く、パトリック神父がカドガン家の子供を虐めたことを後悔すると知っていた。

4

　ダニー・ボーイが仕事場に着くと、ルーイ・スタインはすでに彼の到着を待っていた。それはダニーも予想していたことで、ルーイが彼のためにこの日を祝いたがることはわかっていた。ルーイは彼の生い立ちを知っていたし、父に対する強い憎しみも理解していたし、父のふざけた行ないも知っていた。ダニーはオフィスに入っていき、にやりと笑った。

「で、その後どうなった?」

　ルーイも笑顔を返した。そのしかめっ面にちかい悲しげな微笑は、本人が考えるよりも彼という人間をよく表わしていた。「まったく、おまえは最悪の人間だ。親父のことを売ったんだろう?」

　ダニーは返事をしなかった。答えは期待されていないことを知っていた。世間というのはそういうものだ。人々はいろいろ話をするが、勝手にしゃべらせておく。なにも返事をしなければ、だれもが満足する。

「まったく、たいしたことをやったもんだ、坊主。広報活動としては最高だし、筋の通った報復だ。誰一人、損はしない」

ダニーはそれでもなにも答えなかった。

「なにがあったか教えてやろう。やつは昨晩遅く、オールド・ロンドンの病院に担ぎ込まれた。マーリー兄弟はやつをさんざんな目にあわせたようだが、そのていどのことはおまえの親父さんも覚悟していただろう。いわば、やつはふたたび仲間のもとに戻ったってわけだ。すこしは成長して、賢くなって、そのうえ間違いなく死ぬほどの苦しみを味わってる」ルーイはふたたび声をあげて笑った。「まったく、たかが十四歳のガキが、うまいこと騒ぎをおさめたってわけだ。おまえが敵じゃなくてよかった。さあ、張り切って今日もくず鉄を運ぶんだ。紅茶とチーズサンドをつくってやるし、もしも本当に良い子にしていたら、昼間っから酒を飲ましてやる」

ダニーは感謝するようににこりとして、有力な後援者のそばを離れた。少年は腹の中でほくそえんでいた。マーリー兄弟は予想どおり父に厳しい罰をあたえた。彼が期待していたとおりになった。もしどうしても母があのろくでなしを家に連れ戻したいというのなら、そのまえにきちんと去勢しておきたかった。落ち着きのないオス猫にそうするように、父が将来家にいつづけなくてはならないように。

ビッグ・ダンは息をするのも困難な状態で、妻は横たわる夫のそばで熱心に祈りをささげていた。彼が瀕死の状態であるのは間違いなかったが、かならず治ると信じてはいた。激しく殴られ、傷だらけで、身体じゅうの骨が折れていて、そのうえ精神的にも痛めつけられている。彼女が夫を取り戻したかったのは周囲の目があるからだが、同時に、結婚以来彼女を苦しめてきた多くの尻軽女たちを見返してやりたかったからだ。彼は法律上の彼女の夫であり、こうしてたたきのめされた結果、彼の生き方が変わるのであれば、それで満足だった。彼女はバカではないので、今回の件の黒幕が息子であることは知っていた。息子が自分と母の心の安定のためにこうしたこともわかっていた。自分の身体を動かすことができない男は、家にいるしかない。本人がそれを望んでいなくても、この状況ではそうせざるをえない。

家族にトラブルを招いた父親のことを、ダニーはけっして許さないだろうし、本音を言えば、彼女も彼を責められない。息子は家族を守った。それは彼の役目だった。なにしろ彼は長男なのだから。家族の面倒をみるのは彼の役目で、彼はその仕事を見事にやり遂げていた。

そして今、彼女の夫はこの場所に横たわり、死にかけていて、悲鳴をあげずに身体を動かすこともできない。神様は素晴らしい方《かた》で、妙な方法で問題を解決なさる。若い看護師から渡された紅茶のお代わりに口をつけながら、アンジは心のなかでほくそえんだ。

ジョンジョーはまたもや身をかたくしていた。いつものようにパトリック神父が彼をからかっているのは、それが容易だからだ。パトリック神父は小柄な身体には不似合いな太い声をしていて、彼がミサを担当するという状況は、聞く者にとって気分が高揚する体験だった。最後の晩餐について語る彼の太く響く声は、信じられないほど誠実なものに聞こえ、この神父を実際に見たら、だれもがそのような深い感情を掻き立てるのが彼だとはけっして信じないことだろう。

「ほう、またいつものごとく、こそこそ逃げ隠れする犯罪者のおまえに、家族の恥を隠すことを許さねばならないのか。こっちを見たらどうだ？　それともそんなことはカドガン家の人間には無理な要求なのか？　ついでに言えば、おまえのようなやつは立派なアイルランド系の名前の名折れだ」

ジョンジョーが、ことあるごとに彼を標的にする男からの救済を祈っていたとき、教室のドアが開いたので、くすくす笑っていたクラスの少年たちが突然水を打ったように静かになった。パトリック神父はショックでしばらく口がきけなかった。

やがて彼は皮肉まじりの大声で言った。「おや、おや、これはだれかと思えば、もう一人のカドガンか。一人でも充分足りているというのに。どうした、家の場所がわからなくなったか？　それともこんどこそ本気で勉強したいと思ったのか？　もしわたしの記憶が正しければ、おまえに比べればここにいるやつはアインシュタインに思えるほどだったが」

パトリックは神父の装いをしているかぎり、自分は安全だと信じていた。カトリック信者である以上、神父に暴力をふるうような少年はいないことを知っていたからだ。そのため、飛んできた拳はまったく予想外だった。彼はその場にばたりと倒れ、痛みで頭が真っ白になった。ダニー・カドガンはひと言も発さずに教室から出ていき、後ろ手に静かにドアを閉めた。少年たちは目の前でくりひろげられた光景を、ただ目を丸くして見ていた。パトリック神父がデスクにつかまって立ち上がったとき、ジョンジョーは毎日くりかえされていたいじめが、ようやく終わったことを悟った。実際、パトリック神父は二度とじかに彼に話しかけることはなかった。

玄関のドアを開けたスヴェトラーナ・マーリーは、薄汚い玄関先に立っている人物の姿を見て、恐怖のあまり言葉を失った。

だがウィルフレッドが少年をよろこんで室内に招き入れたので、彼女は静かにキッチンに戻ったが、トラブルが起こらないかと耳をそばだてていた。ウォルターは警戒の目で少年を見つめた。彼が得体の知れない人物だと知っていて、無事に生きたまま父親を返したものの、ダニー・ボーイ・カドガンが深い罪の意識に苛まれたのではないかと心配していた。

「大丈夫か？」

兄弟はうなずいた。

「そっちは？」それは静かな口調だったものの、そこに含まれる深い意味は少年にもわかっていた。

「最高の気分だね」

「母さん、お茶を用意してくれ。それからドアを閉めてくれるか？」

三人の男たちはたがいに顔を見つめ合い、部屋のなかの緊張が解けた。ダニーは室内を見まわし、兄弟の豪勢な暮らしに驚いたが、彼に言わせれば、この家はやはり無秩序状態だった。置いてある物はちぐはぐで、まったく計画性なく買い集められ、まるでがらくた市かリサイクルショップのように見えた。ダニーは礼儀正しく椅子に腰かけ、彼の態度に気づいた兄弟もまたそれに従った。少年はなんらかの目的を持っていて、それを達成するためにどのように話を持っていくか、とことん考えてきていた。

「親父は生きながらえるが、一生脚を引きずって歩くことになるし、お袋に言わせれば、顔はぐちゃぐちゃの状態だ。だが、これですっかり片づいたってことだよな？」

兄弟は黙ってうなずき、少年の話の続きを待った。

「どうしてここに来たかというと、近いうちにあんたたちのところに薬《やく》が入ってくるって話を聞いて、その荷さばきを手伝えるんじゃないかと思ったからなんだ」

「へえ、おまえがか？　どこでやるつもりなんだ？　公園でか？」

ウィルフレッドの声には皮肉が多分に含まれていた。ダニーは彼の赤ら顔を見て、最近たがいのあいだに起きたことを思い出した。そこで彼は言い返しそうになるのをこらえ、できるだけ友好的な笑みを浮かべて静かに言った。「違うさ、実際は売ることを考えているんだ。パブやディスコなんかでそれをさばける友人がいる。残品引き受けの条件付きで、手はじめにデキセドリンを数千錠欲しい。おれがたとえ失敗しても、あんたらに迷惑はかけない。もしもおれがうまくやったら、おたがい金持ちになれる」

「もしパクられたらどうする？　よけいなことをしゃべらずに、なんとかできるか？」

ダニーはにやりと笑った。「そっちは、どう思う？」

この取引がすでに成立していることを、彼ら全員が知っていた。


ダニーは病室の戸口で、父の様子を眺めていた。両親のやりとりを見ているうちに、すすけたガラスに映った自分の顔がやつれ、実際の年齢よりもずっと年上に見えることに気がついた。これはいいことだ、と彼は思った。この数ヵ月間のできごとを思えば、老人に見えてもおかしくはない。

母はいつものように、寝具を直したり、顔を拭いてやったりと、父のまわりであれこれ世話を焼いていた。父のひきつった表情には、すでにうんざりしたような表情が浮かんでいた。縦縞のパジャマを着て、髭が伸び放題のその姿はとても無防備に見えた。ダニーは自分が父親似であるのがわかった——黒髪に青い目。がっしりした体格は、代々肉体労働者だった家系の遺伝だ。それ以上の仕事についた者が一家にだれもいなかったことは、ほぼ間違いないだろう。もしいたとしたら、父からその事実を何度もくりかえし聞かされていたはずだ。ダニーが父を憎む情熱は、彼自身ですら驚くほどだ。叩きのめされて傷だらけになった姿を見ても、その気持ちは消えなかった。彼の神経を逆撫でしたのは、母の態度だった。彼女は夫が戻ってきたことを喜んでいた。夫は妻のことを、狂犬病の犬ほども気に留めていないというのに。だが、今後はそうではないと、夫にはちゃんとわかっていた。自宅で眠る場所があるかどうかすら、妻に依存することになる。彼が今や名ばかりの所有者となったあの家では、ようやく定期的に請求書の支払いがされ、食品棚が食べ物で埋め尽くされている。ダニーは今後自分があの男に対してもつ力を、そして家族の長という立場を謳歌することを知っていた。

彼は父が唯一よりどころにしていたものを奪い取ることを楽しみにしていた。父は口ばかりの成功者で、自分の苛立ちの吐け口として、彼らをサンドバッグがわりにした威張り屋のごろつきだった。彼が妻や子供たちを脅したのは、自分が優位に立っていると感じられるからだった。とりわけ、彼が好んで交わり、酒を酌み交わし、ギャンブルや女遊びを楽しみたいと思う相手にそれを知られるときにはなおさらだった。

この先ずっと時間はあるし、彼はこれまで受けたすべてのパンチやキックや鞭の数だけ、父に仕返しすることを生き甲斐にしていくつもりだった。人を傷つけるのは簡単だった。これもまた父から受け継いだ才能なのだろうと彼は考えていた。人を傷つけるのはあまりにたやすい。口でいろいろ言うやつは多いが、実際に喧嘩に強い人間はほとんどいない。たいていは彼の父親面しているあの男、ビッグ・ダン・カドガンと同じような弱虫だった。

だが、このカドガンは、一家の名をたんなる酔っぱらい、役立たず以上のものにしてみせる。この名を尊敬される一族の名に変えてみせる。それに父が家に戻ることを許すれば、彼の立場は良くなる。いずれにしろ、たとえ彼らがなにをしようと、家族はなにより大切で、彼らを許さなくてはならない。だが許すという意識は彼のなかにはなかったし、それは自覚していた。

そのとき、母が病室から出てきて、彼の腕にそっと触れて言った。「なかに入って、お父さんと話してやって、ダニー・ボーイ。あの人、あんたのことをずっと気にしてるのよ」彼女の目の動きと声の調子から、それが嘆願であることはわかった。ダニーは次になにが起こるか、一家の力関係がどう変わるかを、母が心配していることを知っていた。近頃の彼の自信満々な態度や父に対する無関心さに、彼女はどう対処していいかわからなかった。

そのため、彼は母に微笑みかけた。若くてハンサムな息子の顔を見て、彼女の胸が高鳴った。「母さんを迎えに来たんだ。心配しなくていい。あいつが家に帰ってきたら、一生のあいだ、いやってほどおれの顔を見続けることになるんだから」

マイケルはロンドンを愛していた――とくに土曜の夜の東ロンドンを。街は楽しみたい女たちであふれていた。彼も近頃はいっしょに楽しめる立場になっていた。ダニーのおかげで、この半年間に街中に薬の売人のネットワークを広げることができた。それは良い稼ぎになるビジネスで、彼がこれほどの金を手にしたのは生まれて初めてだった。金を持っていることが人にあたえる影響は驚くべきものだった。

家のなかはうるさかった。いつものごとくテレビががんがん鳴っていて、揚げ物の臭いが部屋に充満していた。髪を撫でつけていると、父が廊下から彼の姿を眺めているのに気づいた。父が一日中パブですごしていたのは知っているし、今はおそらくトイレが空くのを待っているのだろう。午後じゅうかけて口に入れてきたビールとウナギのゼリーを、わざとらしい大きな音をたてて排泄するのだ。ここからでも酒臭い臭いがしたが、彼をそねむ気持ちは起こらなかった。父は家族を養うために一週間、毎日鋳物工場で必死に働いた。土曜の夜くらい楽しむ権利が父にはあるとマイケルは考えていた。

もうしばらくしたら、いつものように父は母を連れて〈ワーキング・メンズ・クラブ〉に出かけていく。そしてまたいつもの行程がくりかえされる。ただ時に酒が入ると、父は気まぐれを起こす。なにしろ息子がダニーとともに名を上げているのだから。父は息子からの気前のいい援助に満足していたが、ときおり親としての責任感に突き動かされ、突然マイケルに彼の将来に待っているであろう落とし穴について大声で説教を始める。それはたんなる言い古された小言でしかないが、父が気力を失うまで、彼はおとなしくそれを拝聴し、その後またいつもの生活に戻る。

父はけっして悪い人間ではない。ただみずから作った罠にはまっていた。まだ三十三歳だというのに、五十ぐらいに見える。父は車を運転していい年になるまえに、すでに妻と三人の子持ちになっていた。彼が自分の父親だという事実が、自分でも認めたくないほどマイケルを苦しめた。だが父はすくなくとも家に居ついていた、それだけでも彼が住んでいる地域では誉められるべきことだった。父は父なりに家族を大切にしていて、最近は太りすぎてアパートがある二階に上がるだけでも息切れする母のことも大切にしていた。

今、マイケルにとっては母が悩みの種だった。彼は母親を心から愛していたが、なにがあっても彼女といっしょのところを見られたくなかった。かつては美しい女性だったが、今では寸胴の服を着て、親指にできた腱膜瘤があたらないようにわきに切り込みを入れた不格好な黒いエナメル靴をはいている。酒を二杯、三杯と飲みつづけなければ、母は愛想のよい女性で、いつも微笑みを絶やさず、つねに楽しいおしゃべりをつづけ、教会にも熱心に通っていた。たとえマイケルが近所の人々を全員殺害しても、母は彼の味方をしてくれる。だが今の彼女といっしょに歩くのは、とくに不機嫌なときの母といっしょのところを見られるのは、今の彼にはとても耐えられないことだった。そして母の状態は日に日に悪くなっていく。だがそんな彼の恥ずかしさは、声に出して言えることではなかった。しらふのときの母は、みんなに好かれていて、だれも彼女を非難する者はいなかった。だがみんなも心の底では同じことを考えていることを、彼は知っていた。なぜなら彼自身がそう思っているからだ。

「なにか用かい、父さん？」彼はいつものように礼儀正しく言い、鏡越しに父に微笑みかけた。

「元気そうだな」

父は視界から消え、裸足で茶色いタイルの床を歩きながら、キッチンに入っていった。

マイケルはぎゅっと目を閉じた。彼が独立するときは、我が家をたんなる寝場所や、雨露をしのげるだけの場所ではなく、帰るのが楽しみになるような場所にしたかった。ダニーも言っているように、彼らはけっして自分たちの親のようにはならない。力いっぱい人生を生きるか、その途中で死ぬだけだ。

「千錠で五十ポンド、つまり百錠が五ポンドだ。市場では三錠一ポンドで売れるから、いい儲けになるだろう」

男はとりすましてうなずいた。ダニーは男が気に入らなかった。正常ではない目つきをしていて、自分のほうを見ているのか、それともバスがかどを曲がってくるのを待っているのかわからなかった。だが、そんなことは問題ではない。

「どこで手に入れた？」

ダニーは信じられないというふりをして男を見つめた。「何様のつもりだ？　おれの親父のつもりか？」

男は深いため息をついた。彼は一目置かれるような何かを言わねばならぬと思い込んでいるようだった。「上物なのか？」

ダニーは麻薬中毒者の顔を覗きこんだ。目の下の隈《くま》や痩せた頬だけでも充分に悪いのに、そのうえ瞳孔が開いていて、口のはしにはクリーム色の汚らしい粘液までついている。

「おい、ブツが欲しいのか欲しくないのか？」あたりは暗く、湿気の多い夜だった。ダニーは自分の名前もろくろく思い出せないような人間と、長々と話をするつもりはなかった。

ジェトロ・マークスはうなずいた。「選択の余地はないだろう? おまえ、ブレンダンを追い出したんだろう?」

「なにが言いたいんだ? おれはなにもやっちゃいねえ。やつが出ていったから、おれが入ってきた、それだけだ。さあ、金を見せろ。そしたら取引する」

ジェトロが尻ポケットから札束をとりだすと、ダニーはそれを苛立たしげにひったくり、急いで金額をかぞえた。金額が足りているのはわかっていたが、スピード中毒者は信用ならない——とくに売人のふりをしているやつらは。彼は錠剤の入った袋を渡した。それは実際は百二十錠で、売った数より少ない量しか入っていない。だが薬漬けの人間はそんなことは気づかない。もしも数えようとしても、この男が袋に入った商品の数をかぞえることは不可能だ。

ダニーは金をコートのポケットに入れ、男が急いで去っていくのを見ていた。数秒間待ってから、彼は暗い路地から出た。明るい街灯の下に出ると、彼は怪しい者がいないかと周囲を見渡した。ベスナル・グリーンの目抜き通りは混んでいた。夜の十時半にしては、人通りが多かった。そのほとんどは彼と同世代か、もっと若い少年たちだ。彼は知り合いに会釈し、見知らぬ相手をにらみつけた。寒い夜だったが騒々しく、バイクをふかす音がして、エイトトラックから音楽が鳴り響いている——エルヴィスからザ・フー、それにストーンズまで。

スーツにコートを着たダニーは、同年代の少年たちよりずっと年上に見えた。彼らは安っぽい先のとがった靴をはき、短いジャケットを着ていた。彼は彼らが哀れでならなかった。彼らが自分や他人の人生をわかっていないということを、ダニーにはわかっていたからだ。だが少女たちはそう悪くはなかった。もし胸が大きくて髪がきれいならば、少女たちは十二歳になるまえにすでに男たちの標的となる。少女たちは少年たちよりもおしゃれだった。彼女たちは母親の化粧品と香水をつけ、ヘアスプレーを使い、ストッキングをはいている。自分の服を縫いたがる少女たちも多く、そのほとんどがうまくやり遂げていた。

駅への道を歩きながら、ダニーはすれ違う少女たちをこっそり値踏みした。顔とスタイルをチェックしながら、彼女のたちの多くが彼に視線を返してくることを知っていた。積極的な女たちは彼にウィンクし、真っ赤に紅を塗った唇で微笑んだ。映画のなかに出てくる憧れの女優たちがしているように、タバコを優雅に唇から離して持っている。撫でつけた髪が街灯の下で光っていて、彼女たちの目は自分に興味を持つ男を注意深く探していた。そこは彼女たちの溜まり場だった。パブに行くには若すぎるが、公園に行くほど子供じゃない彼女たちは、ここにたむろして、交配の儀式の複雑さを学び、大人としての最初の一歩を経験する。

ダニーは近頃の自分は有名人で、高まっていく評判から、狙い目と思われていることを知っていて、またひそやかな笑みが女たちを虜にすることもわかっていた。そこで彼は大きな胸の、身体にぴったりしたスカートをはいたブロンド娘にウィンクして、彼女についてくるよう手招きした。

五分後、彼が激しく彼女を突き上げるあいだ、女はぎこちない姿勢で駅のトイレの個室の壁に押しつけられていた。ことが終わったあと、女がタバコの火を消しもしなかったことに気づき、ダニーは苛立った。

「おい、坊主、おまえ赤ん坊のときにお袋さんに肥やしのなかに漬けられたんじゃないのか？　見るたびにでかくなってる気がするぞ」

ティミー・ウォレスは、彼より小さな男たちが羨むようながっしりした体格の男だった。彼は元ベアナックル・ボクサーで、今はマーリー兄弟が経営する、ホワイトチャペルにある小さな飲み屋の経営をまかされていた。兄弟が借金のかたに手に入れたその店の経営は順調だったが、それはティミーの人好きのする性格と、客に無謀なことをさせない点に負うところが大きかった。この数カ月間、ダニーは数日おきにこの店にやって来て、客との結びつきを深めてきた。

店はせまく、照明が暗くて、タバコの火を床で消そうが、酒をテーブルのうえにこぼそうが、だれも気に留めなかった。店は埃っぽい壁紙とタバコの煙と、ビタービールの臭いがした。客はフェイスたちで、ジュークボックスの音楽に煩わされずに静かに飲みたいときや、なんらかの取引をしたいとき、または静かにカードゲームを楽しみたいときに、この店にやって来た。女性は歓迎されず、彼女たちがまれにやって来ても、店にいるのは短い時間だけに限られた。ダニー・ボーイはこの店が気に入っていた。男ばかり、それも本物の男たちの世界は居心地がよかった。バーカウンターを抜けて奥の部屋にむかうとき、彼はいつも興奮を感じた。

「たしかにでかいな」そう言ったのは、常連客のフランキー・ダガートだった。彼は驚くほどハンサムな銀行強盗で、社交ダンスの名手として知られていた。彼はこの少年の生意気な言動ににやりとし、彼がどんどん自信を深めていくのを楽しみに見ていた。「なにか飲むか、坊主?」

ダニーは首を振ってにやりとした。「ありがたいけど、今はいい、フランク。ゆっくりするまえに、まだ寄るところがいくつかあるんだ」男たちは彼の冷静さに微笑んだ。彼はすくなくとも二十歳過ぎに見えた。この若い息子の肩に重荷を背負わすことになった騒ぎを、彼の父親は後悔しているにちがいない。もし彼のような息子に恵まれたら、どんな男も死ぬまで毎日神に感謝しただろう。彼はヒンズー教のブラフマー、ダイアモンド、将来の大物だった。

奥の部屋に行こうとすると、ダニーはバーにいる男たちが発する好意を感じた。それは彼が大切にしている感情だった。一時間ほどたってから彼が店を出ると、フランキー・ダガートが外で彼を待っていた。

ジョンジョーは妹を愛していたが、彼女は彼の神経を逆撫でした。妹はまた泣いていた。もしも本当に泣いているのなら、こんなふうには思わなかっただろう。だが妹は泣いているのではなく、たんに哀れっぽい声を出しているだけだった。十一時半になろうとする今、またもや彼女の声が聞こえてきた。寝室に入ろうとしたジョンジョーは、母親に突き飛ばされそうになった。

彼女は部屋に飛び込んできて、怒鳴り声をあげた。「こんどはなんなの？」

母親に身体じゅうを乱暴に打ちすえられているあいだ、アニーは悲鳴をあげつづけた。しばらくすると、母は娘を殴るのをやめ、身体を起こし、怯えている子供を指差して大声で言った。「もしもう一度声が聞こえたら、頭をかち割るわよ、わかった？　お父さんは身体を休めようとしているの。なのに、あんたときたらみんなの迷惑になることばっかりして」

母はベッドカヴァーを娘の肩に乱暴にかけると、そのまま部屋を出ていった。全身の毛が怒りと苛立ちで逆立っていて、疲れた顔には日々の暮らしの緊張が表われている。この家での生活はつねに正気との闘いで、彼女の神経はすっかり参っていた。夫はようやく杖をついて歩けるまでになったが、長男は、父親が食べ物を口にするたびに自分に感謝しなくてはならないと父に思わせている。

夫は、彼女が結婚した男の抜け殻で、すっかり生気を抜き取られていた。彼は押し黙り、週に一回おしゃべりをしに訪ねてくる神父から聖体を拝領するほどだった。寝室に戻ると、彼女はむりやり笑顔をつくり、スコッチを二つのグラスに注ぎ、その一つを夫に手渡した。

アルコールをさしだされたときだけ夫が活気づくという事実は、無視しようとつとめた。だが、それすらこっそりと行なわれなければならない。もしダニー・ボーイが知ったら、怒り狂うだろう。彼の日々の楽しみは、父がまちがいなく酒を断ち、その状態を保っている姿を見ることだった。息子は父の弱りきった身体を、自分の武器に使っていた。父が自分を制することができないことを、その試みすらしないだろうことを、彼は知っていた。
「あの娘には厳しくしないとね。生まれたときから、断固とした態度をとるべきだったわ」

夫はなにも答えなかったが、アンジにはそれはわかっていたことだった。一方的な会話は、今では彼女の人生の頼みの綱だった。

マイケルは寒さに震えながら、くず鉄置き場のわきで待っていた。ダンヒルのタバコの煙を深く吸い込みながら、むこうの影に動きがないか目を光らせていた。彼は夜のこの仕事が大嫌いだった。ダニーはいつやって来るのかわからず、大金を一人で抱えているのは不安だった。彼は何者かに待ち伏せされ、金を奪われたあげくに叩きのめされることを恐れていた。ここの暗闇は不気味で、積み上げられたくず鉄の山が闇のなかでは威圧的に見えた。煙の臭いに混じった埃と錆びの強い臭いが、なぜか彼に死を連想させた。泥棒避けに敷地内に放されている二頭のジャーマンシェパードは、すでに彼の存在に慣れていて、彼のことなどまったく無視していたが、マイケルは犬たちが侵入者をちゃんと追い払えるように獰猛で苛立った状態に保つため満足に餌があたえられていないことを知っていたので、犬たちを警戒していた。ダニーがくず鉄置き場に入っていくと、犬たちは舌を出してしっぽを振りながら彼に駆け寄る。ダニーはいつも犬用の褒美を用意して、犬たちといっしょに大騒ぎする。それに関しては、飼い主ですら感心している。もっとも犬たちはダニーのことを好いているようには見えなかった。もしもだれかがここに近づけば、犬たちは狂ったように吠えたてて、柵に体当たりするので、近づいた者は即座にこの場から逃げ出すのは間違いなかった。

マイケルは寒さのあまり、しだいに感覚がなくなってきた。耳が痛くて、今にも歯がガチガチと大きな音をたてて鳴りそうだった。

「大丈夫か？」

背後からダニーの大声がしたので、マイケルはびっくりして飛び上がりそうになった。

「こんちくしょう、心臓発作を起こすじゃないか」

ダニーは大声で笑っていた。あたりに響き渡る笑い声に、犬たちが狂ったように吠えながら柵に駆け寄ってきた。

「黙れ。うるせえぞ、おまえら」

ダニーがそれでも楽しそうに笑いつづけていると、犬たちが鼻をクンクン鳴らした。ダニーが犬たちを苛立たせるためにフェンスを揺すると、突然、マイケルはこの世界に足を踏み入れたことを後悔した。父親がダニーについて言ったことは正しい――彼の頭はいかれている。マイケルがその事実を再認識するのは、こういう瞬間だった。犬たちは今やおたがいに噛みつきそうな勢いだった。柵から出られない苛立ちに加え、ダニーが彼らをけしかけるために怒鳴り、ゲートのチェーンをガチャガチャ鳴らしているからだ。ダニーがその遊びに飽きるまで、マイケルはずっと友人の姿を眺めていた。彼がなにか言うと、ダニーが彼を困らせるためにいつまでもそれをやめないのがわかっていたからだった。

マイケルはタバコに火をつけ、友人にも一本勧めた。犬をからかうのに飽き、マイケルが反応しなかったことに苛立ったダニーは、待ってましたとばかりにそれを受け取った。ダニーは無言でタバコをくゆらしながら、柵越しに手を伸ばし、こんどは犬たちの耳の後ろを掻いた。犬たちは満足そうだった。

「信じられない。よくそんなものを触れるな。おれにはわからん」

ダニーはマイケルに顔を向け、顔をしかめると、真剣な口調で言った。「怖がってることを知られたらだめなんだ。臭いでわかるんだよ。威圧すれば、なにも考えずに言われたことをやる」

彼は犬の話をしているのではなく、おまえを疑っているぞという警告のようにマイケルには聞こえた。

やがて、ため息をつき、ダニーは愛想のいい声で言った。「おい、寒くねえか？　ところで今夜、フランキー・ダガートから仕事を依頼された。妹の息子を虐めてる男をなんとかしてくれって」

マイケルはなにも答えなかった。どう答えたらいいかわからなかった。

「おれとしては、喜んでやってやるふりをしたんだが、どうなるか。おまえも乗るか?」

ダニーが予想したとおり、マイケルはうなずいた。

「じゃあ、金はどこだ? 家に帰りたい。ここは寒すぎるぜ」

5

「おれのブルーのシャツはどこだ、母さん？」

いつも父の前でするように、ダニー・ボーイはわざと横柄な態度で言った。

「あんたのクローゼットにかかってるわ。今朝、洗濯してアイロンをかけたから」

ダニーはゆっくりとキッチンから出ていった。彼の大きな身体のせいで、ただでさえせまい部屋がよけいにせまく感じられる。父親は疲れた目で息子の後ろ姿を見送った。少年は今や手に負えない。彼にできることはなにもない。彼の息子が、自分の血を受け継いだ子供がこれほど凶暴な人間になったという事実に、彼は日々思い悩んでいた。息子は体格がよく、大きな身体が自分にとっての最大の武器であると確信していた。過去の者たちがそうだったように、彼もまたその知性と肉体を使って生計を立てていく。神父ですら彼を正当に扱うということからも、息子がいかにこの社会で成功しているかがわかる。

ビッグ・ダンは紅茶をすすりながら、自分の身体を見下ろした。今は引きずることしかできない役に立たなくなった脚。横たわった身体に振り下ろされるバールを避けるために傷だらけになった手の甲。彼はキッチンを見まわし、劇的に変わった室内を目にして、自分の能力を証明するためにここまでやり遂げた少年の執念に驚嘆した。

妻のアンジは不安でたまらなかった。彼女は小さなテーブルにすわって紅茶を飲んでいたが、ふだん無邪気なその顔は不安で青ざめていた。だが彼は妻に同情しなかった。息子はこの世に生を受けたその日から、彼女のせいで台無しにされてきたのだから。身体じゅうに痛みを感じつつ、彼はタバコに火をつけ、冷めた紅茶を飲み干した。その音は妻の神経を逆撫でした。はるか昔に、彼女が初めて彼の母親の家を訪ね、この男がマナーを知らず、汚らしい穴蔵のような場所で、文章をまともに綴れないような女に育てられたのだと気づいて以来、ずっとそれは続いていた。

ビッグ・ダニーはあのときの彼女の表情を今でもよく覚えていて、あのとき感じた恥ずかしさを今でも感じることができた。そして初めて感じた桁外れの怒りも。この小柄な女性がその表情や言葉で、彼のなかに生じさせた怒りを。

今では彼はすっかり妻に頼りきっていたが、日に日に傷は癒えていた。そのうち自力で動けるようになると、医者も太鼓判を押していた。それが彼にとっての生き甲斐だった。そのときが来たら、あのろくでなしを彼の人生から永遠に追い出してやる。

わざと父を無視しつつ、シャツのボタンをゆっくり留めながら、ダニー・ボーイがキッチンに戻ってきた。すべてが父親である男を苛立たせるための計算された動きだった。彼はシャツをズボンに入れ、けだるそうに伸びをした。それから尻ポケットから札束を出し、五ポンド紙幣を十枚抜き取り、それを母の膝に放った。まだ金は充分にあるという母の抗議を押しとどめ、母を抱きしめてキスをした。「なにか必要なものがあれば、いつでも言ってくれ。大元にはまだたくさんあるんだから」

うつむいている父の顔をむりやり上げさせ、息子は父の目を見据えて静かに言った。

「そういえば、マーリー兄弟がよろしくって言ってたぞ」

ジョンジョーは戸口からこの芝居を眺めていた。このときばかりは妹も目の前でくりひろげられる芝居に魅せられていた。アナウンシアは面白いことが起きるのを待ち望んでいたので、今は父が辱しめられる様子に目を輝かせていた。

「さっさと出かけなさい」母は息子を玄関から押し出したい気分だったし、それはだれもが知っていた。ようやくダニーが出ていくと、家族全員が一様に安堵のため息をついた。

フランキー・ダガートはアップニー駅の前に停めた車中で、ラジオを聴きながら、通りすぎる少女たちを眺めていた。近頃の若い男たちは自分の幸運さに気がついていない。女たちはみな半裸のような姿で浮かれ騒ぎを求めている。彼の時代には、ああいう女がいる場所を探さなくてはならなかったし、場所を知っていても絶対にやれるという保証はなかった。その保証を得るには、あるていどの金と大量のアルコールが必要だった。だが彼はどんな場合でも金で女を買ったことがないのが誇りだった。

道行く少女たちを相手にした淫らな妄想を抱いていた彼は、ダニー・カドガンがいきなり助手席側のドアを開け、極寒の風とともに乗り込んできたために、現実に引き戻された。

「よう、元気か？」

「ああ、あんたは？」

無防備なところを突かれてまごついたフランキーは、すぐに車をスタートさせた。行く先は、近くにある〈レイルウェイ・タヴァーン〉だった。

店に入ると、フランキーは全員に声をかけられ、歓迎され、店のおごりで酒を勧められ、やがて暖炉のそばの席に案内された。その様子をダニーは畏敬の念をもって眺めていた。そこはだれにも邪魔されず、会話を盗み聞きされることなく話ができる席で、そこにすわる彼らはフェイスとして扱われる。

店はたくさんの客でにぎわっていて、彼らはダニー・カドガンとも握手をした。それは彼が地元のヒーローといっしょにいたからだ。それは少年を有頂天にさせ、彼はフランキーのおこぼれにあずかった栄誉に酔い、いつの日か自分もこうなりたいと考えた。ダガートがフェイスであるのは知っていたが、彼に対する人々の態度は、ダニーが生まれて初めて体験するものだった。

「うるさくてすまなかったな、坊主」

少年の目に浮かぶ憧れと野心を見て、フランキーは腹のなかで笑った。彼の予想が正しければ、このガキは数世代にわたって語り継がれるような大物になる。それが現実となるか、もしくは若いうちに殺人で無期懲役を言い渡されて、彼の投資が無駄になるかだ。それでも彼は賭けに出るつもりだった。

「ところで、妹の息子から金をせびってるというろくでなしの話だが」

フランキーが困った状況を説明し、彼が考える解決策を話すあいだ、ダニーは興奮を隠さずに聞き入った。

ダニー・ボーイはこの問題を解決するのが待ちきれなかった。それは彼にとってこの世界への入り口の切符を手にしたようなもので、推奨を得ることを意味していた。たんに数ポンドの小遣い稼ぎができるだけではなく、彼が欲しくてたまらない名声を手にすることになる。これには彼の新しい生活がかかっていた。

今回ばかりはルーイ・スタインも幸せだった。ようやく春になって陽が長くなり、くず鉄置き場はフル稼働していて、彼のもう一つの取引のほうも好調だった。くず鉄の回収業者たちも機嫌がよかった。彼らは冬のあいだ、どんな天気でも外に出て金を稼ごうとした。彼らはだてに多年生耐寒植物として知られているわけではない。彼は移動式プレハブ小屋から、外にいるダニー少年の様子を眺めていた。少年の逞しさは目を見張るばかりで、力仕事の成果で、彼はどんどんがっしりした体格になり、今や大男になっていた。通りすぎる警官に無礼なしぐさをする少年を見て、彼は大声をあげて笑った。まったくたいしたやつだ。聞いた話では、少年はしかるべき人々のあいだでしだいに名を売っている。まだ若いが他人のことなどおかまいなしで、彼らの世界では、それはボーナスのようなものだった。

しばらくしてルーイは少年をオフィスに呼び入れ、彼の前に紅茶を入れた大きなマグカップを置いた。ダニーはそれを嬉しそうに受け取り、今や彼の定席となっている古びた肘掛け椅子にすわり、熱い紅茶を冷ましてからたっぷり飲んだ。ルーイのもとで働きはじめて以来、彼は一度として自分から飲み物をせがんだことはなかった。目の前にさしだされるまで待つか、作れと言われるまで我慢した。少年はきちんとしたマナーを知っている。それもまたルーイが彼に関して気に入っている点だった。

「ずいぶん筋肉がついたな。おまえが鉄をまるで発泡スチロールのように投げるところを見たぞ」

ダニーは当然の賞賛を受けて微笑んだ。

「マーリー兄弟とは、その後どうだ？」それはたんなる会話のようにも聞こえたが、その言葉の奥にはルーイの個人的な経験からくる深い興味がこめられていて、そのことを二人とも理解していた。

ダニーは盛り上がった肩をすくめた。「うまくいってる。おれもやつらも儲けてる」

ルーイはうなずいた。「よかった。おれが言ったことを忘れるなよ」彼は二人分のタバコに火をつけ、一本を少年に渡しながら厳しい口調で言った。「やつらは一も二もなく互いをかばい合う。つまり他人は標的とされるんだ。近々やつらが逮捕されるという噂を聞いた。だからしばらくはおとなしくしていろ、いいな？　適当な理由をつけて、これから数週間はやつらに近づくんじゃない」

るよ、ルーイ」
ダニーは友人であり師匠である男の話を聞いたあと、静かにこたえた。「忠告に感謝す

だがこの話に、彼は割り切れないものを感じた。なぜルーイは彼に忠告して、マーリー兄弟にはなにも言わない？　彼はまだ子供だ。だいたいなぜルーイはそんなことを知っているんだ？　もっと重要なのは、彼はこの知識をもとにどう動くべきかということだ。たしかに難題だが、行動に出るまえにじっくり考えなくてはならない。よく考えたうえで、どんな行動が彼にとって最善かを決めねばならない。これは彼の人生で重要な意味をもつ決定であり、安易に考えてはならない。

ルーイがこのような忠告を彼にしたことで、彼は疑心暗鬼になっていた。彼はたんなる子供であり、マーリー兄弟の力をあなどってはならない。それは父の姿を見ればあきらかだ。次にどうすべきか、時間をかけてじっくり考えなければならない。

「いいかげんにして、ダン、早く食事を終わらせて」アンジは今やパニックに陥っていて、声が恐怖で震えていた。彼女はこの家のボスが早く帰ってきたときのために、夫をこの場から早く去らせようとしていた。彼の息子、この家のボスなど、くたばればいい。彼は今はそんなことはどうでもいい気分だった。

「お願いよ、ダン、あの子を怒らせないで」
彼女はティーンエイジャーの息子を恐れていて、もっと悪いことに、それは彼も同様だ

った。ビッグ・ダンは痛みに耐えられなくなるまで両手をぎゅっと握りしめ、そして爆発した。「うるせえ、黙れ、アンジ」

ジョンジョーとアナウンシアはことの成り行きを、目を丸くして見つめていた。父の物言いは、まるでかつての暴力的な男が戻ってきたようだった。

「壊れたレコードみたいに何度も同じことを言いやがって。もうたくさんだ。このばか女」

九歳だが、すでに身体の大きいジョンジョーは、母の傷ついた表情を見て、手に持ったナイフとフォークをテーブルにたたきつけて怒鳴った。「母さんにそんなことを言うな、役立たずのろくでなし……」少年は今にも泣きだしそうな表情で、濃いブルーの目には涙が光っていた。

アンジェリカは突然、下の息子とダニーが似ていることに気づいた。二人とも、彼らが心から憎んでいる男と瓜二つだった。彼女はゆっくり腰をおろし、吐きそうだとでもいうように片手で口を押さえ、彼女自身も泣きそうになった。

ダンは下の息子を見た。今まで彼のことはほとんど気にかけたことがなかった。娘以外は、彼の眼中になかった。娘が彼にかまってもらおうとするときは、それを無視するのは難しかった。息子が父親の皿をとりあげて、それをシンクに乱暴に投げ捨てたのを見て、彼は息子たちが彼らが思っている以上に自分に似ていることに気がついた。彼らの父親と同様に、息子たちは深く傷ついていて、この遺産は彼らに生涯つきまとうことになるだろう。

彼は意地悪そうににやりとした。「ありがとうよ、代わりにやってくれて」

「うるせえ」

母の手が少年の横面を張り倒した。

「ジョンジョー、父さんにそんなことを言うんじゃないよ」

ジョンジョーは泣きながら、たたかれた頰をおさえた。「うるせえ、くそったれ……」

父親の攻撃から逃れるまえに、父の杖が少年の背中を襲った。少年は気味の悪い音をたてて頭からシンクにたたきつけられた。すぐに傷口から血が流れ出した。

自分を助け起こそうとする母の手を感じたジョンジョーは、逃れようとしたものの、母の腕に包まれる感覚は魅惑的だった。理由はなんにせよ、母に抱きしめられたのは何年ぶりだろう。アニーはすっかりヒステリーを起こしていて、母が兄の出血を布巾で押さえようとしているのを見て、その恐怖は頂点に達した。

父は顔面蒼白で、無言のまま、自分がしでかしたことを眺めていた。そのあいだも、息子が帰宅してこの惨状を目にするのを恐れて、彼は玄関のドアが開く音に耳をすましていた。自分から災難を招くようなことをするな、と彼の母はかつて言っていた。それでなくても災難は起こるのだからと。たまには母親の言うことを聞いておけばよかった。そうすれば彼の人生の災難の多くは避けられたかもしれないのに。

コリン・ベーカーはいつものように颯爽と道を歩いていた。彼は年齢のわりには背が高く、十七歳だというのに年上のような落ち着きがあった。長髪の髪は脂ぎっていて、顔はニキビだらけだ。姿勢は前かがみで、ロッカーのような服装とロックミュージックが好きだった。彼の短い人生での悔いはバイクを持っていないことだが、今はそれを手に入れるために努力をしている。彼は生まれつきのいじめっ子で、その才能を機会があるごとに使っていた。

彼が知らなかったのは、彼が毎日いじめていた茶色い髪の小柄な少年が、ついに我慢しきれずに彼のことを母親に告げ口したことだった。もし彼が有名な銀行強盗の甥だと知っていたら、コリンは怒りをこらえていただろう。だがまだいじめられっ子の家族関係を知らなかった彼は、とくになんの理由もなしに少年を虐めて楽しんでいた。

家のある通りに着いたとき、高そうなコートを着た若い男が家の門に寄りかかっているのを見て、彼は驚いた。コリンはすぐに挑発的な態度で腰に両手をあて、扱いにくい人間の役を演じた。

「おまえ、そこでなにをやってるんだ？」

ダニーは彼を上から下までじろじろと眺めまわした。「同じことをこっちも訊こうと思ったところだ。コリンだな？」

コリンはゆっくりうなずいた。ひょっとしてこの男はなにか良い知らせを持ってきたのだろうか？　たぶん違うだろうとは思ったが、彼は生まれつきの楽天家だった。

「共通の友だちから、メッセージを預かってる、コリン」

近所の住人の半分がこのやりとりを見ているのを知っていたコリンは、自信を示すように両腕を大きく開いてみせた。

「メッセージを受け取るのは、ここでいいか？」と、ダニーは言った。

コリンはもう一度うなずいた。生まれながらの反抗心がふたたび前面に出てきた。「なにをもたもたしてるんだ。なにか言うことがあるなら、さっさと言えよ」

ダニーの拳が彼の鼻をへし折った。その最初の一発で、戦いは決着がついていた。コリンは身体をまるめ、腕で頭と顔を守った。ダニーの攻撃はすばやく、容赦なく、公衆の面前で行なわれた。それは彼らの社会で警告を発する場合、必要不可欠なことだった。攻撃を終えたとき、ダニーは汗すらかいていなかった。

「甥のブルースのために、フランキー・ダガートからのメッセージだ。二度とあの子を煩わせるんじゃないぞ、わかったか？　ろくでなし」

フランキーは一部始終を愛車の紺のジャガーのなかから見ていた。彼が少年を殴るわけにはいかない。彼は歳をとりすぎているし、必要なことだと理解してもらえても、やりすぎと思われてしまう。若いダニー・カドガンに代わりにやらせるのは名案だった。あの少年はじつに役に立つ。手慣れた様子で喧嘩をこなす。本能的な落ち着きと、計算しつくされた正確さを持っている。じつに喧嘩上手で、それを沈着冷静にこなす。被害者に対する同情はまったく感じられない。最近ではそういう話はめったに聞かない。現代の主流は武器を使うことで、素手で殴りあうような喧嘩は今ではめったに見られない。少年はうまくやったので、彼はたっぷり報酬をはずむつもりだった。

くず鉄置き場に戻る車中で、フランキーが明るい調子で言った台詞に、ダニーはショックを受けた。「可愛そうなブルース。やつは五十ペンスの時計みたいなホモだが、そのせいでやつらの標的にされるんだ」

ダニーはなにも答えなかった。どう答えたらいいかわからなかった。彼は同性愛者には恐怖を感じた。彼らは得体の知れない人間たちだ。だがそれは胸のなかにしまっておいた。彼はフランキーの好意を得たかった。彼が望んでいるのはそれだけだった。

アナウンシアは眠っていた。今回だけは生まれて初めて、文句も言わず騒ぎもせずに親の言いつけに従った。恐怖に襲われた彼女には、睡眠だけが唯一の治療薬だった。頭の出血がとまると、ジョンジョーは傷が思ったよりひどくないことがわかった。頭の傷というのは往々にしてひどく出血するもので、いったん血がとまると、彼はあまりの傷の小ささに落胆したほどだった。母はキッチンをきれいにかたづけ、家族のために砂糖をたくさん入れた紅茶をいれた。

その後、彼女は真ん中の子供に説得を試みた。ジョンジョーはいろいろな意味で兄に似ていたが、彼にはダニーのようにどんな悪気のない言葉も宣戦布告ととるような性癖はなかった。彼女は子供たちを本当に愛していた。それに子供たちに対する夫の扱いは不当だと何年も前からわかっていた。だが、それでもあの男は彼女の夫であり、彼らの父親で、その事実を変えることはできない。教会で結婚することで、彼らは一生のつながりを得る。それがカトリックというもので、とりわけ彼女にはそのほうが都合がよかった。

　温かく安全なベッドに寝かしつけられたジョンジョーは、なにが起きたかを兄に言ってはいけないという母の説明を聞いていた。彼女の声は小さくて穏やかだったが、それは兄がこっそり戻ってきたときに話を聞かれないためだということは、ジョンジョーにもわかっていた。

「殺し合いになってしまうわ。わかるでしょう？　お母さんにまたあの二人のレフェリーをやらせたくはないわよね？」彼女はつとめて明るい口調で話しながらも、彼が告げ口した場合の状況の深刻さをわからせようとした。

「でもアナウンシアは？　あいつ、きっと兄貴に言っちゃうよ」

　アンジェリカはほっとして目を閉じた。そういう質問が出るということは、彼は黙っているということだ。「あの子のことは母さんにまかせて」

　少年は力なく微笑んだ。「なぜ父さんはああなの、母さん？　どうして、ぼくたちの面倒をみてくれないの？」

　彼女は息子の頬にそっとキスをし、髪を撫でながら深いため息をついた。「もしわたしにその答えがわかったら、ダライ・ラマは失業しちゃうわよ」

　この子はいつものように板ばさみになっている。それは真ん中の子にとって、つねに悩みの種だった。上の子と、下の子のあいだにはさまれて、いつも放りっぱなしにされてしまう。「本気であんなことを言ってるわけじゃないの。お父さんがすごくつらい思いをしているのはわかるでしょう。自分がしたことを恥じているし、ギャンブルのせいでわたしたちを大変な目にあわせるところだったことを恥じているの。自分の息子がかわりにこの家の手綱をとらなくちゃならなくなったことも恥じているわ。子供に食べ物を買わせて、家賃を払わせていることに」

ジョンジョーは声をあげて笑いだした。シニカルなユーモアのセンスがおもてに出てきた。「でも母さん、父さんはもともとそんなことをやってなかったじゃないか」

二人はいっしょに声をあげて笑った。ほんの一瞬だけ、二人は共謀者だった。「でも、そうしたいとは思っていたのよ。昔はそれが父さんの夢だったんだもの。でもね、ときには生活が大変で、正しいことをするのが難しいこともあるの。生きることに懸命で、とくに休む暇がないとね。他の人にはそういう機会がたくさんあるみたいだけど。それでもやっぱり父さんはあなたの父親なのよ、ジョンジョー。父さんがなにをしても、それは変わらないわ」

彼女は整った顔だちの息子に微笑みかけた。この子の人生が破壊されたのは、彼女が結婚した男が家族よりも女や馬が好きだからだ。貧困は人々に現実を忘れさせる力がある。酒やドラッグやギャンブルや女遊びはその症状であって、人を不幸にする本当の原因ではない。不幸の原因は、人が一生かけて消し去ろうとするもの、たとえ一瞬でもそこから逃げ出そうとするものだ。それはまるでガンのように少しずつ体内に入り込み、感覚を狂わせ、人を変えてしまう。

ビッグ・ダン・カドガンは妻の声を聞きながら、数年ぶりに泣きたい気持ちになった。彼女に対してしてきた行ないや、二人のあいだに起こったさまざまなできごとにもかかわらず、彼女は子供たちにむかって夫の肩を持とうとしていた。彼のほうは子供たちの存在など何週間も、ときには何カ月も忘れていたというのに。そして彼女のことも。彼女の存在は彼に自分のふがいなさを思い出させるものでしかなかった。

もし今日の大騒ぎをダニー・ボーイが知ったら、彼は息子に頭皮を剝がされることはわかっていたし、ある意味で彼はそうなることを願っていた。いずれは起こることならば、いっそのことさっさと終わらせてしまったほうがいい。そのことだけは彼はマーリー兄弟から教えられていた。


マイケルはダニーの話を熱心に聞いていた。彼らはマイル・エンド通りのそばのカフェでラテを飲みながらタバコをひっきりなしに吸っていた。二人ともタバコは好きではなかったが、大人になった気分を味わうために吸っていた。店内は暑すぎて、窓はすっかり曇っていて、揚げ物の臭いが充満していた。

カフェのオーナーであるデニスは、体格のいいキプロス人で、豊かな髪を黒く染め、輝くような笑顔とおどおどした目をした男だった。彼はまたマラケッシュ市場のこちら側では最も良質の大麻を提供していて、そのため店はいつも客でいっぱいで、彼も鷹揚な態度を見せていた。というのも彼自身が在庫の多くを吸っていたからだ。日中、店は老人や労働者でいっぱいで、そのなかには宿無しもいた。だが夜になると、店はジュークボックス天国で、ティーンエイジャーたちがコーヒーを前におしゃべりをしながら、大人になる訓練をする場所になる。十四歳で学校を出て働きだすことは、彼らにとっては通過儀礼で、自分たちが稼いだ給料のなかから親がくれた小遣いを、その金額にかかわらず週末に使い果たしてしまう。そういうわけで、平日の夜のこの店の常連は前途有望な若いフェイスたちで、彼らはそのふるまいや仕事ぶりによって、若い世代の受刑囚予備軍もしくは若いビジネスマンに分類される。だがときたま、本物のフェイスが顔を出す。彼らは本当に名を売っている連中で、いつの日か人々に恐れられるだけでなく、尊敬されるようになる連中だった。

デニスが二人のテーブルにやって来て、彼らの前にコーヒーのおかわりを置くと、椅子を引きずってきて彼もそこに腰をおろした。すでに十二時をまわっていて、店内にいる客たちは静かだった。テーブルに身を乗り出し、彼はおだやかに話しだした。「おい、ダニー、おまえブツを動かせるんだって？」

ダニーはこともなげに肩をすくめた。「だから？」

「キプロスに一カ月帰らなくちゃならない。あっちにいるキプロス人の女房が子供を産むんでね。こんどは男だといいが。とにかく、メリアンが妹といっしょに店を切り盛りしてくれるが、常連客の相手をする人間が必要なんだ。なにが言いたいのか、わかるよな？」

彼は少年たちに目くばせした。

むろん、ダニーはちゃんと理解していた。彼の笑顔がすべてを物語っていた。

「ほんの短いあいだだが、報酬ははずむ。どうだ、やってくれるか？」

ダニーがこの提案を思案しているのを眺めながら、マイケルが静かに言った。「いくらくれる？」

「百ポンド。精算はおれが帰ってきてからだ」

その答えに、マイケルは顔をしかめた。「あんたに代わって何人にブツを売る話をしてるんだ、デニス？ その連中はいくら欲しがって、どんな周期で、どれくらい手がかかる仕事なんだ？」

ダニーは肩をすくめ、デニスを見すえた。「さあ、こいつの質問に答えろよ、デニス。こいつはだてにそろばん人間と呼ばれてるわけじゃないんだぜ」

デニスは投げかけられた質問に驚いたが、使い込まれた手帳をズボンのポケットからとりだして、テーブルの上に放り投げた。マイケルはそれを手にとり、さっそくページをめくって取引の経済的な側面を検討しはじめた。

「こいつ、なにをしてるんだ、ダニー？」

デニスは不安を覚えた。マイケルの存在は計算外で、彼のことはなにも聞いていなかった。

ダニーは深いため息をついた。「計算してるんだよ、わかるか？　よく調べて検討する、それが彼の強みなんだ。あんたが最大限の利益を出してるかがわかるし、もしあんたがおれたちをはめようとしたら、こいつにはすぐわかるんだよ」

デニスはなにも答えず、ダニーも黙っているあいだに、彼の相棒がこの新たなビジネスから期待できる収入の額をせっせと算出した。十五分後、マイケルは礼儀正しく手帳をデニスに返した。

「で、どう思う、マイケル？」ダニーは取引にまるで興味がないようで、退屈そうに言った。

マイケルはゆっくり首を振った。「手を出す価値はないな、ダニー。もしも一週間に百ならやってみてもいいが……スモークじゅうに配達しなけりゃならないが、車はないし、おれたちは車泥棒じゃないから、公共交通機関を利用しなきゃならない。それにかかる時間と危険要素を組み合わせると、一週間に一人につき百以下ではとてもやってられない。つまり一カ月で四百ポンドかける二ということになる」

デニスはこの二人の少年に対して、腹から声をあげて笑った。ダニーがなかなかのやり手だというのは知っていた。あちこちに聞いてみたところ、少年の名前が何度も飛び出してきたからだ。だがこうして二人の少年が真剣にメリットとデメリットを検討しているさまを見るのは、あまりにも滑稽で、腹をかかえて笑わずにはいられなかった。メリアンの弟に頼めばもっと安くできるだろうが、彼はすべての客の商品から一部を抜き取って渡すのので、客が逃げてしまうだろう。それに彼はこの件はイギリス人の妻の一家に対しては伏せておきたかった。このダニー・カドガンという少年は、マーリー兄弟をはじめとする他の多くの連中のために仕事をしている。

「必要に応じて、おれたちが選んだやつらに手伝わせたい。あんたに迷惑がかかることはしない。だれかをこのショバに入れるわけじゃないし、あんたの商売を宣伝してまわるわけじゃない。その点については、おれが保証する」

大金がかかるのはわかっていたが、だれかを失うわけではないのはデニスもわかっていた。これは相互にとって有利な取引だった。「よし、じゃあ決まりだ」

「半分は前金でもらう。残りは仕事が完了したときに」

マイケルは真剣な口調で言ったが、腹のなかでは笑いを抑えきれなかった。デニスはぽっちゃりした手をさしだし、少年たちと握手した。

「おまえらはたいしたガキだ。明日の夜、店に来てくれ。くわしい話をする、いいな？好きなものを注文しろ。店のおごりだ……」

彼は席を立つと、大笑いしながら去っていった。だが内心では、いつの日か自分が少年たちに使われる身になるだろうと考えていた。すくなくともダニーは彼のボスになるだろう。少年は悪の街道、資産家への道、彼自身にとっての地獄への道を歩んでいる。今後は彼に接するときには注意しなければならないし、その方法がわからない人間には災難がおとずれるだろうとデニスは感じていた。

ダニーとマイケルはしばらく見つめ合い、やがてダニーが言った。「でかしたな、マイケル。おまえってやつは本当に分け前を増やす才能を持ってるよ。褒美として全体の三割はおまえのもんだ、どうだ？」

マイケルは嬉しそうにうなずいた。それは彼が期待していたより三割多い額だった。無報酬でも彼は喜んでやるだろう。ギリシャ人から得た週給はすべて一度取り上げられ、そのうち何割かが自分にあたえられるのを彼は知っていた。

だが、マイケルが将来の取引においても役立つ男であることを、ダニーは知っていた。彼はつねに利益を出すことを心がけている。ダニーが仕事をとってきて、マイケルがそこから利益を出す。彼らは最高のチームだった。小さな子供の頃からの親友だったし、ダニーは彼を信用できることを知っていた。彼らが足を踏み入れた大人社会では、そのことが彼にとってはなにより重要だった。

ビッグ・ダンはキッチンで、空のマグを前にしていた。ラジオからはデル・シャノンの曲が小さな音で流れていた。身体じゅうがこわばり、あちこちが痛み、今やつねに襲ってくる疲労感に負けてしまいそうだった。自分の身に起きたできごとから肉体的にも精神的にも完全に立ち直ることはできないが、日々力強さは感じていた。ときおり、ギャンブルをしたい、興奮を感じたいという衝動を感じる。友人たちとカードゲームをせず、場違いな場所での不安な気持ちを強い酒でまぎらわしたりせずに、このアパートに閉じ込められていることが彼を落ち着かない気分にさせた。

妻が彼を怒らせるのはもう何年も前からのことだが、生活が苦しくなればなるほど、家に帰らない理由を見つけるのが容易になった。あるとき、アンジが外で働いているのを初めて見たとき、彼は自分がいなくても家族はやっていけると悟った。妻と子供たちといると息苦しくなり、彼は酔っぱらって姿を消したくなった。彼は自分自身をごまかしつづけてきたことを知っているし、彼に対する息子の憎しみも正当なものだと思っていた。六百ポンドの借金に対する長男の反応も、彼には理解できた。今になって裁判長のようにしらふの状態で、十五年ぶりにすっきりした頭でその金額を考えたとき、彼は自分がどんな人間に成り下がったかがよくわかった。

しかし、それがわかっていても、この一家のなかでの自分の立ち場を受け入れていても、息子がこの空気をやわらげてくれないかぎり、彼はもう一瞬たりともこの家にいるのは耐えられなかった。アンジに対しても、弟や妹に対して、そして彼に対しても。

しらふになり、悔い改めた彼は、自分が家族の人生にあたえた混乱が理解できた。それがはっきり見えたために、彼は自分の子供の頃の思い出と、父親のネグレクトを思い出した。最後には彼も父をこてんぱんにしたのだ。父の弱みを見つけ、最後のとどめを刺そうとした。まさに今、息子が彼に対してやっているのと同じことだった。はっきりしているのは、父親が犯した罪は三代四代に渡って子供たちを悩ますということだった。

将来、長男が結婚するであろう哀れな女に、神のご加護がありますように。彼は妻に責め苦をあたえることになるだろうが、実際に彼が傷つけるのは彼自身なのだ。まるで名前を引き継いだ父親が生まれ変わったかのように。彼は父をずっと憎みつづけてきたが、気がついたら父のようになっていた。こんどは息子が同じように父親である自分を憎んでいる。彼の父親であるもう一人のダニー・カドガンは、きっと大喜びするはずだ。だが彼の母親は誠意のかけらもない女で、さっさと家族を捨てて出ていった。生活が苦しくなると、何週間も何カ月も酒を飲んで大騒ぎをつづけた。それに比べてアンジは誠意にあふれている、とくに夫に対して。


ダニーは、かつては誇り高い男だった父の折れ曲がった身体を見下ろしていた。となりに立っている母は、近頃彼のそばにいるときはいつもそうだが、怯えた目をしていた。

「放っておきなさい。寝かしておいてやって。あんたはベッドに行きなさい。あとはわたしがなんとかするから」

ダニーは父親が目を覚まし、まわりの状況をゆっくり把握するさまを眺めていた。父はすっかり老いて憔悴して見えたが、それでも心が痛まないのはなぜだろう、と彼は考えていた。だが、何年間も受けてきた暴力、嘘、精神的な虐待を思えば、これが自然なのだろう。父が、幼い頃から彼に植えつけてきた激しい憎しみや、この男が日々の糧をギャンブルに費やすことで彼らが受けた屈辱を、彼はぜったいに許せなかった。父親は役立たずのろくでなしで、生きる価値もない屑だ。彼はそんな父を心の底から憎んでいた。

だが母は今や不安の塊のようになっていて、そのことが彼を不安にすると同時に苛立たせた。近頃の彼女はなんとか平和を保とうと、家族の仲をとりもとうとばかりしている。最初に父を嫌うように仕向けたのは彼女なのに。そして彼らはそのとおりにした。ところが、こんどは子供たちに父を許せと言うのだ。だがそう母の思いどおりにはいかない。着古したネグリジェに、大きすぎるガウンを羽織った母の姿は、実際の年齢よりもずっと老けて見えた。だが考えてみれば、母は昔からずっと歳より老けて見えた。それもこの男、彼女の夫のせいだ。

「母さんは部屋に戻っててくれ」

息子がいつも夫の前で使う抑揚のない口調に、アンジは気づいた。彼女はそれが父に対する侮辱であるのを知っていたし、夫がそう受け取るのもわかっていた。

彼女はなにか言おうと口を開きかけた。夫が我慢の限界に達しているのがわかっていたので、この状況にどう対処したらいいかわからなかった。

「頼むから部屋に戻っててくれよ、母さん。部屋から出るな」ダニーは母の肘をつかみ、けっして優しいとはいえない激しさで彼女をキッチンから連れ出した。彼女は抵抗しなかった。息子の口調と表情が、彼女に無駄な抵抗を思いとどまらせた。

ドアを開け、母を寝室に押し込みながら、彼はささやいた。「言うことを聞いてくれ、母さん。今回だけは首を突っこまないでくれ」彼はドアをばたんと閉めた。それは家じゅうの者に宣告を下すような音だった。

部屋に戻ってきた息子を、父は警戒の目で見つめた。アパートはなにかを秘密にするにはせますぎた。これまで何年間ものすべてのいざこざや喧嘩騒ぎは、家族だけでなく近所の住人たちにも全部聞かれていたのだと、彼はようやくわかった。しらふできちんと意識があるということは、人にとって無慈悲な結果をもたらす。

ダニーは父親を見下ろした。突然に身体の自由がきかなくなった、がっしりした体格の男を。父に対する恐怖はずっと前に消えていて、残っているのは憎しみだけだった。

ビッグ・ダンは自分にはやるべきことがあるのを思い出し、ふたたび感情をコントロールした。「こんなことを続けるのはよくない、ダニー・ボーイ。だれのためにもならない」

息子が微笑むのを見て、あまりに自分にそっくりなのでぞっとした。自分が同じくらいの年齢だった頃を思い出した。信念があり、立派な身体つきだった。すると、自分がどうすべきだったのか、どうなっていたかもしれないかが、はっきりと見えた。それは無駄に生きた人生を思い出させた。酒を浴びるほど飲み、なにもかも忘れたあげく、最後にこの恐ろしく気詰まりな、恐怖を覚えるような、辱めを受ける瞬間にたどりついたが、こうなることは予測していなかった。

「おれがそれに気づかないとでも思うのか？」ダニー・ボーイはにやりと笑い、彼の白い歯が、父親にこれまでに物理的に精神的に失ったものを思い出させた。息子は過去の自分の生まれ変わりだった。三人の子供を持ちながら、彼らのことをなにも知らない男の風刺漫画のようにさえ見えた。

今この瞬間まで、彼は子供たちのことをなにも知らないことに、すこしも心を痛めたことはなかった。「本気だぞ、息子よ。なんとか――」

「黙れ」ダニーはゆっくりと首を振った。彼の目には感情がなく、そのことに人々は手遅れになるまで気がつかない。たいていの人間にとっては、彼の笑顔だけで充分だった。ハンサムな人間の例にたがわず、彼は殺人を犯しても罪をまぬがれることができる。彼はあたりに響く声で父の話をさえぎった。「おれはおまえの息子なんかじゃない。母さんの息子ではあるかもしれないが、おまえとは関係ない」

「おまえがなんと言おうと、おれはおまえの父親だ。おれだってそのことを吹聴する気はない。だが、これはおれたちの話じゃない、彼らの問題だ」彼は折れ曲がり、ヤニで汚れた指で廊下のほうを指差した。彼の高潔さと辛辣さが二人を驚かせた。

「ずいぶんご立派な態度だな」

「態度にかけては自信がある。おまえがおれから引き継いだものだ。だがもう終わりにするんだ、このろくでなし。もしおまえが望むなら、おれは出ていく。ここからいなくなる。ただ、それはおれがそうしようと決めたからだ。おまえに追い出されるわけじゃない」

ダニー・ボーイは父親である男を見下ろしながら、真剣な口調で言った。「母さんのためにそうするんだろうな」

ビッグ・ダン・カドガンはにやりと笑い、肩をまるめながら友好の印に両腕を広げ、真剣な口調で言った。「出ていくさ、息子よ。おれは出ていく」

ダニー・ボーイは父を真似て肩をまるめ、両腕を広げて怒鳴った。「なにを言ってるんだ、てめえは。偉そうな口をたたくな。父親面するなよ。おまえなんか父親だなんて思ってないぜ。父親どころか、おまえは人間以下だ。おまえがこの家にいられるのは母さんのおかげだろう。おまえといっしょで、母さんもどうしようもない負け犬だけどな」

「おまえは母さんを愛しているし、自分でもそれを知っているだろう」

「どうかな？　最近は自信がもてなくなってきたよ。とにかくそこにすわって、黙っておれの忠告を聞け。おれがおまえの立場なら、おとなしく聞く忠告だ。おれに言わせれば、おまえは死んだも同然だ。今はもう、ここはおれのシマだってことを、よく覚えておくんだな」

6

ビッグ・ダンは息子にどう接するべきかわからなくなっていた。目の前にいるのは、でたらめな親に育てられた少年だった。父を憎むのが当然な少年だった。彼は息子をきちんと知ろうとしなかったことを後悔した。この息子はいつか名を上げるだろうという気がした。同時に、息子はひとかけらの罪悪感もなしに自分の父を死ぬような目にあわせることができる男だった。彼の憎しみや怒りを静めることはできない。父はゆっくり首を振った。

「おまえになにかを期待してるわけじゃない。おまえがおれになにも期待してないのと同じだ。だがな、息子よ、おれはただ黙っておまえに指図されるつもりはない。そんなことになるくらいなら、ドブで寝たほうがましだ」それは本心からの、心のこもった言葉だった。だが同時に、今さら言っても手遅れだったし、そのことは二人ともわかっていた。

ダニーは父の向かい側に腰をおろし、タバコに火をつけた。しだいにビッグ・ダンの勇気が萎えてきて、なんという怪物をこの世に生み出し、解き放ってしまったのかと途方に暮れた。彼の息子には生身の人間としての感情が欠如している。彼はだれのことも考えない冷淡な若者で、なにを言って聞かせても無駄だった。彼は昔の自分を思い出した。

「あんたはおれよりずっとドブにくわしいだろう、父さん」

それは素直な感想で、心が痛んだ。ビッグ・ダンの頭に浮かんだ自分の姿は恐ろしいものだった。失敗の埋め合わせをするには、彼は歳をとりすぎていた。それでも息子のことが気がかりで、息子に忠告しなければと思った。

「今の自分がなにをしているかわかっているか、ダニー・ボーイ？」彼はどうにかして息子に自分の話を聞かせ、できるだけのことを教えてやりたいと思った。この危険な世の中で、彼の助けになることを伝えておきたかった。「いいことを教えてやろう。おまえはおれなんだ。まるでおれの分身だ。おれがなにをいちばん恐れているかわかるか？　おれは酔っぱらいのギャンブラーで、どうしようもないろくでなしだ。だがおまえの言い訳はなんだ？」

父親は笑った。腹の底から湧き出るような、低い笑い声だった。「おれは出ていく。おまえの前から姿を消すから心配するな。このろくでなしばかりの家族を全部おまえにやる。だが、よく覚えておけ。いつの日か、ここにすわっているのはおまえになるんだ。おれはおまえの将来の姿で、おれと同じように、いずれおまえも自分を愛するはずの人間から憎まれるようになる。おれの忠告を聞いてほしいが、おまえは他人の言うことなんかに耳を貸さないだろう？　ミスター知ったかぶりだからな。おまえはおれと同じろくでなしだ。おれの親父もそうだった。最後に一つだけ頼みがある」

そこで彼は、まるで彼には荷が重過ぎるというように深いため息をついた。実際、彼には難しすぎることだった。「家族の面倒をちゃんとみてくれ、いいな？　おれにはもうやってやれないことだから。もう、うんざりだ。たぶんおまえも、そのうちそうなるだろう。だがおれがやってきたように、なんとかうまくやる努力だけはしてくれ。おまえが思っているより、ずっと難しいことだがな」

　そのとき、ダニーは父親の本心を見抜いた。父親はいつもどおり安易な逃げ道を選ぼうとしている、責任を放棄し、そばにいるだれかにそれを押しつけようとしている。少年は父親とそっくりの顔でにやりと笑った。彼は目の前の男をずたずたに引き裂いてやりたい衝動を必死にこらえた。今回はこの男が必要なのだ。父の知識と鋭い洞察力が必要だった。

「黙れ、ろくでなし。黙っておれの話を聞け。ここからまた出ていくまえに、質問に答えろ」

「いったいなんの質問だ？　なぜおまえのためになにかしてやらなきゃならないんだ？」

そう言って父親はふたたび笑った。悪意に満ちた、不快な笑い声だった。

「もし答えなければ、おれはあんたを殺す。ただの脅しじゃない。おれはあんたを抹殺する理由をずっと探しているんだ。おれが知りたいことを、さっさと教えろ。さもないと……」息子は最後まで言わなかった。彼の真意を父がちゃんと理解していることを知っていた。彼は父親に逃げ道をあたえた。それを選ぶかどうかは父の問題だ。抑制された激しい怒りで、場の空気は重苦しかった。たったひと言の間違った答えが大虐殺の到来を告げることは、二人とも知っていた。ダニー・ボーイはそうなる機会を待ちつづけているのだから。

ビッグ・ダン・カドガンは息子が彼の専門的な見解を本気で必要としているのを知った。それは失敗の埋め合わせをするチャンスで、彼はよろこんでその選択肢を選んだ。

「なにを知りたいんだ？」

「ルーイ・スタインは信頼できる男か？」

ビッグ・ダンはため息をついた。彼は意外な質問にとまどい、息子がなぜそんな質問をしたのかといぶかしんだ。その質問は彼の興味をかきたてた。以前はけっしてなかったことだった。突然、ビッグ・ダンはなにが起きているのか知りたくなった。最前線にいた頃が懐かしく、街の噂を知っていた時代が懐かしくなった。「だれと比べて、ユダヤ人のほうを信じるっていうんだ？」

ダニー・ボーイはけだるそうに微笑んだ。ようやく彼の苦境を理解した父は、こんどは他のだれが舞台にいるかを知りたがっている。「だれだと思う？」

ビッグ・ダンは椅子に深く腰かけた。本当に息子の力になりたいのなら、ここは真剣に答えなくてはならない。少年の横柄な態度にもかかわらず、彼は本気で息子を助けたいと思っていた。彼は息子のことが心配だった。そのことに彼自身が驚いていた。

「そうだな、マーリー兄弟は寄生虫みたいなもんだ。おまえも知っているだろうが、おれはだれよりもそれをよく知っている。彼らに比べれば、ルーイ・スタインは聖母マリアみたいなもんだ。だが、なぜそんなことを訊くんだ？」

ダニー・ボーイはその質問を無視した。目の前の男とまともに会話をするつもりはなかった。「いままでルーイ・スタインが密告者だと疑われたことはあるのか？」

父は肩をすくめ、ゆっくり首を振った。「おれの知るかぎりでは、ない。忘れちゃいけないのは、ルーイは昔からこの世界にいるってことだ。それに対してマーリー兄弟はおれみたいな連中を食い物にしてる。そのなかにはおまえも含まれているんだぞ。自分がしでかしたことを言い訳するわけじゃないが、おれは本当になにも覚えていないんだ。なのにマーリー兄弟は六百ポンドをおれから、いや、おれたちから取り立てた。いったんやつらからおれが金を借りたら、どんなに子供でもおまえたちも借りたことになる。おまえが自分の道を歩いていくことはわかってる。だがあの兄弟に関しては、おれより運がいいことを祈ってる。やつらはおまえの大物になりたいって夢をめちゃくちゃにする。マーリー兄弟はおまえを破滅させて高笑いをするんだ」父親はゆっくり立ち上がった。痛みのあまり、全身に火がついたような気がした。すべての関節がこわばり、骨の鳴る音が部屋に響いた。「おまえはおれをやつらに売り渡したが、それはいいだろう。弟や妹のためにやらねばならぬことをしただけだ。この家族からすべてを奪ったのはおれだから、おまえがやったことをだれよりも理解している。だがマーリー兄弟がそのせいでおまえを尊重するなどとは思うな。ぜったいにそんなことはない。やつらは他人をとことん利用する。それに比べりゃ、ルーイはとびっきり素晴らしい。やつのことはどんなときでも信用できる。

ルーイは何人かの警官に金を渡して味方につけてる。もちろん、やってるさ。ああいう仕事をしている以上、それは必要だろう？　たぶんそいつらから忠告を受けて、おまえに気をつけろと注意したんだろう」

ダニー・ボーイは同意するようにうなずいた。ルーイのことは信用していたが、まだ歳若い彼にとっては第一印象が正確でなくてはならない。彼らの世界の掟を、高い授業料を払って学ばねばならない。彼は九十歳になろうとしている十四歳の少年で、勝ち組につかねばならない。だが自分にはまだそれができるほどの経験がないことを認めるだけの分別はあった。ルーイが密告者ではないという彼の勘が正しかったことは証明されたが、だからといって彼がずっと勝ち続けるという保証はない。

「こんなに長いあいだ話をしたのは生まれて初めてだって気づいてるか、父さん？　悲しいと思わないか？　おれは悲しいね」

ビッグ・ダンは息子の目を見つめた。まるで鏡を見ているような気がした。後知恵とはじつに素晴らしい。彼らから背を向けられた今になって、ようやく彼らがいかに素晴らしい子供たちかに気づくのだから。血を分けた彼らのような子供を持った自分の幸せを感じるのだから。今となっては取り返しがつかないし、彼らを授かったことが幸運だったといくら言っても、もう手遅れだ。彼らがどれほど素晴らしい子供たちかを知ろうともしなかったことに、涙を流すだけだ。なにしろギャンブルや女遊びに忙しすぎて、思い出したらなにかしなければならないのが嫌で、彼らの存在を忘れようとしてきたのだから。

ダニー・ボーイは父親が感情を押し殺そうと苦心しているのを眺めながら、ふたたびため息をついた。この男のすべてが憎しみの対象で、このさきなにがあろうとも、けっしてこうはなるまいと彼が決めている人間だった。だが、今この瞬間がやってきて、父がこの家から出ていくことを、父がふたたび彼らを見捨てることを、彼は許せなかった。なにしろ人々が彼を尊敬しているのは、家族が迷惑をこうむったにもかかわらず、彼がこの年老いたろくでなしを家に置いてやっているからだった。家族はなにがあっても家族なのだ。それはイースト・エンドの掟だった。実際は大嘘であったとしても。事実、きわめつけの嘘だったのだが。

それにもし父に出ていくことを許したら、ふたたび酒を飲んだとき、仲間たちのなかに戻ったとき、街に出ていったとき、そしてまたギャンブルに負けて賭け金や飲み代が必要になったとき、なにを言い出すかわかったものではない。父はまさにお荷物だったが、フェイスに関しては知恵の源泉だった。そのために彼は父に調子を合わせ、利用しようと考えていた。

「話してくれてありがとう、父さん。礼に、このまま家にいていいよ。このままここに残るだろう?」

ビッグ・ダンは目を閉じて自分の運命を受け入れた。彼と違って、息子は抜け目のない人間で、まだ子供なのにまるで成人の男のように見えるし、周囲の人間たちから大人として扱われている。家族を苛め抜き、こづきまわし、無視してきた年月が、今こうして彼に手痛いしっぺ返しをしている。この化け物を作りだしたのは彼自身で、息子が許可を出さないかぎり、彼はこの場所から出ていくことはできなかった。

息子は立ち上がって部屋を出ていくまえに、ポケットからブラック&ホワイト・ウィスキーのハーフボトルをとりだし、それをそっとテーブルに置いて、悲しそうな声で言った。

「初戦はあんたの勝ちだ、父さん。そのことを忘れないようにな」


「大丈夫か、坊主？」

ルーイの低い声に、ダニー・ボーイは近頃目立つ神経質さを感じた。ごく親しい者にしかわからないが、最近のスタインの声はごくわずかに震えるようになっていた。ダニーはどう応えたらいいかわからなかった。正しく状況判断ができるほどの経験がなく、そのことが少年を苛立たせた。彼はいかつい肩をすくめ、おだやかに微笑んだ。「大丈夫さ、ルーイ。いい加減にしてくれよ」

ルーイはしばらくなにも言わず、かわりに二人分の紅茶をいれた。ダニーはオフィス内を見まわし、ドアに貼られたセミヌードの女の写真をちらりと見た。それは他人のために貼られたもので、ルーイが女性に興味がないことをダニーは知っていた。彼にとっては妻と子供たちだけで充分だった。五人の娘を持つルーイ・スタインは、自分の娘よりも若い女の姿が写った写真に不快感すら覚えていた。だが同時に、彼らが取引する男たちのほとんどが、つねに売春婦をいやらしい目で見て、彼女たちを夢想しているのをダニーは知っていた。ダニーも売春婦のことが頭にはあったが、まだ若い彼には、この手の写真は歳をとったという宣言みたいなものだった。彼は脱水機のそばに立っただけで勃起するが、彼らは妻がビンゴで蓄電池でも当てないかぎり、勃起させるのすらひと苦労だ。彼らは夢想しているばかりで、ダニーはそんな彼らを哀れに思っていた。女が彼の人生を支配することはありえない。余暇の時間も、彼の大切な金も。彼はそうした面倒なことに首を突っこむには洞察力がありすぎた。家族を見捨てないのは、そのためだった。父は自分の世界を、手がかかる子供たちの世界よりも重要だと考えていた。

黒髪の娘が大きく脚を広げている、目のまわりの濃い化粧が幼さをよけいに際立たせている写真をちらりと見ながら、彼は男たちの世界について考えた。父のような男たち、マーリー兄弟のような男たち、自分のことしか考えない男たち。写真の娘はマスターベーションのための道具で、彼女がたとえ年金生活者になってもくりかえし使われるものだ。こうした写真は次の世紀になっても出回っているだろう。乳と尻は結局、乳と尻でしかない。だがすくなくともこの女には性器をさらけ出す理由がある。おそらく子供のためだろう。女は子供のためならば、どんなひどいこともやるものだ。だが男たちは最も忌まわしい犯罪を犯しても、許されているようだ。

写真も悪くないが、本物にはおよばない。彼は最近知ったその世界を気に入っていた。熱く濡れた女たちと、膝ががくがくするような感覚。ことが起こる前と、起こった後の息もつけないような興奮。女たちが服を着ながら彼と会話しようとすることに対する苛立ちですら。とくにその頃には、彼はできるだけ早くその場を離れたいと思っていた。

ルーイは少年を眺めてにやりとした。常時勃起していたあの時代のことは、今でもよく覚えている。人生に活気があって、夏が今より長く湿っぽいと感じられたあの頃を。「今は信じられないだろうが、いつの日か、世界が自分の遊び場じゃなくなる日が来るんだぞ。いつの日か、ああいう女たちがやりたい相手じゃなくなる日が来る。逆に自己嫌悪に陥るような夢になる日が来るんだ。いつの日か、ある朝目を覚まして、三十年か四十年がたってることに気づくんだ。注意してないと、おまえもおれのようになっちまう」

ダニー・ボーイはおだやかに微笑んだ。彼の歯並びのよさとがっしりした顎が、ルーイに少年の若さを思い出させた。もし彼の立場になれるのなら、ルーイはどんなことだってするだろう。「もっと悪いことになるかも。おれの親父みたいになるかもしれない」

これに対して、ルーイはダニーが期待したように笑わなかった。そのかわり、彼は首を振って突然言いだした。「おまえはそんなことにはならない。すくなくとも、おれがなんとかできるのなら、そんなことはさせない」

ルーイのきっぱりした否定は、少年を喜ばせた。それは彼にとって最大の恐怖だったし、そのことは二人とも知っていた。

ルーイは葉巻に火をつけ、音をたててそれをふかし、しばらくその作業に熱中しながら葉巻の苦さを楽しみ、やがて吐き出した煙の滑らかさに満足した。それから、少年の前に腰をおろし、無遠慮に彼を足の先から眉毛までしげしげと見つめた。それは意図的な行動で、ダニーは相手がなにかを言うのをじっと待った。

「マーリー兄弟についておれが忠告したことを、ちゃんと注意しているか？」

ルーイは、少年がのぼせあがった初心者だということがわかっていたし、この状態が長く続くことはないということもわかっていた。少年が忠告について不安になっているのはわかっていたし、そのように思うのが自然だとも知っていた。なぜ自己弁護をしなければならないと感じるのかは、ルーイ・スタイン自身にもうまく説明はつかなかった。彼はこの少年を気に入っているからだと自分に言い聞かせたが、それ以上のなにかがあることを彼は知っていた。「いいか、ダニー、勉強になると思うからこの話をしてやったんだぞ、わかるか？　つい最近、エレファントとキャッスルのフェイス数人とかかわったときに、やつらがマーリー兄弟には注意しろと教えてくれた。その貴重な忠告をおまえにも伝えてやったんだ。彼らは地域の警官のほとんどを飼ってるし、おれの仕事仲間たちはみな彼らの意見を求めるんだ。おれの言いたいことがわかるか？　だから、もしもおまえが犯罪者の道を進みたいのなら、囮と実際のプレーヤーの違いを見抜け。頭を低くして、口を閉じて、しゃんとしていろ。そうすれば失敗することはない」彼はふたたび葉巻をふかし、あまりの煙の濃さに、ダニーは顔の前で手を振って煙を払いのけた。

「最後にもう一つ。坊主、すくなくとも餌をくれる手を、けっして噛むんじゃない」

それは脅しで、友人としての警告だった。ダニーはルーイが善意で言っているのを知っていたし、彼が気分を害していて、そう感じるのが当然だということもわかっていた。ルーイは彼にずっとよくしてくれていた。彼がこれほど疑心暗鬼になったのは、彼の若さゆえだ。たしかにこれは勉強の一環で、ルーイが本当のことを知る立場にあるのはあきらかだった。それは彼も本能的にわかっていた。自分が厳しく非難されているのはわかっていたし、それをありがたいと思っていた。それはつまり、まだチャンスがあるということで、彼は今後も仕事をもらえるということだった。

ダニーは紅茶に口をつけ、いつものように落ち着いて状況を考えた。スタインは少年の表情に感心した。彼が叱責を冷静に受けとめているのがわかった。

「おまえは良い子だ、ダニー。ここで重要な意味を持つのは子という言葉だが。だが、やりすぎるなよ。おまえはまだ新参者だし、かなりの変わりもんだ。まわりから好かれてるが、そんなことは一瞬にして変わる。信じられないのなら、マーリー兄弟に訊いてみろ」

ルーイは高価な葉巻をふかした。目が潤んできたが、気にも留めない。チャーチルも同じ葉巻を吸っていた。チャーチルは、おそらくただでもらったんだろう。彼自身は大男なみの激しい気性の小柄なギリシャ人の男から、それを安く仕入れていた。彼は重要人物のすべてと知り合いだったし、彼ら全員と友好関係を保つのを一生の仕事にしていた。可能なかぎり個人間の揉め事にはかかわらず、人から聞いた話はけっして他人に漏らさなかった。彼のような仕事をしていると、それはぜったいに必要なことだった。彼の友人としての忠告に、少年が不安を感じていることが彼を怒らせた。少年を救うために何度も危ない橋を渡ったというのに。心の隅では、少年の迷いを理解していたし、彼が新参者で、どっちを信用すべきか思案しているのはわかっていたが、一方では彼を殴り倒したい気分だった。

ダニーは立ち上がり、彼と家族を食わしてくれる手をがっしりと握り、顔には笑顔を浮かべ、反省の印を表わした。だがすでに手遅れで、そのことはどちらもわかっていた。

メアリー・マイルズは学校からの帰り道を、ジョンジョー・カドガンといっしょに歩いていた。彼女のアパートのある通りを通過しながら、彼らはくすくすと笑った。彼女はミサに出ているはずで、彼はサッカーをしていることになっていたが、あまりにしょっちゅう嘘をついているために、今では口からでまかせが自然と出てくるようになっていた。公園がわりになっているごみ捨て場にむかって歩いていると、自転車に乗ったメアリーの弟のゴードンが近づいてきた。

「なんてみっともない自転車だ。あんなものに乗ってるところを見られて、恥ずかしくないのか？」ジョンジョーは悪意をこめて言った。二人きりの世界をだれかに邪魔されるのが嫌だった。メアリーが彼に特別の感情を抱いていないのはわかっていたが、それでも邪魔が入るのは許せなかったし、それがたとえ彼女の血を分けた弟であってもその気持ちは変わらなかった。彼女への熱い思いは、あまりに激しくて、ときとして彼を怯えさせた。ほとんどの場合、彼女のそばにいられるだけで彼にとっては充分だったが、何者かが割り込んできたときは感情を抑えることができなかった。だがゴードンに焼きもちを焼くことはほとんどなかった。なにしろ彼はメアリーの弟だ。だが弟がしょっちゅう姉といっしょにいるので、ジョンジョーはゴードンを邪魔者と考えていた。

ゴードンはすべてわかっているという顔でにやりとした。姉と同じ金髪で、同じようなゆがんだ笑顔を見せる。美男美女ばかりの一家で、彼らもそのことを知っていた。メアリーはすでに花盛りで、そのため弟は姉の行動を厳しく監視していた。九歳にしてすでに彼女は知らなくてもいいことまで知っていて、まわりにいる男性を思いどおりにあやつるのがいかに簡単なことかを知っていた。

ゴードンは彼らの真横で急ブレーキをかけて自転車をとめた。大きすぎる身体は彼の重荷となっていて、ふだんよりずっと動きがぎこちなく見えた。自転車は寄せ集めで作った物で、本当に不格好だった。友人や近所の家から集めたごみを使って、彼自身が組み立てたものだった。機能的ではあるが、みすぼらしい。そのせいで彼はさんざんやりこめられたが、彼は目的を達成する手段だと割り切っていた。自前の交通手段を持っているというだけでも、同世代のなかでは特筆すべきことだった。

表向きの見た目というのが、この街では生き残るために最も重要な要素だと、彼はずいぶん前に学んでいた。そしてその点に関しては、彼は充分すぎるほどのものを持っていた。彼はふたたびにやりと笑い、それを見た姉は、悪口を言われた弟が近所の仲間である少年を殴りつける一歩手前だということに気づいた。「べつに恥ずかしいとは思わないぞ、ジョンジョー。どんなに見かけが悪くても、おまえより一台多く自転車を持っていることには変わりないからな」

ジョンジョーは自分が言い過ぎたことに気づき、いさぎよく叱責を受けた。結局のところ、たしかに自転車を一台も持ってないのに比べれば、どんな自転車だって、あるだけではるかにましだった。「冗談で言っただけだ。冗談がわからないのか？」

ゴードンは悲しげに首を振った。「わからないね。とくにおまえみたいなやつから言われる冗談は」

彼は敵対する少年を憎しみをこめた目でにらみつけ、大声で言った。「家に帰るんだろう、メアリー？　母さんがおまえを捜してる」

メアリー・マイルズは深いため息をついた。母が徘徊しているということは、おそろしく機嫌が悪いということだ。それは肉体的のみならず精神的な苦痛を意味した。それは何時間にもおよぶ大騒ぎと非難の応酬を意味した。そしてその騒ぎをおさめ、やって来た警官に対応するのは彼女の役目だった。警官はかならずやって来る。母はちゃんとそうなるようにしているからだ。それは母にとっての新たなおはことなっていて、彼女はその騒ぎのすべてを楽しんでいた。

警察は母の機嫌が悪いときのメアリーの仲裁に慣れていた。現実には、彼女を頼りにしていた。母を落ち着かせ、騒ぎの火種となった揉め事を仲裁するのも彼女の役目だった。母はなにも考えずに近所の人たちと言い争いをはじめる。乱暴な口調で罵り合ったあげく、最後にはかならず手が出る。彼女はそうやってつらい人生と向き合っていた。彼女は今や地元の笑い話の種であり、そのことが子供たちの生活を耐えがたいものにしていた。母流の敵討ちや、酔った勢いでの喧嘩騒ぎに耐えなければならないうえに、彼らが毎日いっしょにすごすクラスメートがそれを知っていて、多くの場合、彼らの両親がその被害者だった。

親なんてろくでなしだ。だがメアリーにとってはそんなことはどうでもよかった。むりやり巻き込まれないかぎりは、彼女は知らないふりをした。彼女にとって大切なのは今この場だけで、将来のことまでは考えられなかった。だが今は、家に戻らなくてはならない。母の喧嘩の相手がだれなのかを突きとめて、関係者をなだめてまわらねばならない。本当に不公平だ。彼女が望んでいるのは普通の生活だけなのに。

「母さんは家のなかにいるの、ゴードン？」

彼は完璧な白い歯を見せてにやりとした。

「今はな。警官といっしょにいる。脅迫と暴行罪で逮捕された。殺すって脅して、銃を発射したんだ」

ジョンジョーが声をあげて笑いだした。罪状を聞いても、だれも驚かなかった。ミセス・マイルズはまさに歩く事件だった。逮捕歴が服を着て歩いているようなものだ。しらふのときは世界一穏やかな女性だが、酒を口にしたとたんに悪夢となる。すでに前回騒ぎを起こした刑で執行猶予期間中だった。それはパブで酒量分配機を銃で撃ち抜いたという事件で、その後彼女は人違いをしたと申し立てた。そのうえ彼女は治安妨害とわいせつ罪で実刑を受けて保釈中の身だった。地元の〈ワーキング・メンズ・クラブ〉で服を脱ごうとしたせいで、そのうえ本物のストリッパーに責め苦をあたえて殺すと脅したからだった。妻がそばにいるときに、ミスター・マイルズから彼女が酒をおごってもらったから、というのがミセス・マイルズの言い分だった。

ジョンジョーはメアリーに同情していたが、彼女はすでにこうしたできごとには慣れっこになっていた。彼女の母親はまさしく悪夢のような人間で、なんの悪気もない相手に対して侮辱された、挑発されたと怒りだす酔っぱらいだった。ただ「おはよう」と言われただけで、それを宣戦布告と受け取る。彼女はエアガンも持っていて、その在りかは家族ですらわからない。泥酔していても、彼女は他人に見つからないようにそれをうまく隠してしまう。もっとも、翌朝起きてしらふに戻ったとき、いちばん後悔しているのは彼女自身だった。だが彼らの住む世界では、酔っぱらいの女は同類の男よりもずっと激しい非難にあう。たとえ夫が強盗であろうが、泥棒であろうが、女性はいまだに道徳の鑑《かがみ》とされていた。女性は男たちと違って、自分の行動に責任があるとされていた。

「発砲したの？　こんどはどこから銃を手に入れたの？」

ゴードンは首を振った。その目はもう笑っていなかった。「わからないよ、メアリー。たぶん親父の銃だと思うんだが。また強盗をやるつもりだったんだろう」とくに興奮するでもなく、感情のこもっていない口調で、彼はあっさりと言った。

「すぐ帰らないと……ジョンジョー、また明日ね？」

ジョンジョーはうなずきながら、彼女の冷静さに驚いていた。今回もし母親が有罪になったとしたら、かなりの年数を食らうことを知っていたからだ。

「幸運を祈ってる」

メアリーは悲しげに笑った。「幸運？　家にいるときに、それってなにか役に立つのかしら？」

7

「わたしの人生はめちゃくちゃよ、あんただってわかってるでしょう。わざとそうなるようにしてるんだから。夫は自分の家で怯えながら暮らしているし、こんな姿を見るなんて夢にも思わなかったわ」

アンジェリカ・カドガンの言いぐさは、まるで夫は完全に無実であって、責任を問われるようないわれはないのに、不当な扱いを受けているとでも言わんばかりだった。ダニーは自分の耳を疑った。

「人生がめちゃくちゃになったのは自業自得だろう、母さん。そのうえ、あんたはおれたちの人生もめちゃくちゃにしたんだ」

「わたしはあんたたちのために一生を捧げて……」

「冗談だろう、母さん。あんたはおれたちのことなんて眼中になかった。それは自分でもわかってるだろう」

ダニー・ボーイは顔をそむけ、母の不平を聞くことを拒否した。

「母親に背を向けるんじゃないわよ」

彼は苛立ちのあまりため息をついた。彼女がそうしたように、彼も母を、彼ら全員を傷つけてやりたかった。「親父が望めば、母さんはおれたちを食材にだってしかねない。それはみんなが知ってるんだ、母さん。ずっと昔から知ってたんだ。おれたちのことを気にかけるのは、あんたが一人ぼっちのときだけで、親父が姿をくらましているあいだだけさ。やつが戻ってきたら、またおれたちのことはほったらかしさ」

真実を聞かされるのは胸が痛むし、アンジェリカはそれをだれよりもよく知っていた。それが目の前の少年に対して激怒している理由だった。家族が無事に生きていけるように彼らの面倒をみてくれる長男を、彼女は自分自身の罪悪感と恥ずかしさから激しく責めたてているのだ。「この堕落したろくでなしが……」

ダニー・ボーイは片手を上げ、悲しげに言った。「よせよ、母さん、頼むから。やつはどうしようもない屑なんだ。ずっと昔からそうだったし、そのことは母さんのほうがよくわかってるはずだ。あいつのやったことを正当化するのはよせ。それにおれたちに対するあんたの態度の言い訳に使うのもやめろ。母さん、これは警告だ。おれをこれ以上怒らせないでくれ。今夜はもうよしてくれ」ダニーは母の顔を指差した。彼の怒りはだれの目にもあきらかで、彼女がなにを望んでいるかに彼が必死で気づかないふりをしていることも、彼女はちゃんとわかっていた。これまで何度も二人がくりかえしてきたゲームだった。ただ今回だけは、彼女を見逃すつもりはない。彼がこれ以上母のゲームに付き合う気がないことは、二人ともよくわかっていた。

アンジェリカは悲しげに首を振り、目は心痛のあまり曇っていて、その涙は本物だった。「お願いよ、わたしのためにそうしてくれない？　あの人はわたしの夫なの、あなたたちの父親……」

彼女はまたもや泣き落としにかかった。それはダニーを軟化させるのに充分だったが、彼は母の口先だけの言葉に騙されるほど愚かではなかった。かわりに彼は態度を硬化させた。このような騒ぎが必要だと考える母に、あんなことが起きたあとでなんとか彼を説得できると息子をみくびった母に、彼は憎しみをつのらせた。

「あいつをここに置くのはかまわない。だがあいつを憎む気持ちは変わらない。母さんに対しても同じような気持ちを抱かせないでくれ。あの男は家族のことなんて考えちゃいない。あいつをまったくの別人に仕立てるのはやめてくれ。あいつはそんな人間にはなれないし、そうじゃなかったんだから」

母の顔は怒りでゆがみ、声には憎しみがこもっていた。「あんたのせいであの人は身体が不自由になって、すべてを失ったのよ。あの人にはわたしたちしかいないのよ」

ダニー・ボーイは驚いて首を振った。父に対する同情を買おうという試みは、いくらなんでもやりすぎだった。

「あいつはたしかにぼろぼろかもしれないが、母さん、そんなことはだれも気にしちゃいない、違うか？　もしあのままあいつを野放しにしていたら、家族のだれかが同じ目にあってた。やつはあんたも含めて全員に暴力をふるってた。たとえおれたちのだれかがぼろぼろになっても、やつは気にも留めないさ。そんなことはあんただってとっくにわかってるだろう。やつがぴんぴんしてた頃、あんたやおれを二度と立ち上がれない身体にしたかもしれないんだぞ。さんざん蹴って殴って、怒鳴り散らして。あんたの顔にタバコの火を押しつけたこともあったよな。おれはちゃんと見てたんだ。あんな男はくそくらえだし、あんたら全員、くそくらえだ」

彼が一歩前に出たので、アンジェリカは初めて息子に恐怖心を抱いた。ダニーには彼女の身体から恐怖の臭いが漂ってくるような気がしたが、罪悪感はなかった。ただ彼がいなければこの家族は生きていけない、という彼の信念を裏づけしただけだった。近頃の母親は彼を苛立たせる。そして女はいかに信用できない生き物かということを彼に思い知らせた。母は彼を騙されやすい若造だと思っている。彼女の嘘に騙されて、あの寄生虫をまた一家に迎え入れられると思い込んでいる。ダニー・カドガンは一家の大黒柱の役目を背負って、家族を養うために稼いできているというのに。彼はそうせざるをえず、一家は今までにないほどいい生活ができているというのに。それにもかかわらず、母は子供たちといっしょにいるよりも、あの父親だと名乗る男に翻弄されるほうを選ぼうとしている。彼女の子供たち、彼女の本当の家族で満足すべきなのに。彼女は彼らを破壊したあの男のほうがいいというのだ。それは彼にとって衝撃的な現実だった。

母が一家を破滅に追い込もうとした男をいまだに必要としている事実が、彼の心を傷つけた。

この争いはすべてセックスのためだ。それしか彼女の頭にはない。生まれてからこのかた父ときたら、家族にとっては彼らを激しくののしるか、うまく身を隠していただけの存在だ。それに対して母は、酒に酔った父の暴力をずっと避けてきて、自分と家族を守ろうとしてきた。それなのに今、彼女はまるで自分たちが愛し合っている理想の夫婦であるかのようにふるまっている。ダニー・ボーイは子供時代を家族のために犠牲にしているというのに、彼女は過去を忘れてなにもなかったふりをしろというのだ。自分たちは完璧な家族だというふりをしろと。自分勝手にもほどがある。

母は父を恋しがっている。だが父のなにを求めているのか？　やつの雄弁さでもなく、大きな財布でもない。父が家族の前に顔を出すのはすっからかんになったときだけで、ギャンブルに没頭して給料を使い果たしたときだけだった。機嫌が悪く、だれかを殴りたくなったときだけ、彼は家に戻ってくる。拳と恐怖、母をののしり、殴りつけ、脅し文句と暴力で彼女をベッドに連れていく。子供たちは自分のベッドにもぐりこんで、その物音を聞きながら、次に自分の番が来るのを怯えて待っていた。

だが今回はすべて彼女の欲求の問題だ。夫に抱かれたいという、それだけのことだ。彼にとっては不名誉なことだ。生まれて初めて母は充分な金をもらい、もう他人の家を磨かなくてもいいし、他人の家の床に這いつくばる必要もないというのに、それでもまだ彼女は満足できないのだ。彼が母にあたえてきた生きるために必要なもの、暖房、電気、食べ物、酒、気が向いたときにはビンゴを楽しむことなどはすべて二の次で、彼女が欲しているのは夫がベッドに戻ってきてくれることだった。その男が自分や子供たちになにをしたかは、問題ではないのだ。女はぜったいに信用できない、と彼は心の底から思った。物心ついて以来ずっと、彼は母から父の悪口を聞かされてきた。生まれてからずっと、父がいかに無能な人間か、あんな男のようになってはいけない、と聞かされつづけてきた。

何年間も母の愚痴を聞きつづけたのだ。父について母はまさに知識の泉だった。そのうえ父親がいかに役に立たないろくでなしかを、彼はその目で見てきた。結果として子供たちはみな父を憎むようになった。例外は妹だが、彼女はこのさい関係ない。末娘に対する父の愛情を妬むものはだれもいなかった。それは父親として当然のことで、家族にとってそれは彼の唯一のまともな部分だった。

だがこんどは、母の話をまともに聞くなら、あの父親と名乗る男はキリスト再臨に匹敵することになる。彼は罪を犯したのではなく罪の犠牲者で、一生をかけて勝ち目のない人生と戦ってきたというのだ。母は息子をなんだと思っているのだろうか？　どこかのマンホールの下から這い上がってきたとでも思っているのか？

この家の家計を支えているのは彼なのだ。それは父がこれまでずっとやりたがらなかった仕事だ。彼の目から見れば、すべてを仕切るのは彼の権利であり、たとえ母が妻の座に返り咲いたといっても、彼らまでがそれに便乗して調子を合わせてやる必要などないはずだ。

父が身体障害者になったのも、いわば彼のおかげなのだ。母がこうして夫といっしょに家にいられるのは、父が行きたくてもどこにも行けないからだ。だからといって彼がやつにへつらう必要はない。母がいくら歴史を書き換えようとしても、子供たちはちゃんと覚えているので、彼らが同調する必要はない。彼はあのうすのろを利用するが、もしも子供たちが幸せな家族のふりをするのを彼女が期待しているのだとしたら、考え直したほうがいい。それを母にはっきりとわからせなければならない。夫は手もとに戻ってきたが、だからといってあの男を大切にしてやるわけではないことを。「やつを家には置いてやる。母さんのためだ。だが二度とこの話は蒸し返すな。兄弟とあんたの面倒はこれからおれがみる。そうしなきゃならないように、あんたとあの男が仕向けたんだ。あんたに対して、すこしも悪いことをしたとは思っちゃいない。あんたもおれたちに対して同じように言えたらいいのにな。あの男はおれたちにとってはどうでもいい相手だ。やつのことはわかりすぎるくらいわかってるし、今さらなにを言われたって、おれたちのあいつに対する態度は変わらないよ、母さん。もう手遅れなんだ」

母の蒼白な顔を見ても、今や彼はなにも感じなくなっていた。激しい怒りがすべてを飲み込んでいく。母のことも、母の裏切りも、夫をまったく別人に仕立てようとする試みにも、彼はうんざりしていた。「これ以上、おれを怒らせないでくれ、母さん。あんたには子供たちの面倒はみられない。だからおれが代わりにやらなきゃならないんだ。そのことを忘れているだろう?」

アンジは息子を見つめながら、どこからその怒りが来るのかと考えていた。だが同時に、それが当然だということもわかっていた。心の奥底では、またいつものように彼女は子供たちの期待を裏切ったことを知っていた。子供よりも夫を優先したこと、子供たちの幸せよりも自分の結婚生活を優先したことを。彼らのほうが正しいことはわかっていたが、それでも彼女の気持ちは変わらなかった。

「先に忠告しておくぞ、母さん。おれに選ばせるようなことはしないでくれ。二度とこんなふうにおれを怒らせないでくれ。あんたと違って、おれには忠誠心というものがある。あんたやあのろくでなしには理解できないことだろうけど」

彼女は悲しそうにうなずいた。「でも、この家にいていいのね？」

ダニー・ボーイもうなずいた。ぎゅっと握りしめた拳から、彼女の行動に対する彼の嫌悪はあきらかで、これ以上の話し合いは無駄であることが彼女にもわかった。もう話し合うことはなにもない。これが最後だった。母が彼に背を向けた瞬間、彼女がふたたび妊娠していることに彼は気がついた。彼女のあきらかな裏切り行為を目にして、彼はもうすこしで正気を失いそうになった。

なにかが少年を悩ましていることはルーイにもわかっていたが、いくら質問をしても、彼がその原因を打ち明けることはないだろう。女のことか、と彼は思った。彼がその方面で活発なのは知っていたし、女にもてるのもわかっていた。女たちは着飾ってくず鉄置き場の前を通り、少年に微笑みかけたが、たいていは完全に無視された。彼は冷たくすることとで相手を燃え上がらせるタイプの男だった。すくなくとも彼はそういう印象を周囲にあたえた。ルーイが眺めているまえで、少年は廃棄物の収集業者と銅パイプの取引について話し込んでいた。それがなにかはわからないが、彼を悩ましている事柄が少年の人生をゆがめているのはたしかだった。彼は以前より歳をとったように見え、まるで世界を若い背中に背負い込んでいるように見えた。ただ、この状態が長くは続かないのもルーイにはわかっていた。ここ数週間で少年は大きく変わった。それも良くない方に。その点についてだけは、彼を知る者全員にとってあきらかだった。

今では、彼はダニー・ボーイをだれよりもよく知っていた。虚勢や生来の喧嘩っぱやい性格にもかかわらず、彼はまだ子供で、子供でありながら家族全員を貧しさから守らねばならず、弟や妹にいい暮らしをさせようと必死で頑張っている。そのうえ、もしゴシップが正しいとしたら、もう一人家族が増える予定なのだ。身体障害者の仮面をかぶった父親がまともな仕事につく可能性は、法王が産児制限の講義をするのと同じくらいだろう。ルーイは手を振って少年を呼び寄せながら、事情をどう尋ねようかと思案していた。彼の質問に、彼はどう答えるだろう？　そもそも少年の個人的な問題に首を突っこむ権利が、はたして自分にあるのだろうか？

マイケルは、新たなビジネスで彼らがいくら儲けたかを計算していた。ここ数週間に、彼らは小口の借金をとりたてる仕事をいくつも依頼されていた。ダニー・ボーイは成長著しい若手のフェイスとみなされていて、金を貸している男たちはダニーに仕事をあたえることが、好意の印と見られることを知っていた。少年は家族のために金が必要だったので、彼らは少年にこの世界でやっていく予備知識をあたえているようなものだった。彼らは通常なら回収をあきらめてしまうような金まで取り戻していた。それらの少額の借金が闇に葬り去られずに回収の対象になるのは、借りた人間が重ねて借金を申し込んできたときで、そうなるとその後の話は知ってのとおりだった。とにかくこれは関係者全員にとって利益になる話だった。

マイケルは数ペンスでも少額に気を配ることで、いつしか手持ちの金が驚くペースで増えていくことを知っていた。とくに彼らのような人間にとっては、数ポンドの金がいまだに重要だった。

彼らは新たなギャングの一員で、まさにだれもが理想とする人間だった。ダニー・ボーイ・カドガンが借金を返さない人間を殴りつけるのを見て、人々の目には彼が勝者だと映った。ダニーは力を誇示することができ、金を借りた人間は借金を踏み倒さないようになった。

これもまた全員が得をする状況で、マイケルはダニー・ボーイと同じように、そこから最大の利益を得ようとした。状況を最大限に利用するというのは彼らのモットーで、実際にそれが実現しつつあった。彼らは新しい客にマリファナを提供するようにも依頼され、そのことに彼らは満足していた。彼らはまるで地域に引っ越してきたばかりの子供のように、今や話題の中心で、いつも注目されていた。スモーク地区のすべてのフェイスが今では彼らのことを知っていて、彼らに好意を持ち、彼らを高く評価していた。彼らはまだ子供で、だれかの脅威になるほどではないが、小さな仕事をやらせるにはとても便利な人材だった。これはまさに彼らが願っていたことだった。

すでにあたりは暗く、夜気は冷たく、遠くから聞こえるパトカーのサイレンが静寂を破った。ダニーはそうとう酔っていて、息をするたびに冷気が肺を突き刺した。

何時間も前にくず鉄置き場を出たのは、ルーイがいつものように父親のような説教をしようと待ちかまえていたのがわかったからだ。そこで彼は逃げ出した。ルーイのことは好きだったが、この状況を彼に打ち明けることはできなかった。こんな恥をさらすことは耐えられない。彼の父親が家族を捨てたことを、だれもが知っているというだけでも充分に恥さらしだった。

〈シェパーズ・マーケット〉にむかって歩いている途中で、彼はふたたび体内に怒りがこみあげてくるのを感じた。まだ十五歳だというのに、世界の重圧が彼の肩にかかっていた。だが彼は自分の生活をよくするために、自分を懐の大きな男に見せかけるために、心の広い息子と見られるように、父を利用しようと考えていた。なにしろあの男は、結局のところは彼の肉親なのだから。そして時が来たら、彼は大喜びであの男を家からたたき出してやるつもりだった。

その夜、彼はシルヴァータウンのフェイス、デレク・ブロックと会って、来週、彼の依頼で何件かの借金を取り返すことになった。仕事の話を終えたあと、彼は浴びるように酒を飲んだ。デレク・ブロックは酔っぱらった彼の姿が気に入ったようで、さかんに酒を勧めた。ダニー・ボーイは思っていたよりもデレク・ブロックに好感を持った。デレクが第一級の大バカであることを考えると、彼と飲むことがこれほど楽しいというのは嬉しい驚きだった。今、また一人になった彼はすっかり酔っぱらっていたが、まっすぐに歩いていてしらふのように見えた。

いつものようにダニー・ボーイはめかしこんでいて、上質のダークスーツと厚手のコートが実際の年齢よりも年上に見せた。〈シェパーズ・マーケット〉を通りすぎるあいだ、彼の頭にあったのは母の妊娠と、彼女の家族全員に対する裏切り行為のことだった。

夜も更けていたので、まばらになった売春婦たちを彼はこっそり値踏みした。彼女たちはこの閉鎖的な社会のかすで、それがふたたび彼の怒りを燃え上がらせた。彼はこみあげる怒りを抑えようと深呼吸をした。商売女は嫌いではなかった。見つけるのも簡単だし、たがいに立場ははっきりしているし、気が向かなければ愛想よくする必要もない。彼女たちは彼にとってはたんなる日用品で、相手を好きだというふりをしなくても、彼のために痒いところを掻いてくれる。彼はひじょうに性欲旺盛で、同世代の若者たちよりもずっと旺盛だった。若者たちの多くは右手を動かしながら、セックスの話をするだけで満足しなくてはならない。だが彼の場合は性行為によって鬱積した攻撃性を定期的に吐き出していない

た。

マーケットにはほとんど人気がなく、彼は早足で歩きながら遅くなったことを後悔していた。そのとき、物陰に立っている若い女を見つけた。あきらかに街に出てまだ日が浅く、肌がまだきれいで、金のために身体を売った経験を積み重ねた女にありがちな野生動物のような目の光りもなかった。

彼女はおどおどと彼に微笑みかけた。ダニー・ボーイは顎をしゃくって女についてくるように合図した。彼についてくる女の靴音が聞こえたので、彼は心のなかでにやりとした。彼女を連れていこうとしている先は、彼女の縄張りの外で、時間もかなり遅かったが、女はあきらかにどうしても金を必要としていた。彼女はサテンのミニスカートに、絞り染めのシャツを着て、着古したアフガンコートを羽織っていた。引き締まった長い素足にはいているハイヒールのせいで、彼女の歩みは遅かった。彼は戸口で立ちどまり、女がよろよろと近づいてくるさまを眺めた。厚化粧の顔は不安そうで、服装は滑稽にすら見えた。斜めににじり寄ってくる彼女に、ダニーは微笑みかけた。

薄暗い光のなかで見ると、女は意外にもかなりの美人だった。十七歳そこそこで、かなりの巨乳だった。小さな白い歯を見せた彼女の笑顔には、彼に対する信頼が浮かんでいたが、彼を信用するのは間違いだった。

ダニー・ボーイは彼女をじっと見下ろした。豊かなブロンドの髪に、大きく離れたブルーの目。小さなハート形の顔。クリーム色の肌はすべすべで、たとえ若くても街に立つ女の顔によくある、見てすぐにそれとわかる皺は、まだなかった。派手な化粧が彼女を実際の年齢よりも若く見せ、明るい笑顔は心からのものだった。それに彼女は値段交渉をするための無駄話もしなかった。まちがいなくこの女は売春を始めてまだ間もなかった。

「いくらだ?」

彼女は肩をすくめ、細い肩が彼女をいっそう弱々しく見せた。「さあ、わからないわ。普通はいくらぐらい払ってるの?」

彼女の声はかぼそく、低い気温のせいで、吐き出される息がはっきりと見えた。彼は女の問いに答えなかった。そのかわりに女をいきなり抱き寄せて、身体じゅうを撫でまわした。乱暴に胸をまさぐられるあいだ、女はじっと目を閉じていた。ダニーは女の脚を膝で無理やりこじ開け、店のドアに女を押しつけてキスをした。無理やり舌をねじこんで、まるで恋人にするように激しく探った。チューインガムとタバコの味がした。売春婦にキスをしたことはなかった。それは彼にとって偶発的なできごとだった。彼女のなかに指を入れると、女はため息をついたが、彼のあまりに激しい口づけに、女は息ができなくなった。なんとか彼から離れようとしたが、ダニーは女の髪をつかんでそれを許さず、首が折れるかと思うほど強引に上を向かせた。そのとき、パニックを起こしながら、女はこの男が自分を傷つけようとしていることを悟った。ダニーが女の下唇を嚙んだので、女は痛みのあまり悲鳴をあげた。口に広がる血の味が、彼をよけいに興奮させた。ダニーが女の乳房をあらわにし、かがんでそれを吸い、嚙むと、女は痛みと屈辱感で泣きだした。女のなかに挿入しようと、ダニーは女を抱き上げた。女の身体は彼が今まで経験したことがないほどきつく締まっていて、彼を興奮させた。実際には女が乾いていて、痛みと恐怖のただなかにいるという発想は、彼の頭にはなかった。ダニーは女の身体にすっかり夢中になった。女の両脚を腰に巻きつけ、彼は自分の限界がくるまで激しく突きたてた。

「尻軽女、売春婦め」

彼は何度もその言葉をくりかえし、女はそれが無意識に彼の口から出ていることに気づいた。

大きなうなり声をあげ、いったん現実に戻ったとき、ダニーは女がやめてとくりかえしていることにようやく気づいた。今や女は必死に彼から逃れようとしていた。ダニーは女の手首をつかみ、女を木のドアに力いっぱいたたきつけた。あまりの勢いに、彼女の息がとまり、小さな顔が痛みと混乱でゆがんだ。ダニーの顔を見て、女は初めて彼の整った顔立ちが隠していた鬼のような部分に気づいた。彼女は抵抗するのをやめ、すべてが終わるのを待った。いかに抵抗したところで無駄だった。ようやくことが終わると、ダニーは女を引き寄せた。彼女の耳もとで、激しい息づかいが聞こえた。

女の内部の痛みはひどく、彼女は男が自分を傷つけたのがわかった。あまりに大きく脚を広げさせられたために、腰の骨が砕けるかと思ったほどで、店のドアの真鍮のドアノブに激しくたたきつけられたために、背中がひりひりと痛んだ。

ダニーはふたたび女を見下ろした。こんな感覚は生まれて初めてだった。女の若さと経験の浅さが、想像もしなかったほど彼を興奮させた。

ダニーが彼女をそっと地面に下ろすと、耐えがたい痛みのために女はたじろいだ。立っていることができなかったので、彼女はダニーにつかまった。膝の力が抜けて、彼女は地面にひざまずいた。とても耐えられない痛みだった。出血しているのがわかった。脚のあいだから流れ落ちる生温かいものは精液だけではなかった。

ダニーは女の顔を見て、興奮が冷めるとともに、自分が彼女に怪我を負わせたことに気がついた。女は苦痛のあまり身をよじり、ダニーは急いで身づくろいを整えた。それから彼はだれかに見られていないかとあたりを見回した。道にはだれもいなかった。女は立ち上がろうとして彼のコートにすがりついた。美しい顔が痛みでゆがみ、目には恐怖が宿っていた。冷静になると、彼は女の臭いに気がついた。それは鼻をつくような汗臭い臭いで、彼の胃をむかつかせた。女の脚には寒さのせいで青白い斑点が浮き出ていて、足首のまわりには泥がこびりついていた。豊かな髪はべたべたしていて、コートのはしをつかむ彼女の指を見ると、マニキュアがはがれていて、指にはニコチンの染みがついていた。欲望を完全に満たした今、目の前にいる女の実体が彼に衝撃をあたえた。女は不潔なヤク中で、落ちくぼんだ目がそれを物語っていた。女は家出少女で、この社会の屑だった。彼はそんな女を抱いたことを恥じた。

「お願いよ、立てないの」

黄ばんだ歯に、口紅がはげた女の口は、今ではまるで暗い洞窟のように見えたが、その口に彼は口づけをしたのだ。彼は苦いものがこみあげてくるのを感じ、吐き気を必死に抑えた。ダニーは拳で女の額を殴り、大きな音をたてて倒れた女を蹴った。あまりに激しい勢いに、女の身体が宙に浮いた。ダニーはきれいに磨いた革靴があたったとたん、女のあばら骨が砕けるのを感じた。彼は一歩下がって、冷たい地面で苦痛に身もだえする女を見下ろした。女はかん高い声で悲鳴をあげながら、痛みで目を閉じている。彼はこんどは女の後頭部に蹴りを入れた。女は勢いよく歩道まで飛ばされた。ダニーは女が這って逃げようとするさまを眺めていた。

女は静かになった。もはや叫ぶことも話すこともできなかった。身を守ることが不可能だということを、彼女は本能的に悟っていた。唯一できることは、彼女を傷つけるこの人間から離れることだけだった。このどうしようもない状況からなんとか逃げ出そうとしながらも、彼女は心のなかでそれが無意味であるとわかっていた。

ダニーはあたりを見回した。道に人気はなく、ほとんどの街灯は電球が切れていた。それは街に立つ年かさの女たちのしわざだった。道が暗いほど、彼女たちの稼ぎは多くなる。彼はふたたび冷たい目で女を見下ろした。彼女が苦しんでいるのは明白だったが、そのことに彼はすこしも心を動かされなかった。まるで完全な部外者のような目で、女を見ていた。女が倒れているところまで行き、しゃがみこんで女の様子を見た。女がひどく出血していることに、そのとき初めて気づいた。女は仰向けに倒れていて、まるで命乞いをするように口をぱくぱくさせていたが、その口からは、あふれ出る血液以外はなにも出てこなかった。

ダニーは一瞬、どうして自分は彼女のことをどうでもいいと思うのだろう、こうして苦しんでいる姿を見てもなにも感じないのだろうと不思議に思った。そして、この女といっしょにいるところをだれかに見られただろうか、と思った。それはまるで卑しい犬が死ぬところを見るようなものだった。彼女が今にも死にそうなのはたしかだった。これほどの暴力を受けて、生きていられる人間はいない。コートの塵を払い、手ぐしで髪をととのえ、身なりをととのえながら、彼は金のためならだれにでも身体をあたえる女について考えた。こんなやつは死ねばいい。こういう女は全員くたばればいい。

ずいぶん前に大量に飲んだ酒はかなり醒めてきていたし、突然の怒りと、その結果としての爆発のショックが、彼をしらふに戻していた。意識を失いかけている女の頭を、彼は何度も踏みつけた。もうすぐ昇ってくる朝日を、彼女がけっして見られないようにするためだった。

その後、家にむかって歩いていると、空にひと筋の明かりが射してきた。彼の母や、彼が昨夜出会った名もなき女のような人間ばかりがいるというのに、この世はなんと美しい場所なのだろうと驚嘆した。

父を家に置いてやることで、自分が名声以上のものを得ることを彼は知っていたし、そのことは芽を出したばかりのキャリアを伸ばすために認めざるをえなかった。ただ母が、家族を破壊しかけた男を守ろうとしたことは理解しがたかった。母が子供たちよりもあの男を選んだことは、驚くべき体験であり、新たな勉強だった。まだ酔いは完全に醒めていないにしろ、心のなかで感じた痛みはいまだに自己憐憫の涙を誘うほど生々しかった。テーブルに食べ物をのせ、彼らに服を着せるために、父がもたらした被害を最小限に食い止めようと必死に働いてきたというのに。母はそんなことは気にも留めていないのだ。彼女は自分が産んだ子供たちよりも、夫であるあのろくでなしのことばかり考えている。

　彼が家路をたどっているころ、ベージングストークから家出してきた十六歳のジャネット・ガードナーは、一人ぼっちで歩道の上で死のうとしていた。顔にはダニー・ボーイの靴底の跡がついていて、その頃、彼女の恋人兼ヒモは、彼女はどこに金を持ち逃げしたのだろうと考えていた。

　ようやく息子が帰ってきたとき、アンジはまだ起きて待っていた。彼女の最大の恐怖は、彼が家族を見捨てて出ていってしまったのではないかということだった。そうなったら、たとえ子供を宿している身でも、自分がまたもや一日中働きつづけなくてはならなくなる。息子がアパートに入ってきたとき、彼女はキッチンの戸口に立っていた。ずんぐりした身体つきと白髪が、彼女の年齢を物語っていた。

　二人は顔を見合わせ、彼女はおだやかに微笑んで息子を抱きしめた。「どこに行ってたの？　心配したじゃない」

　ダニー・ボーイは肩をすくめた。「いろいろやることがあったんだ、母さん。心配するな。最悪の時期はもう過ぎたから」

「朝食をつくろうか？」

ダニーは悲しそうに首を振った。「いや、数時間でも寝ないと。今日の仕事のために寝ておかないと、身体がもたないよ」

「コートに血がついてるわ。脱いでこっちによこしなさい。きれいにしておくから」

彼がコートを見ると、前の部分に女の血が大量に飛び散っていた。それはまだ生々しい鮮血で、彼はふたたび吐き気がこみあげてきた。女の体臭がよみがえってきた。風呂に入っていない鼻をつくような臭いは、いつもはじめは気づかない。だがあとになると、その臭いがいつまでも残っている。

彼がコートを脱ぐと、母はそれを丁寧に自分の腕にかけた。「わたしの立場になって考えてみてほしいのよ、ね？」

彼は返事をしなかった。弟が起きてきて、彼らを見つめていた。

「なにか面白いものでも見つかったか？」

「うるせえな」

ジョンジョーの反応に声をあげて笑いながら、ダニーはベッドにむかった。母は悪い言葉をつかった弟を叱っていた。

8

「あの女ときたら、商売女のハンドバッグなみにこちこちの心を持ってやがる。だが考えてみれば、それは前からわかってたことだ」ビッグ・ダンはまるで妻が悪魔の生まれ変わりだとでも言いたげで、いつものように肩をすくめた。息子の評判を考えると、彼が今言ったことは冒瀆にも等しいことを知りながら、まわりの男たちがそういう発言をする彼を高く評価することを知ったうえで、たくみにこう付け加えた。「だがな、この話はほかでするんじゃねえぞ。戦争といっしょだ。うっかり言ったひと言が、命にかかわる」

周囲に巻き起こる、あきれ果てたような笑い声を聞いたビッグ・ダンは満足だったが、それが実際はへつらうような笑いであることを、知っていた。彼らが暮らしているこの社会で、今も彼がこうしていられるのは息子の存在があるからだった。だが彼はそこからできるかぎりの恩恵を得ようとしていた。息子が彼に関心がないのはしかたがないが、地元のフェイスや噂話に関する彼のくわしい知識を、息子があてにしているという事実が重要だった。それは日々の生活のなかで彼がいまだになんらかの役割を担うことができるということであり、ダニー・ボーイは彼が有益であるかぎりはその存在を黙認しつづける。そのため彼はできるかぎりの情報を集めようとしていて、それがいつか息子の興味の対象となることを願っていた。だがこうして他の男たちといっしょにすごすこと、パブの暖かさや舞台の真ん中に立つことは、彼がなにより必要としていたものだった。ダニー・ボーイの画策で、彼はいまだに身体障害者だったが、そのメリットは二度と働かなくていいということだ。働きたくても働けないのだが、彼にとっては働けないということは問題ではない。今となっては一切の肉体労働はできないが、健康だった頃でさえ、彼が選べる職種は肉体労働しかなかった。今となっては地元のパブで近所のどうしようもない連中といっしょにすごすことが、彼に唯一できる仕事で、それを自覚するていどの分別は彼にもあった。だが彼なりにきちんと仕事はしていた。息子が興味を持ちそうな話題に耳を傾け、それを息子に報告するまえに、それが事実であることをきちんと確認する。同時にたくみな話術で息子の評判を高める努力もしていた。アンジが流産して以来、この一年間というもの、彼は自分が必要不可欠の人間となるように努力をしてきた。それはたやすいことではなかったが、彼はやり遂げ、その結果、相互に存在を許し合えるところまでは来たと思っていた。

息子との関係は冷えきっていたが、一種の休戦協定のようなものが存在し、それが破れるのはときおり対立するときだけだった。それはおもに息子が酔っぱらって帰宅して、父に悪態をつくときだったが、彼はけっして挑発には乗らず、ただ黙ってすわったまま、息子の怒りがおさまるをじっと待った。彼は息子に悪態をつかれてもしかたのないことをしてきたわけであり、ダニー・ボーイはアパートの外でその話をすることはけっしてなかった。人々の前では彼らはたがいに礼儀正しく接していた。ダニー・ボーイが人々から尊敬されている理由は、家族を破壊して捨てた男に対する扱いゆえであることを、彼は知っていた。ダニー・ボーイが手をまわして、彼を一生まともに歩けない身体にしたということはだれもが知っているが、その後、息子が父をふたたび家に迎え入れたことは今では地元の伝説となっていた。

そのおかげで、ダニー・ボーイは寛大で高潔な人間に見られていたが、実際の息子は善人を装った凶暴なろくでなしでしかない。そんなことはとっくにわかっていたはずだ。なにしろ息子は彼にそっくりなのだから。彼がいつの日かフェイスになることは、ビッグ・ダンにもわかっていた。すでに道なかばまで来ている。どこに行っても歓迎の垂れ幕がかかっていることからも、それはあきらかだった。だれも少年を敵にまわしたくないので、もし彼が父を許すのならば、ほとんどの人間はそれに従うだろう。息子は怒りに燃えて復讐のために父をあんな目にあわせたが、もし他人が同じことをしたら黙っていないだろう。結局のところ、彼は少年の父親であり、彼らの社会ではそれが重要な意味を持つ。たとえ問題の人物がいかに役立たずの人間であったとしても。

近頃の息子は相当な金を稼いでいたし、重要人物すべてとやりとりする立場になっていた。彼の若さを考えるとたいしたものだ。間違いなく彼は即位の順番を待つ王子だった。凶暴で悪意に満ちた、狡猾な王子だったが、彼は人に好かれるこつを知っていた。それは彼の実直そうな顔のせいで、世間にはそれがまるで虫も殺さぬような天使の顔に見えるのだ。

そのうち彼らも真実に気づくだろうが、そうなったときはもう手遅れだ。その点に関しては、たとえまわりが気づいていなくても、父親である彼にはわかっていた。連中は彼の息子に自分の領地で狩りをする許可をあたえたことを後悔するだろう。なぜなら息子は本当に獲物を追い詰めるからだ。それは彼の深く身についた習性で、連中が手にしたものすべてを奪い取るだろう。すこしずつ、あの独りよがりの笑みを浮かべたまま。彼は生まれつきのハイエナだった。

近頃では、なにかやってほしい仕事があれば、いつでもダニー・ボーイがそこにいる。彼の大きな身体と落ち着きのある顔つきのせいで、犯罪社会のだれもが彼を愛していた。少年は自己抑制することができ、暴力的な一面をうまくコントロールするこつを知っていた。必要ならばいくらでも我慢できるというのは特筆すべきことで、少年の若さも魅力のひとつだった。

ダニー・ボーイはクスリの密売と、慎重に騒ぎをおさめる手際のよさで名をはせていた。借金をとりたて、武器を手配し、必要ならばメッセンジャーの役目も果たした。すこしでも知能がある人間なら、だれもが彼に魅せられたし、同時に少年はけっして相手に自分を忘れさせないように心がけた。彼は本能的にどうすればすべての状況を自分の得になるよう操作できるかを知っていて、彼の行動がすべて雇い主の利益のためと見せかけるだけの巧妙さも持ち合わせていた。

息子である少年を見るたびに、ビッグ・ダンは自分がこれまでいかに人生を無駄にしてきたかを思い知らされた。そしてそのことが、自分が現在置かれている状況をよりいっそう際立たせた。今や彼は息子の威を借りる役立たずの酔っぱらいに成り下がっていた。自分の身に起きたことはたいしたことではないというふりをさせられている。息子の手で二度とまともに歩けない身体にされたことなど、まったく意に介していないというふりをさせられている。

長男がパブに入ってきたのを見て、ビッグ・ダンはいつものように胃がむかつき、心臓が高鳴って息苦しくなった。彼はほかのだれよりも息子を恐れていたし、それには正当な理由があった。

ダニー・ボーイはまるで店のオーナーのように胸を張って、堂々とパブに入ってきた。バーの汚れたフロアを大股で横切ると、その若さと贅沢な服装が彼を目立たせた。彼は倍ぐらいの年齢の男だけが身につけられる洗練された雰囲気を備えていて、昔ながらの悪党を連想させる存在感があった。彼はまさに見た目そのままで、トラブルが服を着て歩いているようだった。

人々はわざわざ彼に挨拶し、彼もそれに応えた。相手の犯罪社会でのランクに合わせ、目礼だけの場合もあれば、握手をしたり、背中をたたき合うこともあった。彼はこの社会の作法を知っていて、まるでベテランのようにその役をこなした。ハンサムな顔が、いつものように本当の感情をうまく隠していた。みんなに会えて嬉しいという彼の表情が、全員に自分は重要人物なのだと思わせる効果があり、彼はまた目が合った女性全員に笑顔でウィンクした。彼は女にもてた。彼にはひじょうに暴力的な男が持っているような動物的な魅力があった。それに惹きつけられる女もいて、彼女たちはそれが命取りになると知りながらも、危険な男のそばにいる魅力にあらがえない。だが本当のトラブルが始まるのは、男をものにしてからだ。男を射止めるのと、彼らをつなぎとめておくのとは、まるでべつの話だ。だがそれでも女たちはそういう男を恋人にしようとして必死に努力する。実際、スタイルがよくて、ファッションセンスに自信があるという以外に取り得のない若い女性たちにとって、その利益はひじょうに大きい。これらの男たちとかかわることは楽な生活へのパスポートだし、もし結婚までこぎつけることができたら豪勢な生活が待っている。数人の子供を産めば、それは銀行預金と同じことだ。むろん、相手の男が逮捕されなければの話だが。店にいる女性の多くがまだ年齢的には学生だったので、ダニー・ボーイはまさに水を得た魚のようだった。虚勢を張った、すこし影のあるハンサムな少年は、バーカウンターのそばで女たちが近づいてくるのを待っていた。彼は酒を注文してから、すわっている父のほうに顔を向け、明るい声で言った。「もう一杯どうだ?」

父が不安そうにうなずくのを見て、ダニーは微笑んだ。行く先々で自分が巻き起こす興奮に彼は酔いしれていた。自分が有名人であることに、大物であることに、評判を得ていることに酔いしれていた。年長者たちに尊敬をこめて扱われることは、彼の傷つけられた魂にとっては慰めだった。彼にはそれが必要だったし、そういう経験をすればするほど、よりいっそうそれを望むようになった。それに父の心を乱すことにも喜びを感じていた。父がこうして社会の一員として生きていけるのも、息子であるダニー・ボーイがそれを許しているからだという事実とともに偽の人生を生きていくことがどれほど彼にとってつらいことかを、ダニー・ボーイはよくわかっていた。彼がひとこと発すれば、あの老いぼれのろくでなしはこの世界から放り出される。だがあの男が、彼の父親ゆえに大切にされているという事実は、彼にとっては傷ついた心を癒してくれるものだった。それは彼自身の重要さを裏付けるものであり、そういう意味でも父親はまだ利用価値がある。父には街のさまざまな情報を嗅ぎつける才能があったので、人前での休戦状態は双方にとって利益になった。ダニー・ボーイは父を嘲るような目で見たあと、彼を黙殺した。自分の登場でその場に生まれた空気を感じ取り、彼はそれを楽しんだ。人々がこっそりこちらを盗み見ている。彼と目が合うのを恐れてはいるが、同時に自分を指名してくれるのを待っている。そうなれば彼ら自身の評判を高めることになるからだ。それは強烈な感情で、彼はそれを生き甲斐にしていた。

ローレンス・マンガンは無口な男だった。もの静かで、見たところ無害そうで、わざとらしいくらいに友好的で、どんな失敗でも見過ごしてくれる、ちょっと頭がいかれた男に見られがちだった。背が高く、体格もよくて、濃いブルーの目はいつも笑みを浮かべながらも、つねに油断なく敵に目を配っていた。彼はスモークじゅうで知られている有名人であり、だれもが彼を尊敬していた。警察でさえ彼に一目置いていたが、それは彼がつねにどんな事件にも背後でからんでいながら、一度たりとも彼の関与を証明することができなかったからだ。それどころか、彼は警告を受けたことも、罰金刑を受けたことすらなかった。

ローレンス・マンガンの忠実な手下たちは、彼がどれほど危険な男かをよく知っていた。彼を怒らせた人間はこの地上から突然姿を消し、二度とふたたび目撃されることはなかった。

ローレンス・マンガンはトラブルに巻き込まれない方法を知っていたし、つねに最良の子分を持つことが生き残る唯一の方策だということも知っていた。彼は無条件に信用できる相手と、彼を軽んじてはならないことをきちんと理解できる相手のみと取引をするようにし、その相手がかならず充分な報酬を得るようにすることも、けっして忘れなかった。過去に何度も人を送り込んだが、本当に安全を保つためには、危険な仕事はみずからかたづけるのが一番だと知っていた。彼自身が自分の内通者になるわけがない。人々は彼やそのライフスタイルのどこが好きかは答えられるが、それを証明するのは難しかった。

今回、彼はジレンマに陥っていた。古くからの仲間であり、仲のよい友人の一人が逮捕されてしまったのだ。それ自体は彼を悩ませることではなかった。問題はその男が保釈されたということだ。そのうえその男は今彼と同じこのバーにいて、なにごともなかったような顔をしていた。

ジェレミー・ダウキンズは大量の武器と弾薬を車のトランクに所持していて、制服警官に捕まった。それは英国軍に善戦できるほど大量で、実際にその一部は軍から流出したものだった。

彼らの社会にいるだれの目から見ても、過去の犯罪歴を考えれば、彼が保釈されることは考えられなかった。そのためローレンスはこの問題に疑念を抱いていた。ジェレミーは彼に打撃をあたえることができる数少ない人間の一人だった。したがってジェレミーにその機会をあたえてはならない。もしかするとジェレミーは彼を売ろうとしているのかもしれない。その可能性は充分にあった。なにしろこんど逮捕されたら、ジェレミーがふたたび娑婆に戻ってこられるのは、ひ孫が耄碌した頃になってしまうはずだった。彼はジェレミーにその機会をあたえてはならない。もしもジェレミーがすでに警官にしゃべっていたとしたら、警察はすでに見張りをつけているだろう。となるとジェレミーに万が一のことが起きても、彼はそれにけっして巻き込まれてはならない。ジェレミーはすでに警察の興味をそそるだけの彼に関する情報をあたえたにちがいないが、ジェレミーも警察と取引するときには、保証を得るまでは肝心な話はしないだろう。常習犯相手に取引をするとき、警察はけっして公正ではないからだ。

むろん、ジェレミーが言っていることが事実で、本当に彼に奇跡が起きたのかもしれないが、ローレンスはそんなことは信じなかった。ジェレミーは神からあたえられた残りわずかな時間を生きている。たとえ本人がその事実に気づいていないとしても。

ポートワインのグラスに口をつけながら、ローレンスは自分もまたこの裏切り者のせいで、神からあたえられた残りわずかな時間を生きているのだと思い至った。なにひとつ証明することはできないが、どんなときでも用心するにこしたことはない。彼はジェレミーに微笑みかけ、グラスを上げて乾杯した。すると裏切り者は微笑み返し、同じしぐさをした。ジェレミーに対しては、彼の裏をかかねばならない。彼はベテランだし、すこしでも怪しいものには目を光らせているだろう。となると、この問題を解決するのにローレンスの直属の手下を使うわけにはいかない。

　ジェレミーは抜け目がないので、彼の子分を近づけるわけにはいかない。ジェレミーを消すには、彼が疑いを持たない人間を差し向けるしかないだろう。今この瞬間、ジェレミーはまったく疑いを持っていない。ローレンスが彼のたくらみに気づいていて、彼が保釈されるわけがなく、地元警官の溜まり場からタクシーで帰ってこられるわけがないと知っていることには、まるで気づいていなかった。彼は何度も服役した身で、山ほど前科がある。ジェレミーにとって収監をまぬがれる唯一の方法は、かわりにだれかをそこにぶち込むことだけだ。だがローレンスは自分がその身代わりになるつもりはなかった。

　今の彼に必要なのは新顔のフェイス、ほどほどの生活からもっと豪華な暮らしをしたいとチャンスをねらっている若い男だった。余計なことをしゃべらず、なおかつジェレミーを殺《や》れる男。つまりジェレミーの代わりとなる、新たなジェレミーを見つけなければならない。そう考えると、彼の顔に笑みが浮かんだ。周囲から聞こえる冗談や無駄話を聞きながら、彼は静かに古くからの友人の死を計画した。この仕事はすぐにでもかたづけなくてはならない問題だ。祖母の口癖を思い出した。さっさと糞をしないのなら、便器から離れろ。彼はこの問題を解決してくれるぴったりの男を知っていた。彼はすぐに手配することにした。

ダニーはバーで父が派手に騒いでいる様子を眺めながら、なぜ最近は彼に対して怒りすら感じないのかと考えていた。それどころか、だれに対してもなんの感情もわかない。母にはあるていどの愛情を感じているものの、彼女はあまりにも何度も彼の期待を裏切った。彼が今でも家族の面倒をみているのは、外からどう見られるかを気にしてのことだった。彼は良心の人は彼の忠誠心を高く評価したが、彼には本当は忠誠心のかけらもなかった。彼は良心の咎めを感じなかったし、夜眠れないということもなかった。今の彼の生き甲斐は金儲けと、世間で認められることだった。実際、世間に認められるということが、彼にはなにより重要だった。

タバコとビールのすえた臭いが鼻についた。それは父を連想させる臭いだった。パブの店内は暖房が効きすぎていて、安い香水ともっと安い衣類の悪臭がした。彼が望んでいるのはもっと上の世界だった。

そのとき、ルーイが店に入ってくるのが見えた。彼の到来とともに、心地よい冷気が室内に流れ込んできた。今夜が彼にとって人生の分かれ目になることをダニー・ボーイは知っていた。彼は酒を一気に飲み干すと、目立たぬようにパブの奥の部屋にむかったが、店内の全員の目が、とくにこの店に入り浸っている女たちの視線が自分に注がれているのもわかっていた。ドアを抜けながら、彼は注目を浴びることの力を感じた。

「まったくおまえというやつは気取り屋だな。自分でわかっているのか？」

ダニーはその批判に声をあげて笑った。

部屋はせまく、壁紙がところどころ剝がれていて、床のカーペットは擦り切れていた。そこにはイースト・エンドじゅうの店に共通するような絶望の臭いがたちこめていた。金儲けはしていても、その事実を宣伝するのは賢明ではない。

「元気そうだな、ルーイ。なんの用だ？」

少年の変化がルーイにはわかったし、心の奥ではその変化を悲しんでいた。彼はすっかり大人になり、そして今夜もしも彼が新しい仕事の依頼を受けるのなら、この生活から足を洗うことは不可能だ。もし彼が依頼どおりのことをすれば、彼は彼らの社会の一員となる。つまりルーイは少年が欲しがっている威信をあたえようとしている。ルーイにとってはだれもが得をする状況だった。だが若いダニー・ボーイにとっては一生の運命を決めることになる。下手な望みは持たないほうが賢明だ。本当にそれが実現してしまうかもしれないのだから。

アンジ・カドガンが紅茶をすすりながら、ラジオの《ミステリー・ヴォイス》を聴いているとき、息子がキッチンに入ってきた。いつものように彼には街の臭いがしみついていた。それは彼特有のもので、アフターシェーブローションをつけていても、高級な服をまとっていても、その臭いが息子にまとわりついていた。彼は引き出しを開けて、なにかをとりだした。その動きは的確で静かだった。

「なにを探しているの？」

かれは肩越しに母にむかってにやりと笑った。「だれかに訊かれたら、おれは十一時にはうちで寝てたと言ってくれ」

そのばかげた話に、彼女は返事さえしなかった。「そんなもの、なんに使うつもり？」

彼女は自分の骨抜き用ナイフ、ブレッドナイフ、それにリンゴの芯抜き器が洗濯したての布巾に包まれるのを見て言った。

ダニーは答えるかわりに言った。「親父が戻ってきたら、おれはもう寝たと言ってくれ、いいな？」

彼はナイフを包んだ布巾をコートに入れると、母親のほうを向いた。「やつはまだパブにいて、すっかり酔っぱらってる。あいつにこのことは言うなよ、いいな？」

アンジはうなずいたが、咎めるような目で彼を見た。

「ドレッサーの一番上の引き出しに金が入ってる。百ポンドとって、好きなように使え。子供たちを連れてどこかに行くとか。とにかくおれがいいと言うまで、この家には近づくな、わかったか？　子供たちをここから離れた場所に連れていって、このことについてはだれにも言うな」

母が返事をしなかったことに、彼は苛立った。

数分後、息子がアパートから出ていくと、彼女は深いため息をつき、こんどは彼がどんな騒ぎに首を突っこんでいるのだろうと考えた。彼女は椅子から立たなかった。休戦条約は今でも友好だったが、近頃の彼女は息子の行動を見て見ないふりをしていた。すべてうまくいっていると思い込むほうが楽だった。それに実際に彼女にとっては、夫がいつ帰ってくるのか、戻ってきたときに彼がどんな状態なのか、ということのほうがずっと興味のある事柄だった。それは彼女がこの生活に耐えるための唯一の方法だった。息子のことはくよくよ考えずに、他の子供たちに意識を集中させることで、すくなくとも彼女の人生がすこしはましになることを彼女は知っていた。

マイケルは、これからしようとしていることによって、自分が現実の世界に押し出されることを知っていた。今までの彼は組織のなかのたんなるブレーンでしかなかった。だが今は、彼らの世界を征服しようとするダニー・ボーイの仕事にみずから加担しようとしていた。もしこれを断わったら、彼の将来はなくなってしまうし、ダニーが今夜の仕事を円滑に進めるために彼の助けをあてにしていることを知っていた。そしてダニーが彼を引きずり込んだのは、彼をチームから抜け出せないようにするためだということもわかっていた。今夜の仕事が終われば、彼はついに本物の犯罪社会の一員となる。これはそれほど大きな仕事であり、彼らに成功か破滅をもたらすことになる。だが心の底では失敗はありえないとわかっていた。ダニー・ボーイが失敗するはずがなかった。それにこれを実行したあとは、もう後戻りはできない。だがこうした犯罪に対して、彼は準備ができていなかったし、事実、彼はいつも彼らの小さな事業の日々の業務から一歩距離を置いていた。その事業自体が成功しているのは、ダニー・ボーイの評判があるからだった。彼はたんなるダニーの相棒としか見られていなかった。実際、評判が高いのはダニーであり、それは彼がみずから勝ち取ったもので、機会があるたびに彼はその点を強調していた。マイケルは経済的な事務処理には明るかったが、もともとの金が入ってくるようにするのはダニーだった。マイケルは今ではダニーと同様に一家の稼ぎ頭だった。彼は悪魔と取引し、悪魔はその代償を求めていた。

そんなわけで彼は今、ボウ・ロード近くの地下室にすわって、ダニー・ボーイが今回の被害者を始末するのを待っていた。今回は、被害者は肋骨を折られるか、厳しい警告を受けるだけでこの場から出ることは許されない。彼らは一人の人間を抹殺するために雇われていた。

それは気が滅入るような仕事で、ダニーの怒りに触れるのが恐ろしくなければ、また家族を養う必要がなければ、マイケルはとっくにこの場から逃げ出していたことだろう。

「まだ目を覚まさないな」

ダニーがローレンスとの約束を破るわけがないとマイケルはわかっていたが、それでもダニーはほっとしたように言った。ここまで来たら、もう引き返すことはできない。床に転がっている男は、けっして彼らを許さないだろう。今や殺るか殺られるかという状況だった。マイケルは自分たちがやろうとしていることにおののいていた。もしなにか手抜かりがあったら、この世から消えるのは彼らのほうだった。

ダニー・ボーイはコンクリートの床に転がっているジェレミーを見下ろした。後ろ手に縛られ、顔はすでに腫れあがって見る影もなかった。意識をとりもどしたら、肩と首の痛みは耐えがたいほどの苦痛だろう。目と耳からも出血していたが、ダニーはそれを見てもなにも感じなかった。もはや彼はだれに対してもなにも感じなかった。もしも彼が興味をそそられるものがあるとしたら、それは唯一、人の魂だけだった。ルーイから提供されたこの隠れ家では、どれほど叫び声をあげようと、だれかが気づくことはありえない。そのためマイケルと違って、ダニー・ボーイは警察が踏み込んでくることを心配してはいなかった。彼が恐れていたのは、あたえられた仕事をうまくこなせないのではないかということであり、手際のよさを見せつけられないのではないかということだった。彼にとってはそれがなによりも重要だった。

ダニーはタバコに火をつけ、煙を深く吸い込んだ。「大丈夫か、マイケル?」

それは心からの問いかけで、マイケルは同じように真剣に答えた。「ちっとも大丈夫じゃないが、いつものようになんとか乗り切るさ」

彼の答えに、ダニーは声をあげて笑った。

「このくそったれ」彼はしゃがんで、ジェレミーの顔でタバコの火を消した。火を押しつけられた痛みでジェレミーは意識をとりもどし、大きなうめき声をあげた。

「お目覚めか？」ダニーはまるで世話をしている子供に話しかけるような調子で言った。彼の声は親しげで、実直そうな顔からはなんの感情も読み取れない。彼はリンゴの芯抜き器を床から拾い上げ、それを男の右目の上で構えた。

「これが最後のチャンスだ。おれたちの共通の友人の話を警察にしたのか？」

ジェレミーは自分を見下ろしているハンサムな青年を見つめ、歯をむき出して怒りの声を発した。「死ね、このくそったれ」

ジェレミーは自分が死ぬことを知っていて、できるだけの威厳を持って死んでいこうと心に決めていた。この話が、これまで彼がかかわった人々のあいだで長く語られることはわかっていたので、すくなくとも自分が威厳を持って死んでいったと人々に語り継がれる満足感を得たかった。

ダニーはふたたびため息をつき、男の怯えた顔を見て悲しげに言った。「これからのおまえの片目を取り出す。もしそれでも英雄を気取りたいなら、もう片方の目も取り出す。それからおれの知りたいことを話す気になるまで、あんたの顔をすこしずつ破壊していく。だからバカな真似はやめるんだな。どうせ死んだも同然なんだ」そしてジェレミーが返事をする間もなく、ダニーはリンゴの芯抜き器を彼の眼窩に突き刺し、眼球と大量の頬骨をえぐり取った。金属と骨がこすれる不気味な音がした。長い時間、悲鳴がつづき、あたりは血の海になった。マイケルは恐怖のあまりその光景から目をそらすことができず、吐き気をもよおして、床に胃の中身をぶちまけた。

ダニーは立ち上がり、ふたたびタバコに火をつけた。嘔吐している友人を放っておいて、彼はドアの近くにある小さなテーブルに近づき、グラスにウィスキーをなみなみと注いだ。彼はジェレミーの眼球が入ったままの芯抜き器をテーブルの上に置き、それからふたたび手にとり、人差し指で眼球を押して、それが汚れた床に転がるさまを眺めた。彼は眼球を踏みつけ、それを靴の踵ですり潰した。

彼はグラスを手にとり、一気に中身を空けると、もう一杯注いで、まだ吐いているマイケルにグラスを運んだ。「これを飲め、弱虫」

ジェレミーは口をつぐんでいた。苦痛に耐えかね、またこれから自分の身に起きることにようやく気づきはじめていた。自分が流した血のなかでもがきながら、自分が本当にトラブルの真っ只中にいることに気づいた。ダニー・ボーイ・カドガンはこの手の仕事を心から楽しむサディストだったのだ。人に苦痛を与えることが楽しみで、自分が欲しい情報を得るためなら手段を選ばなかった。

マイケルはウィスキーを二口で飲み干した。汗が滝のように流れ出ていて、血の臭いが充満している部屋のなかでも、ダニーにはマイケルの汗の臭いが感じられた。同時に彼は勝利の香りも感じていた。ジェレミーが彼の知りたいことをすべて話すという確信があった。

彼はマイケルを古ぼけたタイピスト用椅子にすわらせ、かいがいしく世話を焼いた。マイケルは踏み潰された眼球を見つめると、ふたたび吐き気がこみあげてきた。

「大丈夫か、相棒？」

マイケルはうなずいたが、胃の内容物が逆流してくるのを抑えられなかった。

「まったく臆病なやつだ。この男は卑しい密告者なんだぞ」ダニーは陽気にウィンクすると、苦痛のうめき声をあげているジェレミーのそばにしゃがみこんだ。

ジェレミーは意味不明の言葉をつぶやいていた。手かせを取ろうと必死にもがいている。痛みのあまり意識が朦朧としながら、この少年が彼の死を尊んで語ることはけっしてなく、冗談の種にするであろうことを知り、また彼を痛めつけて命乞いさせるのを楽しんでいるのを知って、気が狂いそうになっていた。もう助かる見込みがないことは、彼も知っていた。

熱心に耳を傾け、ようやくダニーは知りたいことをすべて知った。「なるほど、やっぱりそうだったか」

彼は嬉しそうに微笑むと、さらにジェレミーの拷問をつづけ、彼が苦痛で身をよじるのを眺め、顔に浮かんだ恐怖を見つめ、まともにしゃべれなくなった男が発するしわがれたうめき声に耳を傾けた。ダニー・ボーイは男の死に魅せられていた。一人の人間がこの世を去る瞬間を目の前で見るという事実に魅せられていた。彼はこの男を生かすか殺すかの権限を自分が握っていると感じていた。やがてダニーは拷問の遊びに飽き、もうやめろというマイケルの懇願にもうんざりして、きっぱりと男の息の根をとめた。

　これは一つの学習だったが、そのレッスンを受けるのは汚れた床に横たわって死んでいる男ではなく、マイケルだった。これが今後つづく、いくつもの同じような夜の始まりであることを彼は知っていたし、ダニーが彼を手放すことはないことも知っていた。彼はダニーと同じように今回の件の当事者だった。なぜなら彼はそれが目の前で起きるのを傍観していたのだから。ふたたび胃の中身を吐き出していると、友人の臆病さを笑うダニーの笑い声が耳に響いた。

「しっかりしろよ、マイケル。こいつは密告者で、こうなったのも自業自得なんだぞ」

　ダニー・ボーイはタバコに火をつけ、もう一杯酒を注いだ。両手は血まみれだったが、煙を深く吸い込むと、彼は楽しそうに言った。「今夜、おまえキャロライン・ベンソンの乳を見たか？　あの女はぜったいにモノにしないとな」

　マイケルはなにも答えなかった。なんと答えたらいいかわからなかった。


「やつはだれにも見つけられませんよ、ミスター・マンガン」

　ローレンスはほとんど目に見えないくらい小さくうなずいた。少年の尊敬をこめた態度と、素晴らしい仕事を成し遂げた者特有の雰囲気に満足した。

「よくやった、坊主。これであの裏切り者が警察になにを言ったかがわかった。あとはその後始末をするだけだ」

ダニーはほかになにも言わなかった。彼は口を慎むべきときをわきまえていた。マンガンは遺棄するまえの死体を見ていたので、ダニー・ボーイが報酬を受け取りに来る前にきちんと身支度をととのえてきたことに感謝した。今回彼がやった仕事のことをだれにも口外するなと、あらためて少年に念押しをするような真似をマンガンはしなかった。口外しないことはそれほど重要ではない。少年が一味のメンバーに加われば、人々は勝手に推測するだろうが、そうではないかと勘ぐるのと事実を知っているのとではまったく違う意味を持つ。

警察はいつものとおり、なだめることができるだろう。金と、ギャンブルや女といった彼らが好む悪習の仲介をすることで。今となっては、警察はどうすることもできない。ジェレミーと彼の証言がなければ、彼らには打つ手はない。あとは被害防止対策をとるだけだが、たとえなにが起きてもマンガンが名指しされることはありえない。

ローレンスが分厚い茶色の封筒をデスクの上に投げ出すと、ダニー・ボーイはその厚みに驚いた。いつの日か、あそこにすわるのは自分だと彼は確信した。ローレンスが彼の雇い主になるのではなく、彼と同列になると心に決めていた。

「中には二千入ってる。千はおまえの報酬だ。あとの千は依頼料だ。今後、おまえはおれの下で働く。だがしばらくはそのことはだれにも言うな。六週間ごとに給料を払う。またおまえの力が必要になったら、こっちから連絡する、いいな？」

ダニーはうなずいて封筒を手にとり、中身を確かめずにそれをコートのなかにしまった。

「ありがとうございました、ミスター・マンガン」彼は相手に尊敬をこめて言った。

ローレンスは去っていく少年の力強さと、がっしりした若い肉体を眺め、彼の残忍な性格を考えた。ダニー・ボーイ・カドガンはたしかに貴重な存在になる。彼は依頼された仕事をつべこべ言わずにそつなくこなす能力がある。なにしろあの少年はマーリー兄弟と争い、自分の父親を一生まともに歩けない身体にしたのだから。まちがいなく彼はゲームの進め方を知っている。

少年が建物から出ていくと、ローレンス・マンガンはべつのオフィスに入っていった。そこで彼は古くからの友人の顔を見て、嬉しそうに言った。「良いやつを紹介してくれたな、ルーイ。たしかに面白いやつだ。手ごわい相手だがな」

ルーイは肩をすくめた。「あいつは良い子だが、ちゃんと面倒をみてやるんだ。ジェレミーの最期の姿を見ただろう。おれはダニー・ボーイをよく知ってるが、あいつは大喜びであああいうことをしたはずだ。あいつは凶暴な犬みたいなやつだ。餌と水をちゃんとやっていれば問題はない。だが飢えさせたり挑発したりすると、手に負えないことになる」そう言いながら、ルーイは悲しい気持ちになった。彼は初めてくず鉄置き場に働きに来たときの少年の姿を思い出した。あの少年はもういない。もう二度と彼が戻ってくることはない。それが、彼らが住むこの世界の悪い点だ。あの父親のせいで、ダニー・ボーイ・カドガンはこの世界に完全に根付いてしまった。

9

日中の強い陽射しを浴びてマイケルは目を開けたが、陽光のまぶしさにまたすぐ目を閉じた。すでに午後であることはわかっていた。枕元で秒針を刻んでいる時計を見るまでもなく、今が四時か五時であることはわかった。一日がすでに終わろうとしていた。

女が身動きして、彼は自分が一人ではないことに気づいた。薄目を開けて女の姿を探すと、彼女は胎児の姿勢で眠っていて、張りのある身体が彼に触れていた。女に見覚えがないことがわかって、彼はほっとした。長いブロンドの髪で、ベビーフェイスの、かぼそい肩をした脚のきれいな女だった。必死で記憶をかき集めたが、彼女についてはなにも覚えていなかった。

マイケルはベッドから静かに出ると、ここは自宅ではないので、いつものおしゃべりが始まる前に逃げ出せると自分をなぐさめた。ときおり女には驚かされる。見ず知らずの他人と平気で寝たあげく、相手が自分を王族のように扱うことを期待する。彼は女というものが大嫌いだった。

服を着ながら女をちらりと見た。彼女はなかなか美人で小柄で、彼の好みからいうとやや胸が小さすぎたが、かなりいい女だった。彼はこれまでにも目が覚めたら女といたということが何度もあった。それほど悪くない場合もあったが、さほど魅力的な女たちではなかった。しかも彼女たちは大きな誤解をしていた。彼と一度寝ただけで、彼に対してなんらかの権利を得たと思い込む。たとえば公衆の面前で、ガムをくちゃくちゃ嚙みながら、マスカラをべったり塗った顔で彼に近寄ってくる。そのなれなれしい態度だけで、口を開くまえに彼女たちは彼を辟易させた。こういうことはやめなくてはならない。最近では冗談の種にさえなっているのだから。彼がローファーに足を突っ込んだとき、女が目を覚まして彼のほうを見ているのに気づいた。

「帰っちゃうの？」

それはたんなる質問だった。彼はうなずいた。必要以上に女と会話をするつもりはなかった。

「そう。また会える？」

彼女には、隣の家の少女が売春婦に変身したような可愛らしさがあった。後悔のために全身が緊張している。彼は女が彼と同じくらい前夜のことを覚えていないことに気づいた。

「あとで電話する」

彼女は声をあげて笑った。それから上半身を起こし、けだるそうに伸びをすると、女の張りつめた若い肉体があらわになり、彼はこのまま帰ることをふと後悔した。女は無邪気に言った。「うちに電話はないわ。そっちの番号を残していってくれない？」

彼はうなずきながら、自分はいったいどこにいるのだろうと考えていた。だいたいどうしてこんなところに来たのか。サウス・ロンドンの臭いがしたら、なぜそう思うのかはわからなかった。ただまわりの景色からそんな印象を受けた。

細い階段を下りる途中で、自分が不法占拠した建物にいるのに気づいた。そして玄関の手前で、ダニー・ボーイが居間につづく戸口の柱に寄りかかっているのに気づいた。彼はいつものようににやけた笑いを浮かべていた。

「大丈夫か、マイケル？　あの女とやりすぎて死んじまったかと思ったぞ」

彼はあいかわらず身ぎれいで、元気そうだった。ひと晩じゅう覚醒剤を吸引し、その後クスリを醒ますためにさんざん飲んでも、すっきりした顔でいられるダニーが、マイケルには羨ましかった。

「最悪の気分だぜ」

するとダニーがにやりとした。「間違った意味にとらないでほしいんだが、マイケル、あの件はおれがなんとかしておいた」

ダニーはキッチンについてこいとマイケルを手招きし、マイケルはそれにしたがった。居間は無人で、ただ床に黒髪の女が寝そべっているだけだった。彼女はまだ完全に酔っていたが、その長い黒髪が彼の目に留まった。身動きひとつしない女をまたぎ、彼はせまいキッチンに入った。ごみと風呂に入っていない体臭が鼻をつき、彼は吐きそうになって口に手をあてた。「なんてひどい場所なんだ」

ダニーはまだにやにや笑いながら裏口を開け、庭がわりのコンクリート張りのポーチに出た。そこには使い古されたソファが置いてあったので、彼らはそこに腰をおろした。ふだんの日曜日の午後の音と香りがあたりに漂っていた。ラジオの大きな音と、肉を焼く香りが午後のけだるい空気を包んでいた。突然、二人とも空腹を感じた。

「昨日の晩は、おまえ、すっかり酔っぱらっていたぞ。なにか覚えてるか？」

マイケルはゆっくり首を振った。「まったく覚えてない。車は外にあるのか？」

「なかったら困る。なにしろトランクに三万入ってるんだから」

ダニーはふたたび声をあげて笑いだし、前夜の記憶が戻ってきたマイケルは目を閉じた。両手で顔を覆い、マイケルはうなり声をあげた。「嘘だよな、本当かよ？　なんてこった、ダニー、やらなかったって言ってくれ」

ダニーは大声で笑い、それにつられてマイケルも笑いだした。「二人ともローレンスに殺されるぞ、ダニー」

「大丈夫さ。やつに頼まれたことはきちんとやった。金は車に積んである。借金は清算したし、その途中でちょっとした小遣いを手に入れただけだ。全員が得をしてる」

「だが三万は……」

するとダニーは真剣な表情になった。「公正な方法で手に入れた金だ。おれたちがすこしばかりの現金を手に入れたからといって、文句を言うやつはいない。そこにあったから、もらっただけだ」

マイケルは友人が本当のことを言っているのを知っていた。最近よくやっているように、彼らはローレンスの依頼でギャンブルの借金を回収した。その日の午後、彼らが脅しをかけようとした相手が、賭けで大当たりを出した。その結果、彼は借金を返すどころか、将来の負けの分まで金を持っていた。そこで彼らはまず予定どおりローレンスの金を取り返し、その後、残りの金を見せしめとして取りあげることにした。すくなくとも彼らは自分自身にそう言い聞かせた。泥酔状態だった彼らは、銃まで使って男から金を強奪した。金を見たとたんに、スモークじゅうをこのろくでなしを追い回した手間賃として、この一部をもらう権利があると決めたのだった。

その男、ジミー・パウエルは人に好かれないと評判の男で、さんざん逃げまわってついにつかまったとき、返済が遅れただけではなく、彼らを笑いものにしたせいで、こっぴどく痛めつけられた。彼らの脅しを真剣に受け取らず、彼らに小金をつかませて無事に帰れると思い込んだのが間違いだった。

それはたしかに強盗で、じつに簡単に金が手に入った。彼らにしてみれば、目の前のチャンスをものにしたにすぎない。それのどこが悪い？　仕返しをすると同時に私腹を肥やす人間は彼らが最初ではなかったし、けっして最後でもないだろう。それに問題の男は文句を言える立場にない。なにしろ彼のせいで彼らはあの場所に行ったのだから。問題の日にたまたま余分な現金を持っていたのは、彼の運の悪さだ。一万五千ポンドは大金で、男は彼らに何週間も追いまわされたろくでなしだった。思いもかけぬ利益は、仕事に尽くした報酬だと彼らは感じていた。それと男が彼らから金を騙し取ろうとした報いだと。だが、これにはもっと深い意味があることを二人とも知っていた。これはダニー・ボーイがローレンスに、現在の状況に満足していないと知らせるためだった。ローレンスは彼らを雑用係として使っていて、ことあるごとにそれを彼らに思い出させた。わずかな金額で彼らの忠誠心を買えると思ったのが、ローレンスの間違いだった。

　自分たちがローレンスを試しているのを彼らは知っていたし、そのうえそのことを彼が知っているのもわかっていた。この数年間というもの、ローレンスは彼らにさまざまな危険な仕事を命じてきて、彼らはそれに従ってきた。だが二十歳になって大人となった彼らは、それ以上のものを望んでいた。金はいくらでも手に入る。金をかき集める才覚には二人とも長けていた。ダニーは苛立っていた。好きなときに好きなことをする自由を欲しがっていた。そして彼がその自由を手に入れ、自分がその騒ぎに巻き込まれることをマイケルは知っていた。彼らが見えない境界線を踏み外したのはこれが初めてではなかったし、これからも続くだろう。だがこれだけの大金を横取りしたのは初めてだった。その金額は笑い事ですまされる額ではなかった。

　あとは彼らの向こう見ずな行動がどんな結果をもたらすかを見るだけだ。どうなるかは疑問だが、彼らは賭けに出たわけで、こうなった以上、あとはなにが起こるかを待つだけだった。

　ダニー・ボーイと同様にマイケルも、まったく予想もしていないときに罰を受けるか、ダニーが欲している承認をとりつけるかのいずれかになるだろうと思っていた。いずれにせよ、今夜じゅうには結果が出るだろう。

十五歳にして、メアリー・マイルズは行く先々で人の注目を浴びていた。だが、注目されるのはよくないことだと、母が彼女に罪悪感を抱かせた。母は、メアリーがその気になれば注目されるのをやめさせられるような言い方をした。男たちはみな彼女に視線を送り、彼女には彼らの興味が手にとるようにわかった。だが彼女自身はそれを煽るような行為はなにひとつしていなかった。

十二歳になったころには、彼女の胸は目だって大きくなっていた。それはクラスメートの憧れだったが、母は期待を裏切る行為であるかのように娘に思い込ませた。メアリーはどんどん美しくなっていくにつれ、自分が母の機嫌をそこねる原因となっているように感じ、すこしずつ自尊心を失っていった。少女は自分の身体は異様だと感じていて、このままではろくな人間になれないという母の警告を真剣に信じていた。酔っぱらって残忍になっているときの母は、ことあるごとに娘を傷つけた。近所で母は評判の種になり、彼女の飲酒癖は伝説となっていたが、それでも彼女は娘が友人たちと街に出かけないように目を光らせていた。メアリーが敬愛する兄のマイケルは、さまざまな点で母よりもっと厳しい看守だったが、彼の場合はまず一番に彼女のためを思っていた。

教会でひざまずきながら、彼女は母の刺すような視線を背中に感じていた。いつものように彼女は熱心に祈っていた。神にお願いするのはいつも同じことだ──自由。母からも、この環境からも逃れられるように祈った。酒や、卑しさや、この世界で生きていくために必要なつねに警戒していなければならない状況からの自由を願った。メアリーは期待どおりの行動を強要されるのは嫌だったが、そのほうが楽だったので周囲の言いなりになっていた。彼女の母は、経験豊富な少女たちですら理解するのに数年かかるような失望を娘に味わわせるこつを知っていた。メアリーはなぜ男たちが自分に注目するかを知っていたし、ときにはそこから生まれる感情を楽しんでさえいた。それは彼女が持っている唯一の武器であり、そのうえ母を悩ませることができるというのは、彼女にとってはボーナスのようなものだった。

メアリーは外見が母にそっくりで、母娘とも美人だったが、メアリーがその美しさを利用して楽しみたいと思っているのに対して、母は娘に自分と同じ運命をたどらせまいと心に誓っていた。娘のうわべの美しさしか見ないような男のために、娘の美しさを無駄にさせるつもりはなかった。彼女にとっては信仰が慰めだった。教区の司祭を悩ませるほどの熱心さで、その信仰心のおかげで友人たちのあいだで高い名声を得ていた。どれほど酔っていても、彼女はかならず朝のミサに参列した。それが彼女にとって自分の行動を正当化させる方法だった。まわりからどんなことを非難されても、彼女は酔っぱらったときの型破りな行動をほとんど覚えていなかったので、熱心にミサに参列した。非難を受けても彼女はいつも笑っていたが、自分の人生が偽善であることには彼女自身気づいていなかった。

この娘にはじっと目を光らせて、なんの役にも立たないろくでなしに身を任せることがないように、彼女自身が見張っているつもりだった。うまくすればメアリーは良い縁を得ることができるが、そのためには彼女がきちんと娘を見張り、正しい方向に導いてやらねばならない。すでに娘は美しく成長し、男たちは彼女に興味を抱いているし、彼女も男たちに興味を持っている。ミセス・マイルズはかならず自分の力で、子供と失望以上のものをあたえてくれる男に娘を嫁がせようと心に決めていた。娘の相手にふさわしい男は、ただ彼女のもとに金を持ち帰るだけではなく、彼女の一家に尊敬されるような人物だった。娘に理解してほしいのは、いわゆる愛が消えたあとに多くの女性に残るのは存在しかないということだ。見た目の美しさがなくなり、身体が太ってたるんでくると、女はなんとかして生きていくしかない。その頃には世話をしなくてはならない子供がたくさんいて、女はただ存在することしか考えられなくなってしまう。

彼女はそれを身を持って知っていた。もう何年も生きることに必死で、今では日々の糧を息子に頼っている状態だった。マイケルはとてもよい息子だが、カドガンがいなければとっくにこの世から消えていただろう。彼の父がそうだったように、マイケルには度胸がない。もし彼が失敗したら、この娘が彼女にとって金の卵を産むガチョウになる。マイケルが名を売っていることで、彼女にも良縁が見つかるはずだ。兄のおかげで、妹も尊重される。兄の影響がなければ、メアリーはそこらへんのハンサムで言葉たくみな男の餌食になるだけだ。

愛と欲はまったく別物だが、それに気づくのは大人になって自分の子供を持つようになってからだ。その頃には、自分の過ちを修正するには手遅れだ。とっくに尊敬などしていないが、まったく異なった理由でまだその男を必要としている。金がその一番の理由で、貧しさへの恐怖、家賃を払えるかという問題が人生最大の課題となる。だが彼女がそばにいるかぎり、メアリーにはそんな人生は歩ませない。彼女は娘の将来をじっくり見据えていた。毎日ミサに参列することも、彼女の長期計画の一環だった。グラマーで汚れていない娘はすでに波紋を呼んでいる。メアリーはいずれ母に感謝するはずだ。なにしろろくでもない男に身をまかせなくても、生きていくのはそれだけで大変なのだから。

ミサが始まり、彼女はうつむき、心から必要としている導きを願った。神様は素晴らしいし、それは娘も同じだ。娘がずっとそうでありつづけるように、彼女は全力を注ぐつもりだった。娘には自分と同じような人生は歩ませない。この子は素晴らしい男性といっしょになって幸せになってほしい。そして彼女自身も娘の幸運のおこぼれにあずかろうと決めていた。他人がなんと言おうと、彼女にはその権利があるのだ。

アンジは子供たちによそいきの服を着せ、彼らを映画館に連れていった。息子に子供たちを一日外に連れ出すように丁寧に頼まれたからだ。最近は金に困ることはないにせよ、子供たちにとって、それはめったにない褒美だった。こうして彼らを好きなところに連れていってやれるようになった今、彼女は自分がそれをしたくないことに気がついた。子供たちになにかを約束するのと、それを実行するのは別のことだった。

彼らが金に困らないようにという息子の気遣いには満足していたが、夫が自宅でつねにそしられ、虐められていることが彼女を苦しめた。だがそれでもなにも言わないのは、以前の暮らしに戻ることに恐怖を感じていたからだ。もっとも最近の噂では、ダニー・ボーイはマンガンに対して軽率な行動をとったらしい。そのため彼女はふたたび復讐を考えていた。

ダニーには支配力があり、それは中途半端なものではなく、彼女は自分が産んだ子供を恐れている自分を恥じていた。だが正直に言えば、母親である自分ですら息子の本当の能力を知らなかった。彼は今や有名人で、それによって彼女が欲していた名声を得たことは忘れていた。夫が元気な頃はどんな人間だったかを忘れることは驚くほど容易だった。頭のなかで歴史を書き換えて夫を聖人として扱い、彼が世間から誤解されている心得違いの人間なのだと自分に言い聞かせることは、じつに簡単だった。息子との対決以来、彼は彼女が望んでいたとおりの夫に変わった。今の夫は他人にはなんの価値もない人間だ。まさしく文字通りの意味で。実際に彼はセックスらしきことはなにもできなかったが、彼女はそれでいいと自分に言い聞かせていた。彼は自分がインポテンツだと言っていたが、夫が自分を欲していないのが原因だと彼女にはわかっていた。そうなったのは彼女が最後の子供を流産し、ダニー・ボーイがその状況に対する態度を明確にしてからだった。それ以来、夫婦の肉体的な接触はだんだんと少なくなり、今ではまったくなくなった。夫は自分以外の相手ともなにもしていないのだと、彼女は自分をなぐさめた。肉体的な欠陥だけではなく、ダニーに対する恐怖から、夫は他人との接触を避けるようになった。それにだれが彼に魅力を感じるというのだ？　最近は、夫婦のあいだに会話が生まれた。それは彼女が長年望んでいたものだったが、予想していたほど素晴らしいものではなかった。夫の火遊びがたいていは夫婦喧嘩の原因で、彼女は勝利することはなかったにせよ、仲直りはじつに素晴らしいものだった。今さらあの頃に戻りたいと望んでも、それはけっしてかなわない望みであって、今目の前にいるのは、父親の存在を許し、母親に恐れられる息子だけだった。彼は完全に変わってしまった、それも良くない方向に。

下の子供たちを見ながら、彼女は多くの可能性があったにもかかわらず、結局実りの少なかった人生について考えた。

マイケル・マイルズは疲れはてていた。掃除が行き届いたアンジのキッチンにすわり、彼は大きなあくびをした。ダニー・ボーイはすでに苛立っていた。室内をうろうろしていて、彼が怒りを抑えているのはだれの目にもあきらかだった。不快そうに身体をこわばらせているのは、マンガンに叱られるのがわかっているからだ。彼はそれを自分への侮辱と受け取っていて、それがすぐに周知の事実になると考えて怒りをこらえきれずにいた。ダニー・ボーイ・カドガンにぜったいにしてはならないことは、公衆の面前で恥をかかせることで、彼をよく知る者たちは、それだけは避けようとしていた。

だがマンガンは彼を本当に理解していないので、マイケルは今日のことが将来の参考のために心に留めておかなくてはならない思い出の一つになると確信していた。ダニーはさまざまな意味でスターで、よき友人であり、気前のいい男で、彼のためなら殺人も厭わないだろう。だが残念ながら、この数年の経験から、彼はダニーが気まぐれに殺人を犯すことができる人間だとわかっていた。彼は自分の悪名を楽しんでいて、それを最大限に利用しようとしていた。彼はまたどんな批判にも耐えられなかった。たとえそれが彼に日々の糧をあたえてくれて、多くの者が恐れているローレンス・マンガンからの批判であっても。

「もうおねんねの時間か？」

マイケルはにやりと笑ったが、内心では笑う気になどなれなかった。「そうじゃないが、くたくたに疲れてるんだよ」

ダニー・ボーイはうなずき、また室内を歩きまわった。リノリウムの床を踏みならし、両手をかたく結んでいる。どんな災難がふりかかろうと、彼には受けて立つ覚悟はできていた。

「落ち着けよ、な？　マンガンはバカじゃない、ダニー。なにがあったかをきちんと説明すれば、やつはちゃんと理解してくれる。だが必要以上にやつを挑発するんじゃないぞ。いきなり怒鳴ったりするなよな？　すくなくとも今のところは、やつがおれたちを必要としているよりも、こっちが奴を必要としてるってことを忘れるな」

こんなことをダニーに言えるのはマイケルだけで、それは二人ともわかっていた。もしも他のだれかが同じことを言ったら、その人間はその場でこの世から排除されただろう。年配者にとっては、それがダニーの魅力のひとつだった。彼は古いしきたりのなかで生きていて、それが彼の立場を有利にしていた。彼には古いタイプの悪党に見られるような傲慢さがあって、自分の存在を認められたいという気持ちが強く、一般大衆だけでなく同世代の者たちからも相応に遇されたいと考えていた。彼はいろいろな意味で、一般人ですら犯罪社会のルールに従うべきだと思っているならず者だった。それはマイケルにとっては暗黒時代からつづく部落の掟のようなものだった。ある人々にとっては尊敬がすべてで、それがなにより重要だった。それは彼らの自尊心を満足させ、自尊心によって彼らは一般市民よりも上位に立っていた。

「心配するな。やつがなにかしないかぎり、大丈夫だ。だがおれたちにはあの金を手に入れる権利があるし、それはやつも知っている。すくなくとも今はもうわかっているはずだ」彼はいつものように断言した。ダニーは古いタイプの犯罪者で、だれもが同じルールに沿って生きているわけではないということが、彼の頭には思い浮かばなかった。そういう状況に置かれるたびに、彼は落胆し、周囲の人間を悲しませた。

玄関のドアをノックする音がしたので、マイケルは返事をしなくてすんだ。マンガンがようやく到着し、マイケルは胃のむかつきを抑えながら彼を迎えに出た。ダニーはすぐに感情を害するし、マンガンも同じような気性の持ち主だった。すでにマイケルの神経は張りつめていたが、彼は深呼吸をし、愛想笑いをした。それがせめて彼にできることだった。

ローレンス・マンガンは二人の若者を眺めた。彼らは自分たちの取り分と考えているものがあたえられなかった場合、近いうちに悩みの種になる。彼は独特の穏やかな笑みを浮かべた。ダニー・カドガンの敵意がひしひしと伝わってきたが、奇妙なことに彼は青年の態度を高く評価した。他人から見て、それがどれほど大それたことであろうとも、自分と自分の行動に絶対的な信念を持っている彼の態度にマンガンは感心した。

ダニーは傲慢な男で、この世界の大物がみな彼の噂をしていることをローレンスは知っていた。そのことが現在のダニーの最大の武器だった。彼の生来の敵意を利用しようとする複数のフェイスから、誘いをかけられていた。それに彼は自分の実力を知っていて、それを楽しんでいた。それは彼の態度や表情に表われていた。ルーイの予測は正しかったと、ローレンスは気がついた。この若者はやがて大物になり、そうなったときに、彼の前に立ちはだかる者には災いが降りかかる。今後はこの若者がもっと彼に感謝するように仕向けなければならないし、今回のむこうみずな行為に関しては見逃してやらねばならない。裏切られないように注意し、いざというときが来たら、この若者をどうすべきかが彼には本能的にわかるだろう。この若者は異例なので、この先どうするかを決めるときが来るまで、それをうまく利用するのが得策だろう。

彼はこの若者を過小評価していた。彼の家に入ったマンガンは、彼がなぜ注目されることにこだわるかが理解できた。そこはあばら家だった。清潔なあばら家だったが、あばら家にはちがいない。自分の父親を撃退したダニー・ボーイ・カドガンにとっては、他の人間など問題にならないのだろう。彼はフェイスになりたがっている、本物のフェイスに。そのためにはだれを踏み台にしようとも、フェイスになると決意していた。

重い沈黙が流れ、それは息苦しいほどだったが、やがてマイケルがおだやかに話しかけた。「なにか飲み物でもいかがです、ミスター・マンガン？」

すると雰囲気が一変し、ローレンスがふたたび微笑んでうなずくと、緊張が解けた。彼は陽気に話しだした。「まったくおまえらときたら、抜け目のないやつらだな。ジミー・パウエルはひどい状態になってるぞ」

その瞬間、ダニーはこの悪戯に対してお咎めなしだということに気づき、気が楽になった。彼は限界を試さずにはいられない。ローレンス・マンガンは、彼がこれから突破しようとしている多くの障壁の最初の一人でしかなかった。ダニーは許される限界を破ったにもかかわらず、まんまと罰を逃れることができた。彼はこれからも機会があるごとに金をかき集め、これからは実力を発揮できる仕事をあたえられるだろう。マンガンには他に選択の余地はなかった。ダニーは懸命に仕事をし、次の機会が訪れるのをじっと待つ。彼の計画にとって、金は重要な意味を持っていた。彼は将来ふりかかるかもしれないあらゆる病を治せるだけの金を生涯かけて貯めるつもりでいた。そのなかには目の前にいるこの男も含まれる。いずれ時期が来たら、彼はこの男を排除し、彼が持っているものを奪う。彼はそれをできるだけすみやかに、できるかぎり残酷な方法で行なうつもりだった。彼はこの男を悪党としての彼の出世の踏み台にしてやるが、そのときが来るまでは、男の依頼をおとなしく聞き、尊敬を含んだ笑顔を浮かべて責任を果たしていく。

人生は彼が望んでいるものをすべてあたえてくれる。彼はそう確信していた。


ビッグ・ダン・カドガンは、息子が最近起こしたむこうみずなふるまいについてすべてを知っていて、それが彼を苛立たせた。どこに行ってもその話で持ちきりで、その話を聞くたびに彼は自分でも認めたくないほどに動揺した。息子は今や彼のランチタイムの会話でも伝説となっていて、息子に対する嫉妬がガンのように彼を蝕んでいた。

彼は競馬新聞をめくりながら紅茶を飲みつつ、下の息子が兄の言葉に熱心に耳を傾け、同時に頼みごとをしている様子を眺めていた。ジョンジョーのダニーに対する態度は、まるで兄がこの家の大黒柱だとでもいうようで、むろん、どこから見てもたしかにダニーがこの家の主だった。

「なぜそんな話をおれにするんだ、ジョンジョー？」ダニーの声は低く、優しさと兄としての愛情にあふれていた。ジョンジョーと兄は仲がよかったし、すくなくともダニーという人間に対して可能なかぎり親しい関係だった。

「お願いだよ、ダニー、だってみんなクリスマスに買ってもらうんだ」

ジョンジョーは無邪気そうに兄を見つめた。くりかえしねだることで、やがてそれを手に入れられることを彼は知っていた。

それはいつものことで、とくに父の前でねだれば、なんでも買ってもらえた。ダニー・

ボーイが父の前で気前のよさを見せつけることに喜びを感じていることを、ジョンジョーは知っていた。ダニーは父に自分のほうが家族にいろいろなものをあたえられることを見せつけるのが好きだった。弟の要求によって父が軽視されることは、ダニーに大きな満足感をあたえた。それはたとえ少しのあいだでも、ダニーをいい気分にさせた。

「クリスマスにおまえの欲しいものが手に入るとは思うが、ジョンジョー、ただしそれはおまえがちゃんと母さんを手伝って家のことをやり、きちんと妹の面倒をみればだ。この家ではおれたちはお互いに助け合わなきゃならないんだからな」

ジョンジョーは安堵のため息をついた。その深いため息は、新しいレーシング用の自転車が彼のもとに届こうとしていることを彼や家族にも知らしめた。むろん、彼がこれから大きな失敗をしでかさなければの話だが。

「ちゃんと面倒を見てるよ、ダニー。いつもちゃんとやってるさ」それは父に対するあてこすりで、それを聞いてダニー・ボーイはにやりと笑った。

その会話を聞きながら、アンジの心は沈んでいた。以前のように必死に働かなくてもよい生活には満足しているが、夫が子供たちからの愛情も尊敬も失ってしまったことに心を痛めていた。たとえその原因が、彼自身が怠け者のろくでなしだったからだとしても。それでも彼は彼女の夫なわけで、彼女にとってはそれがなにより重要だった。

ダニー・ボーイは近頃すっかり有頂天になっていて、彼女はその態度をどうしたらやめさせられるのかがわからなかった。彼女が流産して以来、息子は母に対してあきらかによそよそしい態度をとるようになったので、彼女は家での夫の居場所を確保するまえに、まず息子とのあいだにきちんとした関係を築く努力をしなくてはならなかった。人生はつらいことばかりで、日々それが加速する。神様の輪はゆっくり回るものだ、というのが母の口癖だったが、彼女は結論が出るのを待つことに疲れはてていた。

娘がつややかな髪をなびかせ、美しい歯を見せながらキッチンに入ってきた。妹の姿を見て、ダニー・ボーイの表情が明るくなった。彼女は兄のお気に入りで、それを彼女自身が知っていて、両親にもそのことをわからせようとしていた。彼女はすっかりいい気になっているお姫さまで、彼女を懲らしめてやる瞬間が来るのがアンジには待ちきれなかった。あの愛らしい顔から得意満面の笑みが消えるを見るのが、彼女は楽しみだった。

アナウンシアはいつものように高慢そうな目で母を見た。それに対する叱責が口をついて出そうになるのを、アンジは必死にこらえた。かわりに彼女は娘の前にベーコンエッグの皿を置いた。二人のあいだの緊張が目に見えるようだった。

ダニー・ボーイは母娘のいつもの朝の儀式を眺めていたが、いきなり椅子から身を乗り出して怒鳴った。「母さんに対する礼儀はどうした？」

そのあまりの剣幕に、母も娘も恐怖で文字どおり飛び上がった。

「朝食を作ってくれたのに、おまえはお姫さま気取りでキッチンに入ってきて、ひと言も言わずにそれを食うつもりか？」

「ごめんなさい、ダニー……ありがとう、お母さん……」娘はようやく母に視線を向けた。

その目は恐怖でひきつり、声は震えていた。彼女は父のほうは見なかった。父が自分をかばってくれるはずがないことを彼女は知っていた。

アンジはどうにかしてこの場の空気をやわらげようとした。娘に対する同情から、すこしまえに感じた苛立ちはすっかり消えていた。「この子はまだ子供なんだから、ダニー。ちゃんと感謝しているわよね？」

ジョンジョーは空になった皿を押しやり、椅子に深く腰かけながら、この騒ぎのせいで新しいレーシング用の自転車が買ってもらえないなどということがないようにと願っていた。妹はいつもへまをやらかす。ダニー・ボーイはまたしても食卓についている全員に対し、自分が軽く見るべき相手ではないことを思い知らせた。

ダニー・ボーイ自身もやがて悪いことをしたと思いはじめていた。妹を怯えさせたことを後悔したが、彼にとって唯一耐えられないことがあるとしたら、それは敬意を欠くことだった。たとえ内心ではどう思っていようとも、彼にとっては母は母であり、それが唯一の理由であっても、母は敬意を持って扱われるべきだった。

第二部

憎しみとは、時間をかけて
育つもの、わたしの場合は
生まれたときから、育ててきた
粗野なこの土地に対してではなく……
……気づいたのは
自分と同じ仲間に対するこの憎しみ

——R・S・トマス（一九一三‐二〇〇〇）
『他者へ』

10

一九八〇年

カジノはさほど混雑しておらず、ダニー・ボーイは慣れた目で、まだ残っている客たちを観察した。数人の客には笑顔で会釈し、他の客たちをいつもの尊大な態度で意図的に無視した。だれを味方につけるべきか、だれを無視すべきかを彼は心得ていて、それが彼の日々の生活の一部となっていた。人々は彼がそういう態度をとるものだと承知していた。彼は表向きの人格を作りあげていた――有名人やその関係者には友好的だが、かといって媚びへつらうわけではないダニーは、彼らを同じように扱ったし、もし彼らが一線を越えたと感じたら、容赦なく叱りとばした。それ以外の人間は彼の関心の外にいて、考慮に入れる必要すらなかった。

二十五歳になったダニー・ボーイは、あいかわらず体格がよく、がっしりした肩に高級スーツが似合っていた。髪は大学生風に短く切り、身ぎれいにしていて、ボクサーのように身のこなしが軽かった。今でも少年の頃の美しい顔立ちの面影は残っていたが、ここ数年のあいだに顔をしかめつづけてできた皺が刻まれていた。人々と冗談をかわしながら笑っているときでさえ、彼は気難しそうだった。今や接触する者全員にとって、彼の危険な面はあきらかだった。彼の世界ではよくあることだが、爆発したときはまさに見物だった。抑えた内部の怒りのために、筋肉が波立った。彼は見るからに厄介で、すこし頭のネジがはずれていて、なにより大物になろうとしている人間だった。このまま逮捕をまぬがれるとしたら、彼は資産家なっていくだろう。

ダニーは周囲に目を配りながら入り口のホールにむかい、よからぬことをする人間がいないことを確認すると、休憩するために奥にある小さなオフィスに入った。

すでに日曜日の明け方近かったが、一日の仕事を終えるまでに、まだいくつかかたづけなくてはならない用事があった。彼は厚いベルベットのカーテンで仕切られたせまいトイレに入ると、上着を脱ぎ、蛇口をいっぱいにひねった。水が完全に冷たくなったところで、彼はシャツの袖をまくりあげ、顔と首に勢いよく水をかけた。氷のような水の冷たさに彼は身震いし、洗いざらしのタオルで水気をふき、体温を上げるために肌をこすった。これは彼にとっては日常の習慣だった。さまざまな仕事をこなすための長時間労働はあたりまえだったが、その生活は気に入っていた。忙しいのが好きだったし、忙しいと見られることも好きだった。それはすでに乱雑になった弓の新たな弦だった。マイケルがオフィスに入ってくる音がしたので、彼は出迎えるためにトイレを出た。

ダニーがいつものように笑みを浮かべていたので、マイケルはこんなときでも元気そうに見える彼の姿に、いつもながら驚いた。

「ブツは手に入ったか？」

マイケルはうなずき、ダニー・ボーイが身支度をととのえるあいだに、二人分の酒を注いだ。ふたたび上着に袖を通しながら、ダニーが静かな声で言った。「お袋さんの具合はどうだ？」

マイケルは包みをコートからとりだし、それをデスクに置いた。「まだ生きてる。医者も驚いてるようだ。だがそう長くはない。あとの十八包みは、いつもの場所に置いてある」

マイケルはウィスキーを一気にあおった。たとえ悪夢のような女であっても、やはり彼女は彼の母親だ。彼女が入院していることは周知の事実だったので、こうしていやいや対処している自分を彼は恥ずかしく思った。長年の飲酒がたたって、彼女はついに震顫譫妄が悪化し、すっかり弱った身体で怒鳴りわめき散らしていた。「まるでラッパズイセンみたいに真っ黄色になってるんだ、ダニー、なのにまだ酒をよこせと騒いでる」

ダニーはしばらく黙り込んだ。彼は友人の身に起こったこの状況に、どう対処していいかわからなかった。「メアリーの様子はどうだ？」

マイケルは肩をすくめた。「さあな。おれがちょうど病室を出たときにやって来た。ケニーが送ってきたんだが、やつはそのまま帰っていった」

彼の声には押し殺した怒りがこもっていた。妹がケニー・ダグラスと寝ているという事実が、彼には我慢ならなかった。ケニーはメアリーよりも二十五歳年上で、まったく信用ならない男だった。彼は残忍で凶暴で、女癖の悪い悪漢だった。恐喝と、名声を欲しがっている若者を利用することで生計をたてている。一度も逮捕されたことがないのも驚くにはあたらない。彼の組織は脅しと威圧によって運営されていて、若い手下はもし必要になれば喜んで彼の身代わりになる。彼らはケニーの仲間と見られることで尊敬を得られた。ケニーはそうなったときに子分の家族の面倒を見ることを忘れなかった。そうすることで、子分が出所してきたときに、彼は自分を慈悲深い男と見せかけることができた。だが実際には、ケニーは子分を利用しているだけにすぎなかった。その男が、こんどは自分の妹を利用しているということが、マイケルを悩ませていた。だがケニーがフェイスの一人とみなされていて、ローレンス・マンガンや他の多くの犯罪者たちとつながりを持っている以上、ケニーを尊重せざるをえなかった。

「あの男はくそったれだ」

ダニーは返事をしなかった。かわりに彼は包みを開け、覚醒剤の塊を手にとり、ビニールカヴァーのはしを破ってかどを舐めた。すぐに唇の感覚がなくなり、緊張がすこしほぐれた。よい商品だ、あっという間に売れるだろう。これが今の彼らのビジネスだった——気晴らしのための麻薬と、クラブ経営にギャンブル。このちょっとした裏の商売は、すでにこの店のほかに二軒のバーを購入するだけの資金をもたらした。彼らはなるべく目立たないようにしていたが、業界の関係者たちはダニーたちの動向を見守っていた。すでにローレンスを通さずに彼らは仕事の依頼を受けるようになっていたが、それはこの白い粉が突然大量に手に入るようになったからだった。彼にはコネがあり、それを自力で運営するだけの強さもあった。彼の了解なしにそれを販売することはできず、彼はそのことをみんなにわからせた。売人を夢見る者たちは、ツルハシの柄や自転車のチェーンによってすぐにその考えを改めさせられた。彼らがかかわる相手に合わせ、報復は即座に残忍な方法で行なわれた。今ではそういった揉め事もかたづき、覚醒剤は彼らのビジネスの資金源になっていた。ダニーはこのビジネスで大金を手に入れるつもりだった。あと数週間で商品が市場に出回れば、血の雨が降ることになるだろうが、この商売によって彼らは犯罪業界の頂点に登りつめる。ダニーはそのときが来るのが待ちきれなかった。

メアリーはかつて自分の母親だった生ける屍を見下ろし、苛立ちをのみこんだ。母親が一刻も早く逝って子供たちを自由にしてくれることを、メアリーは望んでいた。だが母はぶつぶつと独り言をつぶやいている。かつて生気にあふれていた肉体は、今では骸骨のようにやせ衰え、文字どおり皮膚が骨にぶらさがっている状態だった。かつてはあれほど美しかった髪でさえ、今ではもう見る影もない。髪はすっかり抜け落ちて薄くなり、色褪せてしまっている。酒は恐ろしいもので、人の魂にまで入り込んでしまう。母は人としての姿を失うほど酒に溺れ、それはけっして見ていて気持ちのいいものではなかった。彼女はこれまでずっとメアリーを苦しめてきたが、死にかけている今も、これまでと同様に子供たちを苦しめていた。

メアリーはマイケルがドアの外に立っているのを見て、悲しそうに微笑んだ。兄の様子はひどかった。彼にとっては、母の死はとてもつらい体験にちがいなかった。兄はいまだに母を愛していたし、メアリーも彼女なりに母を愛していた。だが今となっては母が一刻も早く逝ってくれることを願っていたし、母の死を看取ってふだんの生活に戻ることを望んでいた。メアリーは窓に映った自分の姿を見た。自分が美しいということはわかっていた。母もかつては自分にそっくりだったということが、とうてい信じられなかった。今では人間だったことすら信じられない。生まれてからずっとメアリーは、この女からおまえの取り得は見かけだけだと言われつづけてきた。今になると、母の警告は正しかったのだとつくづく思う。大人になり、自活のすべを持たぬ女がどうなるかを見てきた。ケニーと付き合っているのは、彼女が望むとおりの生活を彼があたえてくれるからだ。そして奇妙なことに、母がその恩恵にもうあずかれないことを彼女は哀れに思った。

彼女は病室を出て、兄の横に立った。「大丈夫?」

彼はうなずいた。「ゴードンの様子は?」

メアリーはため息をついた。「彼のことはわかってるでしょう、マイケル。現われたと思ったら、すぐにまた飛び出していっちゃったわ。こういうことには対処できないのよ」

マイケルは震える手で顔をぬぐった。またもや汗が噴き出てきた。このプレッシャーにはもう耐えられなかった。妹や弟と同じように、彼も母がいいかげんに逝ってくれて、また元の生活に戻れることを願っていた。母が日々衰えていくのを見るのは気が滅入ることだったし、母を救える者はだれもいないし、苦しみから解放してやることもできなかった。

「コーヒーでも飲んでくるといい。おれが代わりに見てるから、いいな？」

メアリーは兄が病室に入っていくのを見て、エレヴェーターにむかった。ハンドバッグからタバコとライターをとりだした。身も凍るほど寒い外でタバコを吸うつもりだった。兄が苦しむさまを見るよりは、どんなことでもまだましだった。

病室に入ると、マイケルは母を見てから、ベッドのわきに腰かけ、彼女の手をとった。彼女は目を開けて、息子に微笑んだ。彼女の鼻につく息の臭いが病室に充満していた。母の意識ははっきりしていた。前日の子供のような放心した目つきは消えていて、彼女は抜け目なく、計算高い目に戻っていた。

「マイキー、マイキー、お願いだからお酒をちょうだい。ほんの一滴でいいのよ。寒気《さむけ》を払うために、ね？」母親はこれまで何度もそうしてきたように、息子にねだった。彼女はまわりの人間を操ることに長けていて、押しが強く、断末魔の苦しみのなかにあっても、他人の罪悪感に訴えることで欲しいものを手に入れることができた。胸が苦しいためにすわったような姿勢で横たわっている彼女は、実際の年齢よりもはるかに年寄りに見えた。彼女のなかで生命力が感じられるのは目だけで、その目が息子に彼女が一生で唯一本当に欲しつづけた酒をくれと哀願していた。

「自分では無理なの。これを乗り越えるにはお酒が必要なの。ねえ、お願いよ、ひとくち飲めば幸せな気持ちで逝けるわ」

熱心さのあまり、彼女は枕から身を起こしてきちんとすわろうとした。彼女は何日の前から強い酒を息子にねだっていたので、彼は今、その望みをかなえてやった。彼はポケットからブラック&ホワイトの小さなボトルをとりだし、母の前でそれを掲げた。息子がプラスチック製のコップに黄金色の液体を注ぐのを見て、彼女は泣きだした。「おまえは本当にいい息子だよ。おまえはわたしを失望させることはないと思ってた。こんなときに、もう最後だもんね……」

彼が母の口にストローをくわえさせていると、何者かが病室に入ってくる音がした。それは彼らの教区を担当するガルヴィン神父だった。彼はクマのような立派な体格で、彼自身も伝説的な量の酒を飲むという評判だった。

「おお、聖水をやっているのかね？　クリスチャンとして立派な行ないだ。きっと彼女は心安らかに旅立てるだろう」

神父は母に臨終の秘蹟をとりおこなうためにやって来たのだ。マイケルは神父が小さな鞄の中身をとりだすのを眺めていた。母の人生の終わりを予告するハーブとオイルの香りに、きついウィスキーの臭いが混ざり合った。母の苦しい生涯の最期にふさわしいとマイケルは感じた。神父の言うとおり、これが母の望みであり、彼女のためにできることはこれしかなかった。いわば母に示す最後の優しさだった。病室に戻ってきたメアリーは、兄がコップにお代わりのウィスキーを注ぐのを見て微笑んだ。母はまるで赤ん坊が乳房を吸うようにプラスチックのストローを吸った。その音が静かな病室に響いた。

二時間後、彼女は深い眠りに落ち、子供たちは母が二度と目を覚まさないだろうと考えた。

ところが、やがて彼女は目を開けて悲しそうに言った。「わたしみたいに人生を無駄にするんじゃないよ。それから、ちゃんとおたがいの面倒をみるんだよ」

その後、彼女は息をひきとった。

本当に彼女が逝ってしまったと気づいたとき、マイケルもメアリーも母の死が実際にもたらす悲しみにうろたえた。

神父は最後にもう一度彼女を祝福し、残りのスコッチを汚れたグラスに注ぎ、きっぱりと言った。「一つの時代の終わりに」そして乾杯するように遺体にむかってグラスを掲げ、悲しげに言った。「どれほど努力しようとも、自分のなかの悪魔を追い払うことができなかった善良な女性に。彼女は今夜、主の腕のなかにいる」

それはメアリーにはつらすぎるできごとで、彼女は取り乱し、生まれてからずっと我慢していた一生分の涙を流した。たとえどんな母親だろうが、彼らにとっては彼女はただ一人の母親で、その彼女が逝ってしまった今、子供たちはずっと昔から心のなかで母の死を願っていたので、どう反応していいかわからなかった。看護師たちが入ってきて、いつものように空になったウィスキーのボトルには気づかないふりをした。彼女たちはそれが患者の死を早めたことに気づいていたにちがいないが、患者の遺体をきれいにすることに専念し、突然彼女の顔から皺が消えたことや、彼女が娘にそっくりであることに驚きの声をあげた。

ルーイはローレンス・マンガンといっしょに腰かけ、太い葉巻を楽しんでいた。重厚な紫煙が彼の頭を包みこみ、ルーイは素晴らしい香りを吸い込んだ。それは本物のキューバの葉巻で、この国では販売が禁止されていたが、彼らのブラックマーケットでは売れ筋商品の一つだった。

ブランデーを楽しみながら、ルーイはローレンスが頭のなかにあることを言い出すのを待っていた。それがダニーとマイケルに関することだというのはわかっていたし、ここ数カ月間、友人がそのことばかり考えているのも知っていた。だがルーイは今までその件に関してはひと言も触れず、ただ話を聞いて、ローレンスが胸のつかえを吐き出す手伝いをしてきた。しかし周囲の連中の様子をうかがい、噂話に耳をすませているうちに、この怒りと愚痴が最終的にどういう結果になるかがわかってきた。彼は目の前の男に失望していたが、とくに驚いてはいなかった。マンガンほどの大物になるには、人に言えない不正の一つや二つがあっても当然だが、この男は最も稼ぎのいい手下について文句を言っている。彼らが最近ボスには関係のないところで稼いでいることが、ローレンスには気に食わないのだ。だが彼らは若者で、名を上げる必要がある。それが彼らの世界では当然だと、彼の同世代の連中のほとんどが考えていた。うまい酒さえ手に入れれば、彼らは充分満足し、大金を稼ぎ出す若者をそのまま配下に置いていた。

だが、ローレンスの場合はそうではない。彼は自分より成功している相手に対し、根深い嫉妬心を抱く男だった。いいアイデアを思いついて実行に移している人間や、大金を稼ぎ出す人間に対して。嫉妬はだてに命取りの罪と呼ばれているわけではない。彼らの世界ではそれがつねに闘争の引き金になった。

「あの横柄な若造は、約束の時間を守りもしないし、おれの金をかすめ盗ってやがる。いいか、ルーイ、やつらはおれの下で働くか、独立してやっていくかのどっちかだ。その中間はありえない」

ルーイは、若者とはそんなものだと言いたげに肩をすくめた。彼らが若く落ち着きがないのは当然だろうと。その態度に苛立ったマンガンは、酒を一気にあおり、ルーイのものよりずっと小ぶりで地味な葉巻の火を、怒りのため息とともに灰皿でもみ消した。

「このまえは、腰抜けボリスが電話してきて、やつらに伝言を頼むと言ったんだぞ。このおれに、子分に伝言をつたえろだと？　いったいおれをだれだと思ってるんだ？　そのへんにいる屑の一人か？」

ルーイはため息をついた。この緊張と騒ぎのせいで、せっかくの葉巻が台無しだ。くつろいで、この葉巻がもたらす純粋な喜びを味わいたかったのに。彼は葉巻をそっと灰皿に置き、おだやかに言った。「だれかに伝言をつたえることの、なにが悪い？　大掛かりな計画のなかでは、そんなことは取るに足らないことだろう？　おれなんか、おまえも含めて、しょっちゅう伝言を預かってるぞ。友だちなら普通だし、それが普通の人間ってもんだ。とにかくおれたちはつねにメッセージをやりとりしてるんだ。メッセージを通して取引したり、警察に感づかれないように祈りながら、同じようなことを考えてるやつらと会う手はずをととのえるんだ。だからメッセージというのは、たんなるメッセージなんだ。いいかげんにそんなことは忘れろ」

マンガンはこれまで一度もルーイにそんな言い方をされたことがなかった。ルーイの発言の重大さに、マンガンはショックのあまりしばらく唖然としていた。

どうやら彼の考えは正しかったらしく、あの若造たちはなにかをたくらんでいて、ルーイですらどちらの味方につくかを選ばされている。そしてルーイは彼らの側についたようだ。ルーイは友人の表情の変化を見ながら、ため息をついた。ローレンスがなにを考えているかはわかっていたので、それが彼を悲しませた。ローレンスは人と分かち合うことがけっしてできない。それが彼の最大の欠点だった。彼がこっそり他人を警察に突き出したことを人々は知っていた。相棒が刑務所に入るのに、自分は捕まらないなどということはありえない。だがそれを証明できる者はだれもいなかったし、彼は一度ならず疑わしきは罰せずで許されてきた。だが今回、彼はフェイスではなく密告者だという噂が流れている。その出所がダニー・ボーイだとルーイは感じていて、近い将来この男のために用意しているドラマを正当化するために、ダニーがそういう噂を流していることはわかっていた。ダニー・ボーイは警察犬が大麻を嗅ぎ当てるように、いんちきを楽々と嗅ぎ当てることができる。だがローレンスがそれを知ったら大騒ぎになる。

裏切りの臭いがして、ルーイはそれを忌み嫌った。ダニーはまだ若いが、昔ながらの流儀で育てられた若者だ。古いしきたりにこだわるので、そういう点からも彼はこの世界で大物になるだろう。彼にとっては、今が名を上げるときだった。それなのに、なぜローレンスはそれを許してやれない？　ダニーの働きでつねに大金が手に入るというのに、不平ばかりを言うさまは見苦しかった。

だが、たとえそれが時間の無駄だとわかっていても、ルーイは友人の急場を救うためにできるかぎりのことはするつもりだった。ローレンスはとっくに賞味期限切れで、そのことは本人以外のだれもが知っていた。もしそうでなければ、ボリスが彼に伝言を託し、この男を使い走りに使うわけがない。ローレンスは他人に儲けさせないように、できるかぎり画策した。事実、最近は彼の態度と強欲さについて、いくつかの噂が流れていた。

ローレンスはあいかわらずショックを隠しきれない表情で彼を見つめていた。「ルーイ、おまえ、いったいどうしちまったんだ？」彼は本気で悲しんでいたし、それがいつもより数オクターブ高く聞こえる声にも表われていた。

マイケルはダニーの母のキッチンにすわりこみ、薄いキッチンの壁越しにエルヴィス・

コステロの歌声を聞いていた。それは刑事を見つめている女の歌で、どうやら近所の住人はこの曲が気に入っているらしく、最大のボリュームで流れていた。この住人は自殺願望でもあるのだろう。ダニーが家に戻ってきたら、この騒ぎを見過ごすはずがないからだ。

マイケルはきれいにかたづいた清潔なキッチンを見まわし、自分が育った薄汚れたゴミ捨て場と比較せずにはいられなかった。彼の家では、ベッドのシーツが交換されることはめったになく、乱雑なキッチンがかたづいていることはけっしてない。彼らは不潔な体臭と騒ぎのなかで育った。母の飲酒癖は子供たち全員に、とくにメアリーとゴードンに影響をあたえた。最後の数年になって、マイケルは定期的に掃除をしに来てくれる人を雇い、母はそれに大喜びしていた。ところが、母が彼らに対してあまりにひどい扱いをするために、マイケルは定期的に新しい人間を雇わなくてはならなかった。ミセス・カドガンがテーブルやシンクをぴかぴかに磨く姿を見ているうちに、マイケルは理想の姿を前にして、喉に熱いものがこみあげてくるのを感じた。彼なりにできるかぎりの手は尽くしたが、正しい親としてのあり方を知っているだれかが、つねにそばにいるのとでは大違いだった。

家族全員がすでにベッドに入っていたが、ダニーの父親だけはせまい居間でテレビを観ていた。彼は正体がなくなるほど酔っていて、マイケルは身近な人間のアルコール依存度の強さをあらためて思わずにはいられなかった。それはまるでガンのように触れたものすべてと全員を食い尽くしていく。

コーヒーをすすっていると、コンクリートの階段を上がってくるダニー・ボーイの足音がしたので、マイケルはタバコに火をつけ、騒ぎが起こる瞬間を待った。期待は裏切られなかった。

ジェイミー・ベーカーは大麻を好む小柄な男で、少年院で喧嘩になりナイフで口の端を切られたために、つねに笑顔を浮かべているように見えた。残った傷跡のせいで、彼は必要以上に馴れ馴れしいか、もしくは恐ろしい顔に見えたが、人がどちらを選ぶかは彼に会う時間が昼か夜かによって変わった。現在、彼は母方の叔母のジャッキー・ベンディックスといっしょにカドガン家の隣の部屋で暮らしていた。一人だった彼はすべてを忘れるほど大量の大麻を吸い、その結果、彼にとっては不幸なことに、自分の楽しみのためにラジオのボリュームを目一杯上げることにした。

玄関のドアを激しくたたく音に驚いたジェイミーは、椅子から飛び上がり、今朝買ったばかりの大麻を居間の窓から投げ捨てた。警官がやって来たと思ったのだ。ドアを開けたとたんに、彼はダニー・カドガンの大きな拳を顔に受けてうずくまり、そのままダニーに蹴られるにまかせた。

ダニーはほつれた長髪をつかんで男を立ち上がらせ、怒鳴った。「おれの家のまわりでまた好き勝手なことをしてみろ、今度は殺してやるからな」

それからダニーはアパートのなかに入り込み、問題のラジオをキッチンの窓辺からバルコニーにむかって投げつけると、ラジオは下のコンクリートの歩道に落ちた。年老いた女性が出てきて、ダニー・ボーイにむかって嬉しそうに微笑むと、感謝するように言った。

「何時になったら帰ってきてくれるのかなと思ってたのよ、ダニー。あんまりうるさくてたまらなかったから」

ダニー・ボーイは親しみのある、親切そうな顔で彼女に微笑みかけた。「どういたしまして、ミセス・ディクソン。まったく勝手なやつがいるもんだ。だれもがこんな騒音を聞きたがってると思うなんて。さあ、もう部屋に入ったほうがいい。外は冷えるから」

アパートの他の住人たちと同様に、彼女もダニーを愛していた。なにしろかつてはあれほど頻繁だった騒音や不潔さが、アパートからすっかり姿を消していたからだ。ダニー・ボーイはそんなことが起こらないようにしていたので、それだけでも彼が崇拝されるには充分な理由だった。そのうえ、年長者に敬意をはらう姿勢と、騒音のない環境で暮らすという強い主張のおかげで、彼は近所のほとんどの住人たちから畏敬の念で見られていた。団地の他の棟と違い、彼らの棟では廊下に小便する者も、不良少年の溜まり場になることも、空き巣も不審火も起こらない。それはじつに素晴らしいことだった。

老女が玄関のドアを閉めると、ダニーは汚れた床でうめいている若い男を見下ろした。彼はまわりのアパートの住人たちからメッシュカーテン越しに見られているのがわかっていたので、男を慎重にかかえてアパートのなかに運び入れた。男を乱暴にソファに降ろすと、血だらけの顔を見て、死にはしないだろうと判断し、男のアパートから出た。今回ふたたびちょっとした騒ぎを起こしたことで、彼はまたもや感謝している近所の住人たちから好意的な噂話の種にされ、その結果、すでに獲得している評判がますます高まることになる。家に帰ると、ダニーはマイケルがキッチンのテーブルにすわっているのを見て、友人が最近母親を失ったことを思い出した。彼はマイケルに近づき、友をしっかりと抱きしめ、泣きだしたマイケルに何度も優しくささやいた。「かわいそうにな、気の毒に」

ビッグ・ダン・カドガンは息子の優しい声を聞きながら、いつもながらあまりにころころと変わる息子の態度に驚いていた。自分の縄張りを荒らされたことに怒って隣人を殴りつけたかと思えば、こんどはよい友人、礼儀正しい男のようにふるまっている。そして、それがすべて芝居であることを、ビッグ・ダンは知っていた。息子の行動はすべてなんらかの芝居なのだ。不幸なことに、ほとんどの人間はその事実に手遅れになるまで気がつかない。

メアリー・マイルズはベッドの横たわり、二年越しの恋人が彼女の上でせっせと腰を動かしているあいだ、目を見開いて天井を見つめていた。セックスは今の彼女が最もしたくないことだったが、彼女を慰めようとするケニーのぎこちない試みは、いつしか性的な行為となった。ケニーにとっては、なにもかもがセックスになってしまう。彼が、メアリーが生きていくために必要なすべてのもの——金、名声、まわりが羨むような服——をあたえてくれても、彼女はやはり不幸だったし、自分でもそのことが悲しかった。母の死は、彼女が想像していたよりもはるかに大きな衝撃をもたらした。実際、母がもうこの世にいないということが恐ろしかった。これまでずっと母は悪夢のような存在だったが、それでもメアリーはこの歳になって母のことを理解しはじめ、なぜ母が酒に慰めを求めたのかがわかってきた。友人のなかには、すでに子供がいる者もおり、なかには二人目を産んでいる友人もいて、金の蓄えや生活費を稼いできてくれるまともな男がいない状態で生きていくのがどれほど難しいことかを目の当たりにしていた。だが母に約束したとおり、彼女はそうはならないし、この男がたとえ彼女の心に火をつけなくても、彼はそれなりに彼女にとっては有益な人間で、彼の庇護の下にいることを彼女は喜んでいた。

マイケルはこの世界で立派にやっているし、二人で力を合わせれば、ゴードンの面倒はなんとか見てやれるはずだ。またもや涙が出てきそうになり、メアリーはそれを必死にこらえた、泣いてもなんの解決にもならないし、自分の欲望が満たされるまえにその時間が短縮されることは、ケニーにとって面白くないだろう。彼のずんぐりした身体にまとわりつく、鼻をつくような臭いを感じた。風呂に入った直後でも、ケニーはいつもドブの臭いがする。たぶん今は彼女も同じ臭いがしているだろうが、すくなくとも香水と化粧品のおかげで、それがどこから来たものかを忘れることができる。哀れなケニーはいくら大風呂敷を広げ、大きな車に乗っていても、結局、彼の本質は変わらない。たんなるならず者、フェイスの一人でしかない。身につけている金製品や服からもそれはあきらかだ。いくら金があっても、彼にはまったくセンスがなく、金持ちの生活に馴染めないという事実を隠すことはできなかった。彼は今でも高級なレストランやまともなクラブに行くよりも、街角のパブにいるほうが落ち着く。母がよく言っていた――下町から一歩出れば、男の真価がわかると。

ようやくケニーが彼女のなかで射精すると、彼の身体的暴行の終わりを告げる身震いを感じ、メアリーは彼をぎゅっと抱きしめた。彼が心から欲しがっている愛情を装うために、彼女はその若い腕のなかに男を抱いた。まともな人間ならば、充分な財産と豊かな生活水準なしでは、理想の女性を手に入れられるはずがないことはわかるはずだ。それは男が成功を目ざす理由のひとつで、美しい女性をその腕に抱くことだけが、自分の成功を世界に証明することになる。

だがそれは公正な取引だった。その代償として、彼は彼女が望むものをなんでも買い与えてくれるのだから。それにメアリー・マイルズは多くのものを望んだ。

「大丈夫か、ダーリン？」彼の痰がからまったような声に、彼女は吐き気をもよおした。痰を吐き出そうと咳払いをする男の姿のあまりの不愉快さに、襲いかかってやりたい衝動に駆られたが、いつものように彼女は美しい顔にむりやり笑顔を浮かべ、同意するようにうなずいた。彼がそれ以上深く質問しないのは、もし問い詰めたら、彼女が真実を語って、彼女をベッドのなかにつなぎ留めている細い絆が切れてしまうことを恐れているからだった。

「気分はよくなったか？」

彼女はふたたびうなずきながら、その歳になっても、自分が組み敷いている女がオルガスムに近いものを感じたかどうかもわからない男に驚愕した。彼女は身体を起こし、ベッドサイドテーブルにあるブランデーのソーダ割りが入ったグラスを手にとり、渇きを癒すようにそれを飲み干した。無事に眠れるように、安息が訪れるようにと願っていた。何年も前に、彼女の母もまったく同じことを同じ理由でやっていたことには、彼女は気づいていなかった。

「ありがとう、ルーイ、恩に着るよ」

ルーイは肩をすくめた。ダニーは彼が年老いて縮んでしまったように見えることに気づいた。それに以前より影が薄くなったように感じる。それを目にするのは悲しかったし、そのせいでこの老人を守らなければならないと感じている自分に驚いた。父親が大失敗をしたとき、最初に自分に金を稼ぐチャンスをくれたのがこの男だということを、ダニーは決して忘れなかった。それ以来、この男は自分を庇護し、ずっと面倒をみてくれている。

「あらかじめ注意しておいたほうがいいと思ったんだ。おまえたちがやつに対してなにかたくらんでるのは知っているし、正直なところ、それはしかたないと思っている。何年も前に言ったように、おれはなんでも知っている。そこでもう一つ忠告しておくぞ。やつを消すときには、力のある連中に、実際にやつが密告者だってことをわからせるんだ。そうすれば、おまえらが返り討ちに遭うことはなくなるし、重要な連中から好意を持ってもらえる。むろん騒ぎを起こせば多少はごたごたするだろうが、長い目で見ればたいしたことじゃない。もし例のドラッグのビジネスを広げていくつもりなら、多くの人間から好意を持って受け入れてもらわなくちゃならない」

マイケルはにやりと笑った。彼はルーイ老人が好きだった。彼の言うことは理にかなっているし、押しつけがましい説教はしない。

「おまえら二人をかばったせいで、おれはやつと仲違いしたんだからな。おれをがっかりさせるなよ」

「ああ、約束するよ、ルーイ」

「そういえば、お袋さんのことは残念だったな。彼女はめったにお目にかかれない女性だった」

なんとか死者を誉めようとする彼の苦心に、マイケルとダニーはにやりとした。

なぜか二人の若者はそれを愉快に感じたらしく、彼らは声をあげて笑いだした。ルーイは酒を飲み干した。

「そういう言い方もできるかもな」

悲しみを体外に吐き出すのはいいことだし、もし笑いがそのための道具になるなら、思いきり笑えばいい。本当に妙なことがつづいた数日間だった。

笑いころげている二人を眺めながら、ルーイは彼らを脅威に感じた。自分たちは無敵で、なにをやっても許されると思う彼らの若さが恐ろしかった。かつてはマンガンも彼らのようだったとは、とても口に出しては言えなかった。世界が待ち望んでいる新鋭、最高の人生が待っていると信じていた若者。今はそのことを言葉にする時と場所ではない、とルーイは考えた。

11

ゴードン・マイルズは、よき友人であり、ときには共犯者でもあるジョンジョー・カドガンと自宅のアパートがある棟の外に立っていた。あと数時間後に、母を埋葬するということが信じられなかった。それは非現実的なことに思えた。母親が酒によって寿命を縮めるだろうということは以前からわかっていたが、それでも彼は強い衝撃を受けていた。彼も兄や姉と同じように何度もひそかに母の死を願っていたにもかかわらず、やはり母は彼らにとっては大きな存在だった。母がとうとう逝ってしまった今となっては、彼女の死を願ったことは間違いだったと感じた。それがたとえ普通の思考だとしても、そう考えた自分にゴードンは罪悪感を持っていた。

彼は年齢のわりには大柄で、ジョンジョーと同じように、彼もまた兄に似せて作られた粗悪品だった。この日はひじょうに寒く、新調したダークスーツにカシミアのコートを着た彼の姿は、実際の十七歳という年齢よりもずっと年長に見えた。彼は人々が集まってくる様子を静かに眺めていた——彼らが哀悼の意を表わそうとしている女性が、彼にとってずっと悩みの種だったことをゴードンは知っていた。姉と同じように彼も、人々がこうして葬式に参列するのは、母がまちがいなく死んだことを確認するためではないかと思っていた。そう考えるほうが理屈に合っているし、多くの人は今日彼女を送り出すことを喜んでいた。その考えに罪悪感を抱きながらも、彼もそのなかの一人だった。

大雨が降っていて、湿度が高く、髪がぺちゃんこになった女たちや、薄い上着に湿気がしみこんだ男たちが、少人数のグループに分かれてタバコを吸いながら雑談をしていた。それは昔から何度も目にした光景で、彼らの平凡な日常においては、葬式はちょっとした刺激であり、軽い安堵であり、話の種だった。このような葬式は何ヵ月も話題の中心になる。棺桶代だけでもとほうもない金額のようだった。この葬式は、たいていの男がかなわないほど酒を飲み、子供たちをごみのように扱ってきた女性のためのもので、彼女は子供たちを何日も置き去りにして、その存在すら何日間も忘れていた。彼女はいつしか悪い親の典型となり、女が酒を飲む危険性の代名詞にすらなった。

この葬儀が長く語り継がれるもう一つの理由は、マイルズ家の長男のマイケルが今やこの街のフェイスの一人であり、その相棒が地元の新たな超過激人物、ダニー・ボーイ・カドガンだからだ。彼は実の父をまともに歩けない身体にするという、もっとも寛容な人間でも理解できないことをやってのけたうえ、その存在だけでこの団地でのギャング犯罪を完全にやめさせた男だった。そのことで人々は彼に好意を持っていた。彼は逆らう相手をタイヤレンチで数発殴りつけ、軽く脅しただけで、警察が戦後にこの団地が建設されて以来目ざしていたことをやり遂げてしまった。彼はさまざまな意味で地元のヒーローで、その威光はまわりの者たちにもおよんでいた。黒いリムジンが入ってきて、厳しい顔つきをした、高級なスーツ姿の体格のいい三人の男が降りると、人々のあいだに興奮が走った。それはケニー・ダグラスで、彼がこの近所に顔を見せるのは久しぶりだった。彼の縄張りはベスナル・グリーンで、地元では彼の手下たちはヴァレンス・ロード・カウボーイと呼ばれていた。彼はタバコに火をつけながらまわりの顔を見まわし、自分に危害を加えようとする者に対する注意を怠らなかった。そういう相手が山ほどいるのは、彼のよからぬ態度のせいであり、子供じみた理由から同業者と争う癖があるからだった。つまり、ケニーは手のかかる男で、そのことはだれもがよく知っていた。見た目にもそれほどハンサムではなく、優雅さや品のない彼を、一般市民ならば脅威を感じて本能的に距離を置こうとするだろうが、その同じ脅威が彼の世界では富へのパスポートとなった。今、まるで珍しい鳥でも見るように彼を観察している冴えない人々を見まわしながら、彼は貧困が蔓延しているむなしさを感じた。この場所は彼にとってはあまりにも身近すぎて、過去の自分を思い起こさせた。今の彼はこれよりもずっとましだった。

彼も子供の頃にこれと似た状況で父を埋葬していたが、当時はまともな葬式を出す金がなかった。父親は他の怠け者たちといっしょに貧民用墓地に埋葬された。家族は墓石すら用意することができなかった。彼らに準備できたのは花瓶に生けた花だけで、父の墓に花を手向ける者などほかにだれもいなかった。父は生涯でなにひとつ達成できなかった人間で、唯一の例外は子供たちに憎まれたことと、会う人すべてに嫌われたということだけだった。ケニーは今でもその恥辱を感じていた。あんな酔っぱらいの子供だったという不名誉をぬぐい去ることができなかった。

いずれにしろ、彼が今日ここにやって来たのはメアリーのためだ。それ以外の理由はないし、彼はその点を彼女の兄とその相棒にしっかりわからせようと決めていた。あの相棒は、かつての自分と同じように、この世界で名を上げようと心に決めているようだ。彼はたしかに成功しているし、それについて反論する者はいないが、何人かのフェイスを味方につけているものの、横柄な若造なので、いつの日か間違った相手の神経を逆撫でするようなことをしでかすだろう。マイケル・マイルズと同じように、あの若者も最近では彼の悩みの種だった。彼らは最高のチームで、数は少ないがなかなか有能な手下をそろえている。そのことが、自分でも認めたくないほど彼を不安にさせていた。本音を言うと、彼はダニーを恐れていた。ダニーの目に狂気がひそんでいることは、頭にすこしでも脳が詰っている人間であればだれにでもわかる。だがあのくそったれのルーイ・スタイン一人を味方につけたからといって、この周辺のフェイス全員を取り込むことはできないとわかるだろう。今日、そのことを教えてやるのも悪くない。無謀な二十五歳のダニー・カドガンは、勝手に夢見た役を演じているにすぎない。クスリを密売し、借金を回収し、最近は筋肉増強剤の世界にも首をつっこんでいる。刑務所に入るのを待っているようなものだ。

ダニー・ボーイは自分の父親を身体障害者にして、借金をもみ消したかもしれないが、ケニーのような人間にとっては、それはなんの意味も持たない。たんにダニーが信用ならないろくでなしだということを証明しているようなものだ。だれもが彼のことを好青年だと思っている。父親がああなったのは自業自得なんだと。だが、たとえどれほどろくでなしであろうと、自分の父親を痛めつけることは許されないし、行き過ぎた行動だ。ところがやつは前例がないほど不埒な行ないをしておきながら、人々から尊敬を集めている。

そこで今日、ダニー・ボーイは評判だけでは本当の大物には挑戦できないことを学ぶことになる。胃がごろごろ鳴ったので、ケニーは朝食を食べなかったことを後悔した。だが今日は母も来るので、彼が聖体拝礼を受ければ喜ぶだろう。それに、ミサには数週間参列していなかったので、この葬式はそのいい言い訳になるだろう。

メアリーは自分の以前の寝室にすわって、いとこのイメルダが、葬式後の集まりがひらかれるパブでどんな料理が出されるのか、それにいくらかかったかを話しつづけるのを聞いていた。イメルダは美しい目をした大柄な女性で、足が太く、最近は髭が目立ちはじめていた。彼女は人に対して親切で、最近このアパートに移ってきて家事を手伝っていたが、今はなんとかこの家で自分の居場所を確保しようと必死だった。自分の家に戻らなければならなくなったら、また無給の女中としてこき使われる。もしもメアリーがここにいていいと言ってくれたら、だれもそれに反論しないだろう。メアリーはケニー・ダグラスの愛人という立場によって、彼女自身が発言権を持っていたので、イメルダはいとこがその新しい力を使って彼女の居場所を確保してくれることを願っていた。今、家に帰るわけにはいかない。彼女はこのすこしばかりの自由を楽しみ、生まれて初めて人生を謳歌していた。

メアリーが立ち上がった。彼女はいとこが以前に住んでいた場所をよく知っていたので、悲しそうに言った。「イメルダ、心配しなくていいのよ。この家にいたかったら、いつまでもいてかまわないわ」

イメルダがぽっちゃりした両腕を広げたので、メアリーは歩み寄った。いとこを抱きしめながら、イメルダは感情をこめて言った。「あんたって最高だわ、メアリー。今さらあんな家には戻れないもの。家族のもとに帰ったら、頭がおかしくなっちゃう」

メアリーは静かに笑ったが、それは心からの笑いではなかった。それでも二人はいっしょに声をあげて笑い、どちらも同じ理由で安堵していた。親という重荷を下ろしたことに。彼女たちの人生においてなんの意味も持たないが、それでもずっと付き合っていかねばならない親という存在から解放されたことに。

だがメアリーは苛立っていた。もうすぐ母を埋葬する。それ自体は悲しいことだったが、彼女としては早く一日が終わり、やらねばならないことを済ませて、それを過去のできごとにしてしまいたいと望んでいた。

マイケルが部屋に入ってきて、葬式用に手配した車が来たことを身ぶりで知らせたとき、彼女たちはまだ抱き合っていた。

「かなり人が集まってる」彼はほっとしたように言った。もしも、どれほどの金をかけて葬式を執り行なったかを見に来る人々がいなければ、おそらく母は棺桶から出てきて、もう一度葬式をやりなおせと言うだろう。彼女は注目を集めるのが大好きだった。日々近所をうろついては、そこで起きるできごとの中心になろうとした。今日、この場に母がいないのが残念だ、とマイケルは思った。きっと大喜びしただろうに。母がいつも望んでいた主役の座にいられるのだから。

メアリーはなにも答えなかった。ぴったりしたペンシルスカートと、スリムな体型を強調するような大きな黒いボタンがついた、有名デザイナーのオージー・クラークの黒いスーツをまとった彼女は、とても洗練されて見えた。完璧にととのえられたブロンドの髪が、豊かな巻き毛となって背中を覆っていて、彼女は今まで見たことがないほど美しかった。間隔の離れた目にはプロのような化粧がほどこされ、それが本当は彼女がずっと以前に失っているあどけなさを演出していた。マイケルは妹自身と彼女の美しさを誇りに思った。彼女が世間で見られている彼の一家の評判以上の女に成長したことを、苦難の多い人生に立派に立ち向かっていることを誇りに思った。実際、酒に酔った母の異様な行動と闘うために、子供たちは面の皮を厚くせざるをえなかった。

彼が心配しているのはゴードンのことだった。彼は兄弟のなかでいちばん母になついていて、母にとっても彼は可愛い末っ子だった。弟が彼らにとって戦力となるか、または資金の無駄遣いになるかを判断するまで、弟のためにちょっとした儲け仕事を用意してくれるようにダニー・ボーイに相談してみるつもりだった。

階下に降りていく途中で、メアリーはダニー・カドガンの視線を感じ、いつものように蔑むように彼を一瞥した。だが実際は、彼女の心臓は高鳴り、膝の力が抜けそうになっていた。メアリーは子供の頃からひそかにダニー・ボーイを愛していたが、その思いをうまく隠しとおしてきた。もしも彼がそのことに気がつけば、面白がるにちがいなかった。彼に笑われたり冷やかされたりするのは、彼女にはとうてい耐えられなかった。

彼が本気で悲しそうな目で彼女を見たので、彼女はついいつもの警戒をゆるめ、彼に微笑み返した。彼女の顔が笑顔になり、その目に彼に対する欲望を感じたダニーは、ベッドのなかでの彼女を想像した。きっと手がかかる女だろう。ケニーには彼女を本当に喜ばせることはできない。ケニーははるかに年上で、二人が本当に愛し合うにはケニーはくたびれすぎている。すくなくとも彼女にとっては。ケニーはあくまでも目的を遂げるための手段であって、おそらく彼自身もそのことに気づいているにちがいない。もし気づいていないとしたら、ケニーはとんでもないバカだ。ウィンクひとつと笑顔だけで、ダニーは彼女をケニーから奪い取ることができるし、近いうちにそうするつもりだった。チャンスが来たら、ケニーに手痛い打撃をあたえてやる。ダニー・ボーイはそのときを心待ちにしていた。

とはいえ、今日は決着をつけるべき時でも場所でもない。今日はマイケルのための日なので、ダニーは今日一日を支障なく終わらせようと心に決めていた。なにしろマイケルは彼にとっては親友であるだけではなく、大切なビジネスの片腕でもあり、ダニーはマイケルを口で言う以上に必要としていた。

「さあ、いっしょに行こう」

ダニーがメアリーの肩に腕をまわすと、彼女が泣きだしたので、彼はもう一方の手で彼女の頭を撫でながら彼女を抱きしめた。悲しみに暮れる女性がそうするように、メアリーが彼の胸に顔をうずめたとき、ダニーは彼女を慰めるふりをして、彼女の抱き心地を確かめた。彼女の身体は彼が予想したとおりの感触だった。

パブは人であふれかえり、熱気と無料の酒とで、埋葬後の集まりはまるでパーティのようだった。それはアイルランド系のカトリック教徒のコミュニティでは珍しいことではない。人々はそれが面汚しであるかのように舌打ちするが、彼らにとって葬式は死を祝うものであり、死者の天国への旅立ちを告げるものだった。とりわけミセス・マイルズのような厄介な人物の場合は。音楽の音が大きくなり、話し声が騒々しくなっていくなかで、ダニー・ボーイは両親のとなりに立って、出来上がりつつある彼の小さな王国を眺めていた。人々は彼のところにやって来て握手を求め、かつての同級生の父親たちでさえ彼に挨拶にやって来て、その様子を周囲の人々が見守っていた。

ケニー・ダグラスはすっかりできあがっていて、それをメアリーが快く思っていないのがダニーにはわかった。ケニーは彼女のそばに付き添って、母の埋葬が無事に済むように取り計らうべきだった。ところがケニーはいつものようにすっかり飲んだくれて、あちこちで口論をふっかけていた。彼が墓地でダニー・ボーイと彼女の兄に挨拶をしなかったことに、メアリーは苛立っていた。彼女の兄とその相棒も同じように苛立っていた。マイケルはメアリーの兄としてケニーに軽視されたと感じた。今や他のフェイスたちから尊重される立場にあると考えているダニー・ボーイも、ケニーに軽視されたと感じていた。多くの人間がこの葬儀を利用して、彼らの世界に大きな波紋を投げかけているこの二人の若者との親密さを周囲に見せつけようとしていた。彼らはダニーたちに挨拶し、弔意を示しながら、将来彼らをどのように利用できるかを考えていた。ダニーたちが独立してこの世界に根を下ろしたとき、どんな得があるかを考えていた。ダニーたちは大きなビジネスの尖端にいて、利口に稼ぐ悪党だった。彼らが独立してやっていくのは、今や時間の問題であり、人々は彼らを正当に扱おうとしていた。ルーイ・スタインもいつもの賢明な表情で、その状況を眺めていた。なにも気づかないふりをしながら、実際はすべてに目を配っている。これこそが災厄を避ける秘訣だと、彼は確信していた。ケニーはみんなの頭痛の種だった。両者ともいずれは決着をつける気でいたが、ルーイにはどちらが勝者となるかわかっていた。この様子だと、その決着がつく日は遠くないようだった。彼はまわりの様子をうかがいながら、人はプライドのせいでかならず人生につまずくという事実に驚いていた。ケニー・ダグラスはまもなく高みから転落し、ダニー・ボーイの父親と同じように、そう簡単に底から這い上がることはないだろう。

ルーイがダニー・ボーイにむかって乾杯のグラスを掲げると、ケニーがあからさまに嫌悪の目で見ているのに気づき、大声で笑いながらケニーとその子分たちにもグラスを掲げた。

ローレンス・マンガンもその様子を眺めていて、ルーイの目には、ここはカドガンが名を上げる絶好の舞台に見えた。かならず現実となる。ずっと以前から決まっていたことだ。あの若者の力を思い知らされる人間がまた増える。

葬式は、人に不滅の自分を思い出させるとともに、いつかはだれもが死ぬということを思い出させる、とルーイは考えていた。それは避けられないことで、とくに彼らの生きる世界では、間違った相手に喧嘩をふっかけたために寿命を縮めることは珍しくない。歳をとっても第一線に居続けることは難しく、それができるのはとびきり有能な者たちに限られていた。

今日、そのことがまたもや証明される、とルーイは確信していた。高圧的な態度で不遜な笑みを浮かべた世代が台頭してきたのだ。それはごく普通のできごとで、人生にはよくあることだ。有名な俳優がしりぞき、若くよりふさわしい役者が彼の代わりを演じるのを見ることになる。それは自然の法則で、運に恵まれるのはつねに若者だ。彼らには失うものはなく、得るものしかない。多くの人間を躊躇させるのは、長年かけて積み上げてきたものを失うという恐怖だ。それが彼らを臆病にさせ、間違った安心感をあたえる。そのせいで人々は間違いを犯し、ダニー・ボーイ・カドガンのような人間は、ライオンが傷ついたガゼルを嗅ぎ当てるように、その間違いを嗅ぎ当てる。それは本能的な争いで、そうしてこの世はめぐっていき、見ていて飽きることがない。ウィンクを返すダニーを見て、ルーイは自分が勝ち馬に乗ったことを確信した。若者は本当の戦いをしたくてたまらなかった。そしてようやく今、彼はその機会をつかもうとしていた。

メアリーが化粧室で化粧を直しているところに、ケニーがよろよろと入ってきた。彼はしたたかに酔っていて、口喧嘩の種を探していた。

メアリーは一日じゅう彼を避けていた。彼女はケニーよりもあの太ったいとことといっしょにいた。子供と悲しみ以外にはなにもあたえない男への盲目的献身を毎日のように批判しているいとこの女性といっしょにいた。メアリーはときたま彼を真剣に怒らせたが、今日はそんな日だった。

メアリーはケニーの怒りに気づいていてため息をつき、これから始まるであろう口論のために身構えた。「なにか用なの、ケニー?」

彼女の態度すべてが無礼で敵意に満ちていた。彼女自身も思っている以上に酔っていたが、すくなくとも彼女は言い訳ができた——母を埋葬した直後なのだから。

「なんだと?」彼は喧嘩腰だったが、酔っているときはいつもそうだった。だが今日は、彼女はそんなことはどうでもよかった。彼に対しても、彼のわざとらしいふるまいにも興味はなかった。

「やめてよ、ケニー。そんな気にはなれないの」彼女の退屈したようなそっけない口調に、彼に対する気持ちが表われているとケニーは感じた。彼女は一度も彼を求めたことはなかった。同世代なら感じたであろう欲望は彼女のほうにはなく、あらゆる意味で彼が年上であることが二人の障害となっていた。若い女を囲っている男たちがみなそうであるように、ケニーも女をつなぎとめておけるのは、彼女たちにあたえるものがある間だけだと理解していた。だが今の彼女は、彼があたえるものをなにも欲しがっていなかった。目新しさはすでに失くなっていた。

最初の頃はよかった。彼女は若く、身体が引き締まっていて、とびきりの胸の持ち主だった。それまでの多くの女たちと同様に、彼にとってはメアリーもはじめはたんに連れて歩くだけのアクセサリーの一つだった。だが、今では彼は本気で彼女のすべてを愛していたし、彼女を黙って行かせるのは彼のプライドが許さなかった。彼女が彼と別れたがっているのはわかっていたし、もともと彼と付き合いはじめたのは彼女の母のせいだということも知っていた。その母がいなくなり、面倒をみてくれる男がいない人生がどんなにつらいかを吹き込む人間がいなくなった今、メアリーの気持ちは彼からすっかり離れていた。彼女がダニー・ボーイ・カドガンを求めているのはわかっていた。彼に対するメアリーの態度を見ていれば、目の見えない犬でもそれぐらいのことは嗅ぎ当てられる。目の前で敵意をむき出しにしている彼女に、ケニーは殺意をおぼえた。彼女の顔から得意げな笑みを消し去り、いやいやながら彼に身体を許してきた彼女に仕返ししてやりたいと思った。最初からその茶番につきあってきたが、今さら彼がおとなしく引き下がると思っているなら、それはとんだ思い違いだ。メアリーは彼のものだ。代金をきちんと払ってきたのだから、彼が許すまでは、彼女をどこにも行かせるわけにはいかない。

「だれにむかってものを言ってるんだ？　何様のつもりだ？」ケニーは歯を食いしばり、怒りが汗のようにほとばしり出た。メアリーはそんな彼を見て、心のすみですまないと思ったものの、それでもここできっぱりと彼と縁を切るつもりだった。自分がまた若い娘に戻った気がした。同世代の他の女たちと同じような気分になり、自分が気に入った男を手に入れるだけの外見と頭があると思った。ケニー・ダグラスにはもうこれ以上耐えられない――彼との退屈なセックスにも、彼の卑しさにも、牛のような目にも。二人の関係はもう終わっていて、そのことをどちらもわかっていた。

「ねえ、ケニー、揉め事は起こしたくないの。とくに今日は母さんの葬式のあとだから……」

ケニーは悪意のある笑みを浮かべた。ふだんは隠している怒りがおもてに表われていた。それを見て、彼女は不安になった。怯えた彼女の表情を目にして、ケニーは身体にふたたび力がみなぎってきた。彼女を手放すわけにはいかない。彼女をカドガンにやるわけにはいかない。そんなことをしたら仲間うちで笑いものになる。彼がいいと許可するまえに、彼女を自由にするわけにはいかない。

「お願いよ、ケニー、こんなことはよして、ね？　あなたならどんな女でも手に入れられるじゃない……」

彼はあいかわらずにやにやしながら言った。「だが、おれが欲しいのはおまえだ。おまえをどこにも行かせない。おれは恥をかかされるのはまっぴらだ。そんなことになるくらいなら、おまえを殺してやるからな」

それがたんなる脅しではないことはわかっていたので、メアリーは恐怖で心臓が凍りついた。ドアの前に、彼の手下が立っているのもわかっていた。そうでなければ今ごろだれかが入ってきてもおかしくない。ということは、ケニーは彼女を抱くためにこの部屋に入ってきたのだ。彼女は逃げられないとケニーが言っているので、おそらくそうなのだろう。母の葬式の日に、わざとケニーは彼女に対する所有権を主張しようとしている——彼女に対しても、そして他の人間たちに対しても。ケニーは彼女を買ったのだ。それは彼もわかっていて、それゆえに彼らはけっして幸せになれない。彼らの関係では、信頼が基本となることはありえない。二人は出会いそのものが間違っていた。彼女はもうこの関係を続けることができなかった。母が逝ってしまった今、彼女は自分のことだけを考えればよかったし、酒が彼女を強気にさせていた。

「好きにすればいいわ、ケニー。でも、むりやりその気にはなれないわよ。わたしはあんたの奥さんじゃないんだから」

「女房の話は持ち出すな。今夜はおれにふざけた態度をとるなよ……」

メアリーは彼に背を向け、鏡のなかの自分と向き合った。ケニーが自分を見つめていた。その自暴自棄の表情を見て、一瞬、彼女は窮地に陥っている彼に同情した。ケニーにとっては他人の目がなにより重要で、まわりにどう思われるか、彼らがどういう行動をとるか、彼になにをあたえてくれるか、彼らからなにを得られるかが重要だった。彼にとっては、メアリーも持ち物のひとつにすぎなかった。それ以上でも以下でもない。彼女のために時間と金を費やしたのだから、彼女になにをしても許されると彼は考えていた。だが彼になにをされようとも、メアリーは彼と別れようと決めていた。決断するのは今しかないことを、二人ともわかっていた。ここで降伏したら、彼女は終わりだ。ケニーが彼女に惹かれたのは、彼女が自立した女だったからで、独立心を失えば、この男の手で彼女は母のとなりの墓に埋められることになるかもしれない。

メアリーは髪をととのえてから、細い肩越しにその髪をさっと払った。ケニーが欲望をあらわにしているのを見て、彼女は意地悪く言った。「好きなようにしなさいよ、ケニー。でも今夜が最後だから」

ケニーが襲いかかってきた瞬間、彼女は本能的に両腕で顔をかばった。彼がメアリーの心だけでなく外見も傷つけようとして、顔を狙ってくることはわかっていた。

ケニーの拳を受けながら、彼女はか細い肩に彼の激しい怒りを感じたが、やめてくれとは頼まなかった。もしそんなことをすれば、彼がこの戦いの勝者になり、彼女は一生彼のもとから逃げることはできないだろう。彼になにをされても、甘んじて受け入れるつもりだった。そうすれば彼はいくらかでも穏やかに彼女を自由にしてくれるだろう。ただそのためには、彼の怒りのはけ口を作ってやらねばならない。彼に痛めつけられることが、彼から逃れる唯一の方法だった。

ケニーは彼女を引き寄せて脚を押し開き、小さなシルクの下着を引き裂いて、太い指を彼女のなかに突っ込んだ。たまらずメアリーは悲鳴をあげ、長く伸ばした爪で彼の顔や目を引っ掻いて、力いっぱい抵抗した。

メアリーは口から血がしたたり落ちるのを感じた。それは生温かくてしょっぱかった。さらに身体に激痛が走った。ケニーは錯乱状態で、メアリーはそれが自分のせいだとわかっていた。こうなるまえにやめておけばよかったのに、彼女は意図的に彼を誤解させ、彼を利用し、彼からすべてを奪い、そして今、その代償を払っている。母の死によって、なにが本当に大切か、なにが自分に欠けていたかに彼女は気づかされた。

そのとき、突然、マイケルとダニーが現われ、ケニーは力ずくでメアリーから引き離された。彼が兄たちにくりかえし蹴られるさまを、メアリーは黙って見ていた。ダニー・ボーイはまるでサッカーボールを蹴るようにケニーの頭を蹴って楽しんでいた。暴力をふるえる正当な理由を見つけた彼は、いかにも嬉しそうだった。メアリーの母親の葬式は身勝手なふるまいが許される場所ではない。それなのにケニーは酒のせいでふだんの良識を忘れてしまった。そのことは彼もメアリーもわかっていた。

彼女はケニーが命乞いをするのを聞いていた。ダニー・ボーイ・カドガンがポケットから新品のカッターナイフをとりだして、彼女がずっと騙しつづけていた男に切りつけると、彼女は目を閉じた。ケニーの血が薄汚れた灰色の壁に飛び散るのを見て、彼女は吐き気をもよおしたが、どうにかこらえた。彼女は懸命に落ち着こうとした。突然、事態は当初の予定よりもずっと厄介なことになってしまった。

怒りで逆上したマイケルが、妹を抱きしめたまま、ケニーを殺せとダニーに叫びつづけた。それを見てメアリーは、今夜彼女が引き起こしたこの惨劇は、これから何年も彼女だけでなく三人全員につきまとうことになると予感した。

ローレンス・マンガンも他の連中といっしょにこの騒ぎを聞いていたが、他の連中と同様に彼もダニーたちをとめようとはしなかった。だがこのとき、彼はダニーたちが大きな野望を抱き、彼らの権利を勝ち取るためには手段を選ばないことを悟った。ケニーと同じように、自分もこの新世代の悪党どもを予想していなかったことに気づいた。彼らはただ気まぐれに人を殺せる連中であり、自分の立場を主張するためにこうした手段をとれる連中だった。そのうえ彼らはそれが正当化されるように仕組む。ケニーとダニー・ボーイは、いずれは決着をつけなくてはならなかったが、それは二人だけで行なうべきで、若い娘の貞操をそこにからめるべきではなかった。

彼らがようやく女子トイレから出てきたとき、マイケルもダニーも血まみれになっていたが、その場に居合わせた者たちがだれも彼らに不利な証言はしないと確信していた。ケニーの手下たちですら、この状況を見て見ぬふりをしようとしていた。もしも彼らがダニーの行動を好ましくないと考えたなら、なかに飛び込んでボスを守ったはずだ。だがダニーたちをとめる者はだれもいなかった。これは見ていた人々にとっても、ダニー・ボーイとマイケルにとっても、驚くべきことだった。彼らは実力者たちから承認を得たわけで、喜ぶべきことだった。マイケルは、妹に対するケニーのふるまいにずっと不快だったので、ケニーに報復できて晴れ晴れとした気分だった。彼の母が死んだことで、メアリーが身体を使って裕福になるべきだという母の信念も埋葬された。マイケルはようやく自分が大人の男になった気がして、実際に男らしい行動をとった。

葬式の話は、その後数カ月にわたって語り継がれ、ケニーの死は警察でもすぐに忘れ去られた。というよりも、もともとそれほど関心を持っていなかった。警察は犯人の目星がついていたものの、考えていたことは他の人々といっしょだった。こうなることは前からわかっていたことで、ケニーが死ぬのは時間の問題だったのだ。

ダニーは母といっしょにすわっていた。二人がなごやかに話をしているのは、母が息子に願い事をしているからだ。彼女はしょっちゅう息子になにかを頼んでいて、ダニーはその頼みをできるだけきいていた。今、母は娘を秘書学校に行かせる学費を出してほしいと息子に頼んでいて、彼はよろこんでその費用を出してやるつもりだった。アナウンシアは大きな企業の秘書になりたがっていて、ダニー・ボーイは家族の夢をできるだけかなえてやろうと思っていた。

「母さん、妹が成功をつかむためなら、おれはいくらだって資金を出してやるよ。あいつはけっこう抜け目がないし、あいつがそうしたいなら、好きなようにさせてやれよ」

「あんたは本当にいい息子だよ、ダニー・ボーイ」

母は今では太って巨大になっていた。子供たちが成長して彼女のもとを巣立っていったあと、彼女の唯一の楽しみは食べることだけだった。今でも大量の食事をつくっていたが、それを食べるのは彼女だけだった。ダニーの父も食事はちゃんととっていたが、彼も妻がつくる大量の料理をすべてたいらげることは無理だった。

ケニー・ダグラスとの一件以来、母はダニー・ボーイにあらためて尊敬の念を抱くようになった。葬式の場でのケニーの乱行に対する彼らの対応によって、彼とマイケルは、妹に対する扱いに怒った常識ある立派な青年たちという評判を得ていた、あの場にいた男たちも、あとから話を聞いた者たちも、だれもダニーたちの行動を責めなかった。ケニー・ダグラスは悩みの種だったので、彼が殺されたのは天罰と考えられた。

警察ですらケニーの死を深くは追及せず、一人か複数の賊に襲われたと結論づけた。それはなにが起こったかを知っていながら、それに関してなにもする気がない場合に、彼らがよく使うシナリオだった。同じ状況下におかれたら、だれもがしたであろうことをした二人の青年たちを告発しても、警察にはなんの得にもならない。

ダニー・カドガンが今、メアリー・マイルズと交際しているという噂が流れた。二人の関係は数日間騒がれただけで、あとは忘れ去られてしまったが、そのために二人は金の延べ棒に値する賞賛を得た。

ダニーとマイケルは、行く先々で王室の一員のように迎えられ、また手に余るほど仕事が舞い込むようになっていた。彼らが経営するカジノは、今では犯罪者の溜まり場で、収入があまりに増えて、彼ら自身でさえ正確にはいくら稼いだかわからないほどだった。

成功への道筋はできていたので、あとはローレンス・マンガンを始末すればよかった。その他の連中と違い、マンガンは彼らの支持者ではなく、そのことを隠そうとしなかった。そのため彼は周囲に煙たがられていたので、本来なら口を閉ざしているべきだったが、彼は自分の考えの正しさを証明しようと躍起になった。彼は配下の若造たちに頭を下げるつもりはなかった。彼らはこの世界での主役の一人を葬り去ってしまったのに、なぜ世間は黙っているのか？

ダニーとマイケルは新たに得た人気を楽しみながら、マンガンを永久に排除する機会を辛抱強く狙っていた。ダニーはまさに水を得た魚のようで、彼にとっては母の愛しそうな眼差しだけでも充分すぎる褒美となった。母は息子を誇りに思っていると、会う人ごとに語った。

彼の唯一の悩みは、彼が家を買ってやれる立場になったにもかかわらず、母が住み慣れたアパートから越すのを嫌がっていることだった。彼がいくら言っても、母は引越しを嫌がり、他の場所に移ったら水からあがった魚のようになってしまうと息子に訴えたので、彼も当分は母の好きにさせておくことにした。

彼自身はキングス・ロードの大きなアパートに引っ越していた。彼はそこでの自由な生活を満喫していたが、それでも仕事のほとんどをこのせまいアパートに持ち込んでいた。

母に洗濯をしてもらい、そのあいだに父の神経を逆撫でして楽しんだ。彼の人生は絶好調で、この状態を維持するためなら彼はなんでもするつもりだった。

警察はダニー・ボーイとマイケルに狩猟許可証をあたえたようなものだった。自分たちがあらゆるものから守られているとわかった彼らは、絶対的な自信を持った。むろん、警官を買収するのは安くはないが、それに見合う価値はある。警官を味方につけておかなければ、不正な取引をおおっぴらに続けることはできない。ダニーはようやく目指していた地位にたどりついた。残念なのは、それでもまだ満足できないことだった。

ルーイはいつものように、判断を下すまえに状況を観察した。彼はつねに慎重で、状況がわかるまでは、けっして自分の意見を他人に漏らさなかった。彼が学んだのは、人間というのは良い行ないよりも悪い行ないに対して、あれこれ誇張や潤色を加えがちだということだった。風向きを確認するまで辛抱強く待つことで、彼はこれまで自分の立場を守ってきた。

マイケルはどことなく大人びて見え、まるで一晩で成熟したようだった。ダニー・ボーイには以前から大人の男の風格があったが、マイケルは年上の女が好みそうな美少年だった。だが今では彼の顔から無邪気さが消え、かわりに疑惑と敵意の表情に変わった。彼はだれも信用せず、それはまるで悪意のない発言をも疑うところからもあきらかだった。

彼らがこの世界で新たな地位を築いていくのを見ながら、ルーイは権力者たちが彼らに期待することはなにかを教えてやるときが来たと判断した。いろいろな意味で、その役目を担うのはつらかった。なぜなら彼らはまだ自分たちが独立してやっているという幻想を抱いている。だが人生はそれほど単純なものではない。

彼らの世界で仕事をするには、やる気を見せ、そのうえなにかにつけて、仕事をさせてくれる相手に対して巨額の寄付をしなくてはならない。これまで彼らは、自分たちが征服しようとした世界の経済的な仕組みをまったく理解していなかった。それを説明し、序列を教え、これは交渉の余地のない状況であることを彼らにわからせるのが、彼の仕事だった。彼らは長いあいだ自由にふるまうことを許されてきたが、そろそろ他の全員と同じように手綱を締められて使われる時期だった。

だが抜け目がない彼らは、その仕組みにみずから気づくべきだった。ダニー・ボーイが問題児なのはわかっているが、ルーイは彼が言いたいことを我慢して、周囲の期待どおりの行動をとり、他の連中と同じように運命を受け入れて順番を待つと確信していた。彼らはずっと恋い焦がれてきたこの世界にようやく入ることができた。つぎはここでやっていけることを証明しなければならず、それがつねに一番難しい点だった。

だがルーイは彼らを、とりわけダニー・ボーイを信用していた。ダニーが子供の頃から、大物になる素質を感じていた。彼はいずれかならず大物になるだろう。何年も前から陰ながら彼らのために働いてきたルーイは、そうなることを期待していた。むろん、彼らはそのことを感謝したりはしないだろう。すべての若者と同様に、彼らはそれを当然と権利と考え、自分たちが自力で地位を築いたと思い込む。だが真実を知れば、彼らは驚くだろう。

12

ジェイミー・カールトンは声をあげて笑っていた。それは本当におかしな笑い声で、腹の底からこみあげてくるような低い声で、周りの者もつられて笑いだしてしまう。本当に馬鹿笑いをするのはやつだけだ、とダニー・ボーイは冗談を言った。ジェイミーは細身の長身で、二十四歳になっても髭を剃る必要がなかった。滑らかな色白の肌は、日光にあたるとすぐに真っ赤になってしまう。父はドナルド・カールトンという年配のフェイスだった。父はゆがんだ笑顔の凶暴な男で、ジェイミーを実の息子ではないと思っていたが、彼の母親と法律上の夫婦である以上、父としての面子を失わないために息子に協力的な態度を示さなくてはならなかった。そのため父は彼を息子として扱い、儲かる仕事をあたえていたが、彼の疑念は日増しにつのっていた。

幸運なことに、ジェイミーには賭けの胴元の才能があり、眠っていても勝ち馬に賭けることができた。また自分の経営する私営馬券売り場の従業員を厳しく監視したので、払い戻し用窓口から金が出ていくことはほとんどなかった。そして彼は父の疑念が晴れることを期待していたが、父がなぜ疑念を抱くのかはわかっていた。彼の美しい母親はけっして貞淑な女性ではなく、頻繁に男と会っているところを目撃されていた。これは厄介な状況で、ジェイミーはカールトン家の一員として認められてはいたものの、その立場は危ういものだった。もしも父の疑惑が確信に変われば、ジェイミーは家族から見捨てられる。彼はどんな手を使ってでもその事態を避けるつもりだった。もし父が今死ねば、彼の出生の秘密を疑うものはだれもいなくなり、この疑惑につきまとわれることなしに平和に暮らしていける。父親は背が低く、肌が浅黒く、太っていて頭が禿げているので、ジェイミーは父がなぜ一人息子の出生に疑念を抱くのか理解できた。彼は十二歳のとき、すでに父を見下ろしていた。彼は自分の権利を守るために、父を排除する心の準備ができていた。事の正誤はともかく、こうした状況に至ったのは彼の責任ではなく、彼にはどうすることもできなかった。彼はジェイミー・カールトンであり、父が出生証明書の父親の欄に名前を書いた以上、法律上は彼がジェイミーの父親だった。

もっとも父の疑念は冗談ではすまなくなっている。とりわけ父が張りのある胸と妊娠可能な子宮を持った二十歳の女と寝るようになってからは。ジェイミーにとって、これは早急にかたづけなくてはならない問題となっていた。赤ん坊が生まれたら、話はいっそうややこしくなるし、とくにその子供があの醜い父親に似ていたら最悪な事態になる。

基本的に、彼は自分の手元に来るものを確実に手にしたかったが、父に対しても同じことを望んでいた。父を愛してはいたが、彼としては自分の身を守らなくてはならない。それで彼とダニー・ボーイ・カドガンとのあいだに新たな友情が芽生えたのだ。ダニーもまた彼と同じように、父親とのあいだに問題をかかえていた。ダニーと同じように、彼も我慢の限界に来ていた。家族のために尽くすのにも限界がある。家族など、そばに置くために時間や努力を費やす価値はないといずれわかる。家族というのはべつの国に住んでいるほうがいいのだ。

向かい合ってすわると、彼はダニーが発する危険な空気を感じた。多くの本物のフェイスと同様に、ダニーもそばにいる者に警戒心を抱かせる特技があった。それは彼らの世界では役に立つ道具で、そのためにダニーはすでに名を上げていた。警察ですら彼とは距離を置いていたし、彼の新たな立場を認め、明らかな彼の異常さには目をつぶっていた。ダニーの異常な点は、良心のかけらも持ち合わせていないことと、つねに自分だけが正しいという不健全な思い込みが強いということだった。

ダニー・ボーイ・カドガンは、頭がいかれていた。だが彼はひじょうに優秀なネゴシエーターで、だれかが彼を怒らせるまではごく普通の人間のようにふるまう。彼らはここ二週間ほど何度も話し合いを重ねていて、今回で二人の関係が決まるとジェイミーは確信していた。

ダニー・ボーイ・カドガンのような男は犯罪社会には不可欠だ。現実問題として、彼らがいなければ犯罪者の世界は成り立たない。なぜなら、ひそかにビジネスを続ける平凡なフェイスたちの重圧をダニーが取り去ってくれるからだ。父のドナルドがいつも言っているように、本物のフェイスというのは、だれ一人として一度もその名を聞いたことがない連中のことを言う。世間に名前を売るのはもっと派手なフェイスたちにまかせて、彼らは目立たぬようにふるまい、こっそりとその分け前にありつく。

それが正しいことは日々証明されている。今は八〇年代で、古参の連中が次々と逮捕され、台頭してきた若い世代がその後釜にすわっている。現代のフェイスたちには、新聞による報道と一般市民から寄せられる好意というおまけがついている。パンクロックがアンチヒーローという新たな世代の礎をつくっていた。税金があまりに高いので、人々は権威をひっくり返す人間すべてを仰ぎ見る。銀行強盗は、政府が一般市民から盗んだ金を取り戻す勇気がある者と見なされる。なにをして生計をたてるかについて、人々は以前に比べて単純に善悪で判断しなくなった。それにほぼすべての人間がブラックマーケットの恩恵を受けている。普通ならとても手が届かないような服や雑貨が、スモーク地区のパブやクラブや店頭で売られていた。それは大きな稼ぎをもたらし、だれもが喜んでいる。商品を提供する者たちにとっては、だれもが得をする状況だった。

だが今、ジェイミーはダニー・ボーイに自分の父親を抹殺する依頼をしていた。彼らのような若い連中が入れ替わる場所をつくるためだ。それは街の掟で、弱さは警戒され、暴力は、それで欲しいものが手に入る場合は一部で奨励される。実際に、それが新しい世代のフェイスたちを保証し、新たな秩序を作っていく。ダニー・ボーイとの取引が成立すれば、ジェイミーの父親は犯罪白書の記録の一つとなり、彼の数多くの前科を見た警察が捜査に興味を失うのは間違いなかった。そのうえ、かなりの額の賄賂も効果を発揮するだろう。だれにでも、支払いをしなくてはならない請求書があるし、旅行にも行きたいし、返さなければならないギャンブルの借金もある。

目の前の若者の沈黙は必然的結論だと、ジェイミーは好感触を持った。なぜなら彼自身と同じように、ダニー・ボーイ・カドガンも彼らの新たな社会秩序の先頭に立つ機会を狙っていたからだ。ドラッグの密売とクラブ経営が富をもたらすことを、彼らはだれよりもよく知っていた。彼らの新たなビジネスを権力者たちに認めさせる方法も、彼らは心得ていた。いずれにしろ、それはジェレミーの邪魔な父親を取り除くいい口実だった。

ダニー・カドガンはここに呼び出された理由を知っていた。彼は愚か者ではない。だが彼がわざとらしい芝居をしなくてはいけないと考えるていどの常識があることも、ジェイミーにはわかっていた。ダニーはジェイミーの依頼にショックを受けたふりをして、内心とは裏腹に控えめな態度をとり、さんざんためらったあげくに、ジェイミーの父親の人生を終わらせて彼自身の新たな人生を始める仕事を引き受けることになる。それは悲しいことだった。父はそれなりにいい父親だったが、ジェイミーは自分の身を守らなくてはならないし、他人の面倒までは見ることはできなかった。彼は父のために立派な葬式をするつもりだった。馬車を仕立て、豪華な棺を用意し、盛大な酒宴を催すことが、息子として彼にできるせめてものことだった。

それは、まるでダニー・カドガン自身が用意したシナリオのようなもので、ジェイミーもそのことはわかっていた。つまり、この会合は両者にとって利益となるものだった。二人が組めば大きな力になることを、たがいによく知っていた。二人はひじょうに気が合い、どちらからもはったりや嘘はほとんど出なかった。たがいに相手に敬意を払う二人の様子を見ていたマイケルは、ダニーの容易に必要なコネをつかみ、相手に簡単に自分を操れると信じさせる才能に驚いた。ドナルドは、ローレンス・マンガンを取り除く言い訳にも使われるのだ。ダニーは一石二鳥を狙っていた。ローレンス・マンガンとドナルド・カールトンがビジネスパートナーであることは、警察にも犯罪社会一般でもよく知られているので、当然これは内部抗争を受け止められるだろう。だが、だれもが真実を知ることになる。ケニーを衝撃的な方法で消して以来、ダニー・ボーイの悪行をしつこくけなしていたマンガンは、今では人々の癇に障る存在になっていた。もしこれが成功すれば、彼らはこの世界で最高の地位につくことができる。むろん、彼らは成功するだろう。ダニーはこれまでずっとこういう機会を待っていたので、ここで失敗するわけがない。二人の若者はこの瞬間が訪れることを知っていた。あとは、この計画が裏目に出ないようにするだけだった。

アンジは心配していた。怪しげなうえに危険な計画に息子が加わっているという噂が、つぎつぎと耳に入ってきた。それ自体はさほど心配ではない。それこそ彼らが生きる世界であり、そういう商売のおかげで、彼女は今の生活を維持している。彼女の心配の種は、息子が彼女の忠告を無視するだけでなく、それに同意する父のことも無視しているということだった。ドナルド・カールトンはバカではないので、自分の立場はわかっているし、周囲で起きていることにも気づいている。そのうち彼もジェイミーの裏切り行為についての街の噂を耳にするだろう。なにしろ彼女だってそれを聞いたのだから、ドナルド本人もきっと知っているはずだ。息子は気分屋で狡猾なので、彼女はだれにも相談せず、家の外ではこの件について一切公言していない。彼女が本当に心配なのは夫だった。彼が息子の今回の計画に賛成していないのを彼女は知っていた。彼女には夫の気持ちが理解できた。これまで何年間も息子から受けてきた仕打ちを許せないのだ。だがそれは身から出た錆なので、彼に心底から同情することはできなかった。ただ息子が成功しているのを見るのがつらい彼の気持ちは理解できた。なにしろ彼自身は完全に人生の落伍者で、一塁ベースまでも到達できなかったのだから。ダニーとマイケルは父親の前でビジネスの話をしすぎると、彼女は感じていた。それはダニー・ボーイの計算ずくの行動で、もう充分に父親に罰をあたえたにもかかわらず、なおも自分の成功を見せつけて楽しんでいた。だが彼女のいちばんの心配は、夫がこうして手に入れた情報を利用して、息子に教訓をあたえるのではないかということだった。彼がこの知識を利用して、家のなかだけでなく彼が暮らしてきた社会からも居場所を奪った息子に復讐するのではないかということを、彼女は恐れていた。人々は彼にちゃんと挨拶をするが、それは彼の息子が公衆の面前では彼を尊重するそぶりを見せているからだ。もしダニーが父を無視しようと決めたら、人々も同じようにするにちがいない。彼はただその存在を許されているだけで、彼自身もその事実を知っている。ビッグ・ダン・カドガンは神経を張りつめた状態で余分な人生を長く生きすぎた。息子の死を自分の安全を確保する唯一の手段ととらえるようになるのは、人として当然のことだった。それはまた彼がふたたび堂々と顔を上げて歩けるようになる唯一の手段だった。ドナルド・カールトンは事前情報に感謝するだろうし、これから数年はそれによって夫は楽な人生を送ることができるだろう。たとえそれが自分の息子の死と引き替えであっても。アンジはそんな夫の気持ちが理解できた。今、彼が密告するとしたら、それが理由だろう。

カールトンはこわもてのろくでなしで、息子の出生の秘密については何年も前から噂話の種だった。今ではそれは都市伝説にもなっていて、息子が父方の祖母が男装した姿にそっくりであっても、ドナルドはそのことでずっと頭を悩ませてきた。女ならだれでも知っているが、男というのは名前を継いだ子供が本当に自分の子であると思いたいものだ。息子と自分の類似点をわざと指摘したがるのは、彼らがもともとつねに疑念を持っているからだ。巣にいるのはじつはカッコーだったというのは、けっして理想的な状態ではないし、たった一人しか子供ができなかったことを考えると、ドナルド・カールトンが息子を詐欺師だと考えるのもうなずける。これまでの愛人たちはだれも妊娠しなかったし、妻もジェレミーが生まれるまでは何年も子供ができなかった。ドナルド・カールトンは現在、若い娘と付き合っていて、新たな二世の誕生を期待してせっせと彼女のもとに通っているらしい。おそらく彼は名誉挽回のチャンスを狙っているのだろう。

まさしく悲劇的な状況だが、彼女の長男にとっては危険な事態でもある。彼女は板ばさみになっていた。父の名前は出さずに、ダニー・ボーイに目くばせして警告するか、自然の成り行きにまかせて夫か長男のどちらかを葬ることになるのか。

彼女は紅茶を飲みながら思案した。いざとなったらどうするか、アンジは心の底ではわかっていた。二人の男のうち、自分がどちらを選ぶかは考えるまでもない。人生はときに人に困難を押しつけるし、彼女の人生は日々困難に満ちている。彼女にどちらかを選ばせるのは不公平だが、この世界に公平なものなどあるだろうか？


メアリーは弟がサンドウィッチをつくるのを眺めていた。葬式とケニーの時を得ない爆発以来、ゴードンは神経過敏になっていた。今、彼はほとんどの時間をジョンジョー・カドガンとすごしている。そのことは心配していないが、弟がドラッグに依存していることに彼女は心を痛めていた。かつてはパープルハートと呼ばれていた合成覚醒剤のドルナミルをやっていないときは、不眠症治療薬のモガドン漬けになって何日も眠りつづける。モギーの名で知られるこの睡眠薬は、麻薬中毒者たちがドラッグをやる前後に愛用している薬だった。パンにサラダドレッシングを塗っているゴードンに、彼女は陽気に話しかけた。

「どこにも行かないの、ゴードン？」

金曜日の夜なので、ティーンエージャーなら遊びに出かけるはずだった。ゴードンは首を振った。そのしぐさがあまりに兄に似ていたので、彼女は驚いた。弟がマイケルの一卵性双生児のように見えて、気味が悪いほどだった。

「ジョンジョーが来る。のんびりして、音楽でも聴くさ」

彼女がうなずくと、彼はぼんやりした目で姉を見た。「大丈夫かい?」

自分のことを心配してくれる弟の様子に、彼女は思わず微笑み、悲しげに言った。「もちろん、わたしは大丈夫よ。あんたのほうが心配なの」

ゴードンはにやりと笑った。その顔はハンサムで、誠実そうに見えた。「心配するなよ」

メアリーはうなずいたが、ここ数カ月のできごとに弟がうまく対応できていないことを知っていて、それについてなんとかしようと決心していた。母と同じように、彼も毎日を生きるのではなく、それを消し去ろうとしていた。母と同じように、現実の世界に対応できずにいた。彼の場合はドラッグを逃げ道にしていた。手遅れになるまえにマイケルとダニー・ボーイに相談しなくてはならないのはわかっていた。彼らが住む世界では、アルコールやドラッグに溺れるのは自然の成り行きと考えられていた。成功したいという欲もなく、やりがいのある仕事もない。同世代の多くの若者と同様に、ゴードンはそんなものに興味はなかった。まともな仕事はまれで、家族がダゲナムのフォード社か印刷業界に勤めているのでなければ、人生に選択肢などほとんどない。これらの職場では、今でも同じ家族の第三世代が働いていて、いったん入ればその地位は不動で、生涯の仕事になる。その点は労働組合がうまく取り計らう。

マイケルは弟に仕事をあたえることもできたが、そうしなかったのは、ゴードンがエネルギッシュなタイプではなかったからだ。彼は新聞配達でもなんでもして金を稼ごうという人間ではなく、どちらかというと寄生するタイプだ。知能指数が靴のサイズよりも小さいうえ、決済が必要となる仕事をするには幼すぎたので、結局なにもせずにただ毎日ぶらぶらしていた。こんなことはやめなければいけない、と彼女は考えていた。彼は自分で責任を持つことを覚えなくてはならない。マイケルは弟を甘やかしすぎる。

「いったいなんのクスリをやってるの、ゴードン？」

彼がにやにや笑ったので、メアリーは彼をひっぱたいてやりたい衝動に駆られた。「なんのつもりだよ、警察か？」

メアリーもにやりと笑った。皮肉をこめて短い笑い声をあげると、意地の悪い口調で言った。「そうなるかもよ、ゴードン。もしあんたが気をつけないなら。それも万が一この家に警察が来ることになったら、マイケルだけじゃなくてダニー・ボーイ・カドガンも怒らせることになるのよ」

その意味を弟が飲み込むまで待ってから、彼女はつづけた。「さあ、もう一度訊くわよ。いったいなんのドラッグをやってて、それをどこで手に入れたの？」

マイケルは酒を飲みながら、ダニー・ボーイがパカシュ・パテルに的をしぼるのを見ていた。パテルはがっしりした体格のハンサムな男で、本物のプレーヤーだという評判だった。彼はかなりのギャンブラーで、借金を即座に返すことで知られている。彼はまたギャンブル、ウィスキー、それに脚線美のブロンド女性が異常に好きなことで有名だった。その彼が、こんどはドラッグにも手を出しはじめた。それも一般的な麻薬ではなく筋肉増強《ステロイ》剤《ド》だった。

七〇年代に突然に大流行したボディービル熱は、いたるところにジムやスポーツクラブを乱立させる結果となった。今、男たちはアーノルド・シュワルツネッガーのような身体を欲しがるが、そのための努力はしたがらない。注射を数本打つだけで、古代ローマ帝国の剣闘士の二頭筋が手に入るが、残念なことに、その薬を使うと気性が荒くなる。パカシュ・パテルは、ダニー・ボーイが二十世紀のステロイド市場をつくるために必要なコネを持っていた。パテルの家族は医療従事者だった。親戚のほとんどが医者か薬剤師で、おまけに彼らが薬の販売にも手を染めていることはダニー・ボーイにとっては朗報だった。法律上、ステロイドを所持すること自体は合法だが、それを大量に販売すると違法行為になる。つまりこの薬はどこのスポーツクラブでもこっそり売ることができる代物で、ほとんど手間がかからずに大きな利益を生むことができた。所持しているのを見つかっても、個人で使用するためのものだと言えば、それでなにも問題は起こらない。ダニー・ボーイはこの隙間ビジネスに目をつけ、それを最大限に活用しようとしていた。すべてのドラッグが金になるのはだれでも知っているが、これほど簡単に手に入り、容易に売りさばける商品というのはほかにない。ステロイドの可能性にこれまでだれも気づかなかったのは、まさに驚きだった。

パカシュに冗談をとばして笑いながら、ダニー・ボーイはこの男からどれだけうまく巻き上げられるかと知恵をしぼっていた。すでに三ヵ所のジムに共同出資者として投資していたが、匿名であるために税務署が彼の正体を割り出すのはとうてい不可能だった。まさにあぶく銭だった。彼はまた近いうちに犯罪界の主役になることを見据えて、すべてのビジネスの交渉を活発に行なっていた。それは心躍るものだった。

パカシュがにやにや笑い、歯科医である兄の得意分野である、大金のかかった差し歯を見せていた。彼が身につけているスーツは、金ではセンスは買えないという事実を示していた。彼は下品な男に見え、それがパカシュの強みであることは知りながらも、ダニーは彼の下品さを嫌っていた。

だが今、パカシュを連れてカジノの店内を抜けて、自分のせまいオフィスにむかうあいだ、彼は自分の成功を確信していた。パカシュが彼に関心を持っているのはちょっとした財産を築くためで、それがビジネス上の良好な協力関係の促進剤になっているのは、パカシュにとってよりも彼にとって利益が大きいとダニー・ボーイは確信していた。だが状況を理解しているロンドン子のパカシュなら、それを予想しているはずだった。収入を得ると同時に、ダニー・ボーイの庇護を受けられるということは、金が手に入るよりもずっと価値があった。それはトラブルを起こさずにより多くの金をかき集められることを意味した。

すっかり自分の優位な地位に浮かれていたダニー・ボーイは、パカシュ・パテルから街で聞いた彼とジェイミー・カールトンに関する噂について尋ねられたとき、不意を突かれて動揺した。

その様子を見ていたマイケルは、ダニー・ボーイが言葉を失うのをそのとき初めて目にした。


ドナルド・カールトンは恋人の部屋でスコッチを飲んでくつろいでいた。そのアパートは、彼が妻と暮らしている部屋よりもせまかった。妻とは三十二年ちかくいっしょに暮らしていた。彼女はロンドン中の男と寝ていながら、夫が彼女の貞節を信じていると思い込んでいた。彼はもう何年も前に妻を捨てるべきだった。そうしておけば人生はずっと楽なものになっていただろう。あの女は売春婦だ。横丁の猫のような貞操観念と天使の顔を持っている。彼女のことは、唯一、彼の人生で説明がつかない事柄だった。妻は、彼が信じたいことを信じさせる特技を持っていた。だが今、彼はもうそうすることができなかった。

昔から彼のもとで働いている、彼が信用している男たちは、彼の受ける屈辱を自分のことのように感じていた。彼らは彼の妻の悪口は言わず、彼女の失敗を何度も許す彼の言い分に異議を唱えなかった。だが、それももうお終いだ。子供を産み、その子が自分の子だと彼に信じ込ませ、問い詰められると、精子の提供者は無数にいたとほのめかす女に、彼はなんの未練もなかった。

彼はイルフォードのナイトクラブで今の恋人と出会った。地元のフェイスに貸していた金を回収するため〈レーシー・レディ〉に行ったとき、バーにいたディアドラ・アンダーソンを見つけた。二人はたがいに棒で殴られたような衝撃を受けた。彼女は人目を引いた――小柄なブロンド娘で、目が大きく、引き締まった身体つきだった。彼女の服装や話し方から処女でないのはわかっていたが、彼が確信したのは、彼が彼女に夢中になっているのと同じように、彼女も彼に夢中だということだった。彼は生まれて初めて満足感をおぼえた。

彼女のせまいアパートにいるとき、彼は心からくつろぐことができた。ディアドラはまだ二十歳だったが、彼女が彼を愛しているのは確かだった。彼は彼女がけっして自分を裏切らないのもわかっていたし、年齢の差はあっても二人はずっといっしょにいるつもりだった。彼らは気の合う者同士だった。

彼女のインテリアのセンスは酒に酔ったハリネズミ並みだったが、けばけばしい壁紙と不揃いな家具でさえ、彼をくつろいだ気分にさせた。そこは人が本当に生活している空間で、家具の値段よりもそこにいる人間のほうが重要な場所だった。そこでは時間が止まっていて、彼は妻の裏切りを忘れて、一人の男でいることができた。

ディアドラが客を室内に招き入れる音を聞いて、ドナルドはため息をつき、残った酒を一気に飲み干すと、ふたたびグラスに酒をなみなみと注いだ。この部屋には大きすぎるドレイロンのソファに腰をおろした彼は、つぎは何をねだられるのだろうと思った。ビッグ・ダン・カドガンが部屋に入ってくると、彼はつとめて穏やかな表情で相手に微笑みかけた。マーリー兄弟に痛めつけられて障害をかかえたカドガンの動きはぎこちなく、その姿は自分の行動の結果をよく考えないとどうなるかを思い出させた。

「いったいなんの用だ、ダン？」

ビッグ・ダン・カドガンはつらそうにアームチェアに腰をおろすと、質問者と同じように本心ではない陽気な声でこたえた。「酒をくれ。そうしたら話してやる」

たがいの不信感と、口には出さない皮肉な空気が部屋を覆った。彼らはどちらも息子によって苦しめられ、どちらもそれに打ち勝って生きることを学んだものの、それによって過去の苦しみがいくらかでも耐えやすくなるわけではなかった。

ディアドラはキッチンでコーヒーを飲みながら、恋人がここをビジネスの取引をするほど落ち着ける場所と考えていることが嬉しかった。彼が話し合いを終えるまで待つのは苦にならなかった。彼女は気だてのいい娘だった。十七歳のときに子供を産んだが、その子は生まれてすぐに死んでしまった。そのトラウマとなるできごとの結果、人生は無駄にするには短すぎると悟っていた。手近にあるプラスのものを最大限に活用し、マイナスなものについてはくよくよ悩まないほうが身のためだった。

「パカシュは街で聞いた話をくりかえしているだけだ、ダニー」

ルーイ・スタインはいつものように二人の会話に耳を傾けていた。彼はマイケルの言葉にうなずき、悲しそうに言った。「彼の言うとおりだ、ダニー。結局、おまえはしくじったんだ」

彼が決めつけるようにそう言うと、目の前の若者がいきり立つのはわかっていた。だがたくらみがばれた以上は、すぐに手を打たなくてはならない。

ダニー・ボーイはアドヴァイスを求めてルーイを見た。それは最近では久しくなかったことで、少年の頃と同じように、彼はふたたび老人の考えを聞きたいと思っていた。「おれはこれでもうお終いなのか？　本当のことを言ってくれ、ルーイ」

ルーイは曖昧に微笑んだ。年齢のせいでまるで骸骨のように見える老人の顔を見て、ダニーとマイケルは彼がずいぶん歳をとったと感じていた。ルーイは、彼らが追い出そうとしている連中の一人になっていた。ダニーたちは彼らが一生かけて得たものを奪い取ろうとしていた。

だが同世代の連中とは違い、ルーイは自分がこの二人の若者に必要とされていて、それがこれからも続くことを知っていた。今でも二人は彼の意見を求めてくるし、彼のアドヴァイスは正当なものとして受け入れられていた。しかし注意を怠れば、いつの日か自分がケニーやマンガンやカールトンの二の舞になるのもわかっていた。また彼があてにしていたのは、ダニー・ボーイの友人たちに対する忠誠心で、彼は同時に友人たちからも同じような忠誠心を期待していた。ルーイは何年も前に自分は勝ち馬に乗ったと信じていたが、どんな賭け事でもそうだが、それが正解だったかどうかを教えてくれるのは時間だけだ。

ルーイは葉巻を深く吸い込み、ゆっくり煙を引き出して、その煙が頭を包むのを見ていた。それから彼はむりやり背筋を伸ばし、ダニー・ボーイの顔をじっと見て、彼らが陥った状況を説明し、被害を最小限に食い止められると彼が信じる解決方法を語った。ダニーを指差して、彼は真剣に言った。「おまえら二人には失望したぞ。ジェイミー・カールトンってやつは、自分の命にかかわるときでも口をつぐんでいられない人間だ。まわりの連中も同じように自分の声を聞きたがっていると思い込んでいる愚か者で、口の栓が壊れている。今、やつの最大の関心事は、自分と同じ名前を持つ男を抹殺することだ。今、ドナルド・カールトンの身になにか起きたら、それがたとえ事故であってもおまえの責任になる。やつが車に轢かれても、風呂で足を滑らせて溺れても、みずから首を吊ったとしても、きっとだれかがその責任をおまえになすりつけるだろう。おれたちの世界はゴシップの上に成り立っているが、おれたちはそれを情報収集と呼んでいる。きちんと情報を集めているから、他の連中よりも優位に立てる。おまえらはジェイミー・カールトンと会っているところを何度も見られてる。それも上の連中に見られて、いろいろと話の種になっているんだ。今、おれができる忠告はこれだけだ。さっさと糞をするか、さもなきゃさっさと便所から出ろ。おまえがどうするつもりか、まわりの連中にわからせるんだ。それとなにを目的としているかも。どっちを選択するにせよ、ぎりぎりの決断だということを忘れるなよ。ドナルドはマンガンと違ってみんなに好かれてる。やつを食い物にしようとする相手とまで交友関係を持つだけの良識がある。やつは彼ら全員を儲けさせることで、良好な関係を築いているんだ。それがおれたちの世界で成功する秘訣だ」

ダニーとマイケルは、いつものように無言でルーイの話にじっと耳を傾けた。ルーイの話は筋が通っているうえ、情勢をきちんととらえていた。ルーイは情報を集める――どんなくだらないおしゃべりであっても、そのなかにはかならず真実のかけらが混じっている。ある者はゴシップのせいで悲惨な最期を迎え、ある者はゴシップのせいで地上から姿を消す。それは、彼らの不安定な社会では、愚にもつかないゴシップのせいで何年間も刑務所に入ることになったり、繁盛していた商売がひと晩で成り立たなくなったりするからだ。

生まれて初めて、ダニーは次になにをすべきかがわからなかった。迷っている若者の姿に、ルーイは心を痛めた。生まれつきの会計士であるマイケルと違い、ダニー・ボーイにとっては評判だけが成功へのパスポートだった。すばやく残忍な仕返しをするという彼の評判だけが、他の同世代の連中に挑戦されない理由だった。ダニーは自分のような連中に邪魔されることなく、自分が長生きすると信じていた。ルーイはすでにさまざまなものをダニーに譲ってきたし、これからはダニーが自分の面倒を見てくれて、自分が死んだあとは妻と娘たちの無事を彼が保証してくれると信じていた。ダニーは若い世代の人間だが、古い世代のモラルを持っていて、それが将来の彼の成功を約束していた。

ダニーは年老いた友人の話を熱心に聞いていたが、彼の心に残ったのは〝ぎりぎり〟と〝決断〟という言葉だけだった。もしもジェイミーと会っていただけでこうした噂が流れるのであれば、一刻も早く問題を片づけなくてはならない。彼がつねに主張しているように、今このときを逃してはならない。

13

ディアドラは横向きで横たわり、低くいびきをかいていた。細い身体が汗まみれで、長いブロンドの髪がまるで毛布のように肩にかかっていた。彼女は羽毛入りのキルトをはねのけていて、ドナルドは椅子にすわって彼女の寝姿を眺めながら、彼女のすべてが自分のものだという感慨に浸っていた。

彼女と出会って以来、彼は自分が歳のせいか穏やかになってきていることを感じていた。これまで妻に対してずっと感じていたように、彼は自分の有能さをつねにだれかに見せつけようとは思わなかったし、ディアドラのことを厳重に監視する必要も感じなかった。彼がディアドラに感じている愛情は解放された感覚だった。それは本来の男女の関係がどうあるべきかを教えてくれたし、彼の結婚生活が不健全なものであると気づかせてくれた。彼は自分の人生で最も豊かで創造的な時代を、彼に愛情など持たず、彼に対しても、彼女が生きていくために必要だった彼の地位にも敬意を払わない女のために無駄にしたことに気づいた。

そのうえ、こんどは息子の番だ。息子というよりは、彼が育てた少年だが、彼が巣に入り込んだカッコーであることは最初からうすうすわかっていた。それもとても金のかかった巣だ。その男がどうやら彼の命を狙っていて、他の若い世代の人間を仲間に引き入れて、計画を手伝わせようとしている。

ジェイミーは自分の権利だと信じているものを手に入れようとしていて、そのために父と呼ばれる男を葬り去ろうとしていた。ドナルドにとってはそれがつらかった。息子にはよくしてやってきた。自分の怒りや苛立ちをけっして息子にぶつけたりはしなかった。ジェイミーも彼と同じ被害者だと、ドナルドは考えていた。大失敗だった彼の結婚生活における善意の当事者だと。ドナルドは今、自分ののんきな性格の究極の代償を支払っていた。ジェレミーは自分の相続財産を確保したいと思う年齢に達している。父が神の手助けなしには子供を持つことができないということに気づいているにもかかわらず。本当の父親がだれか、ジェイミーは知っているのだろうか？　母親が真実を打ち明けているかどうかだが、おそらく話してはいないだろう。たぶん彼女自身にもだれかはわからないのだろう。彼女があまりにも多くの男と関係を持ちすぎたために、半径十マイル以内にいるすべての男にジェイミーの父親である可能性があった。

ただ彼が確信しているのは、息子の不安をかきたてたのは、父親とこの若い女との関係だったという点だ。息子がいちばん恐れているのは、もう一人の子供が生まれることで、その子がどこから見ても彼の子であることだった。そんなことは起こりえない、とドナルドは知っていた。これまでに関係を持った女の数を考えれば、もし彼に子種があれば、何人か子供がいてもおかしくない。むろん、今さらジェイミーには言えないが、彼は自分の子孫を残すことはずっと以前からあきらめていた。ジェイミーのことも、何年も前に自分の息子として誇りを持って名前をつけた、あの裏切り者の若造のことも、最初からあきらめていた。どうせ今まで嘘をかさねてきたのだから、それを墓場まで持っていかないのは愚かだろう。もしも息子を名乗るあの男がかかわっているのなら、彼は寿命が来るまえに死ぬことになりそうだった。

廊下からかすかな物音が聞こえたが、ディアドラの飼っている猫が玄関のペットドアを抜けてきた音だろうと彼は思った。椅子の背にもたれ、ふたたび真実の恋人に目をやり、その寝姿を堪能した。

そのとき、ドアがいきなり開き、まるで報復の天使のように向かってきたダニー・ボーイとマイケルの姿を目にしたドナルドは、もうなにをしても手遅れだと悟った。ダニー・ボーイはいつものようにごく普通の健康的な青年らしい笑みを見せた。それは人は見かけに騙されやすいということの証明だった。

ようやく目を覚ましたディアドラは、恐怖のあまり目を見開き、まるで気が狂ったスマーフのように見えた。

ドナルドはそのとき、自分がこれを予期していたことに気づいた。だから眠りにつくことができなかったのだ。自分はこの運命を受け入れるつもりで、歓迎すらしていることに気づいた。「それで、なんの用かね、ダニー・ボーイ？　騒ぎが起こってもおまえのことを助けてやってくれと、すでに親父さんが頼みに来たぞ。本当におまえの命を救おうと頼みに来たんだ。おれを殺そうとしているあのバカ息子とは大違いだ。まだ親父さんとは話をしていないようだな」

ダニーは怯えているディアドラに目をやり、動くなと身振りで命じた。それから彼はドナルド・カールトンの服をつかんで彼を廊下に引きずり出した。ダニーの力が強すぎて、ドナルドが引きずられた跡が、厚く毛羽立ったカーペットにくっきりと残っていた。消毒薬のパインの香りを嗅ぎ、ディアドラのヒステリックなすすり泣きを聞きつつ、ダニー・ボーイは至近距離からドナルド・カールトンの顔を目がけて引き金を引いた。銃声は思ったほど大きくなかったが、出血の激しさは想像以上だった。心臓がまだ動いているために激しく出血していることに気づいた彼は、ふたたび後頭部目がけて引き金を引いた。そこらじゅうに脳と骨のかけらが飛び散った。ダニー・ボーイのズボンは血まみれになったが、彼は平然と肩をすくめ、真っ青な顔のマイケルを見て、嬉しそうににやりと笑った。そして指先を舐めて、チョークで書くように宙に一と書き、楽しそうに言った。「一丁あがりだ。残りはもう一丁」

マイケルは我に返って寝室に戻り、ベッドの上で泣いている女を見たが、言葉を発するまえにダニー・ボーイがかたわらに来て、女の髪をわしづかみにして、彼女を廊下まで引きずっていき、恋人の死体の上に放り出して大声で言った。「母親のところか、仲間の家か、どこでもいいから行け。もし今夜のことをだれかにしゃべったら、どこまでも追い詰めてやるからな」

脅しを二度くりかえす必要はなかった。今夜のことについて、女がなにか話すことはありえなかった。万が一しゃべったら、彼女は証言台に立つまで生きていないだろう。自分がどうなるかは見せつけられている。もしすこしでも頭に脳味噌があれば、彼女はそれに見合う行動をとるだろう。彼女は地元の出身なので、実情を知っている。口を閉じてさえいれば、そっとしておいてもらえる。ほとぼりが冷めた頃には、いくらかの金が手に入るだろう。そうやって彼女は生きていくすべを知ることになる。抗争に巻き込まれた女は彼女が初めてではないし、むろん最後でもない。彼女はすぐにアパートから出ていった。

女を見送ったあと、マイケルとダニー・ボーイもアパートから出て、ダニーは忘れずに玄関のドアに鍵をかけた。必要ならば、警察は鍵を壊して室内に入ればいい。彼らに楽をさせてやる気はなかった。どうするかを決めた以上、彼は早くすべてを終わらせたかった。身体じゅうをアドレナリンが駆け巡り、生き返った気分だった。極限の暴力はいつも彼の感情を高ぶらせる。それを自分が必要以上に楽しんでいることを彼は知っていた。

マイケルといっしょにアパートの建物から出ていくと、彼らとほとんど歳の違わない若者たちがいた。男たちは彼をじろじろ見て、彼も初めてその存在に気づいたように若者たちを見返した。彼らはみすぼらしく、あきらかにドラッグをやっていて、彼の目には最低の連中に映った。もしも彼がこの世界で名を上げるだけの精神力がなければ、自分もあのなかの一人になっていたかもしれないという事実が彼を不機嫌にした。彼は自分がどこの出身か、毎日なんのために戦っているかを思い出した。子供の頃の生活を考えると、自分が役立たずな人間に成長してもおかしくなかったし、それはなにより彼自身がよく知っていた。父は子供に成功をつかませないようにしてきた。彼や弟や妹の存在が、彼らをこの世に誕生させた父にとってはなんの意味もないと明言してきた。他の者たちと同様、彼が生まれてきたのも、性行為の結果を考えなかっただけで、そこには愛などかけらもなかった。目の前にいるスキンヘッドの、リーヴァイスにミニタリーブーツをはいた若者たちも、彼と同じようにしてこの世に生まれてきていた。それはまるで自分が価値のない人間だと知りながら生まれてきたようなもので、彼らの命をかけがえのないものと感じる人間はだれもいないし、なにより彼ら自身にとって自分たちの人生は貴重なものではなかった。彼らの存在になんの価値もないということは、それがたんなる神の悪戯だという証拠のようなものだ。ただその悪戯の報いを受けるのは彼ら自身で、彼らにはもともとほかに行く場所すらなかった。

すでに車のロックをはずしていたマイケルは、銃を発砲したことと、死に対するダニー・ボーイの無頓着さに動揺していたが、自分がこの世で一番愛している相手に対する恐怖を必死でこらえた。今夜のできごとが彼らの成功を左右するのはわかっていた。彼はこの件にかかわりたくなかった。せめて一歩下がって静かに状況を見守っていたかったが、それが無理なことはわかっていた。いくら関わり合いになりたくなくても、最後まで見届けなくてはならなかった。

彼らが自分の正体を知っているとわかっているダニー・ボーイは、若者たちをにらみつけた。彼が何者かを知っていて、彼のようになりたがっている若者たちに腹が立った。彼らは必要とあればダニーが利用する砲弾の餌食でしかなかった。だが彼は怒りを抑えようとした。彼らは銃声を聞いていたし、なにが起きたかを推測するていどには世慣れていたので、彼は若者たちに近づき、愛想よく話しかけた。「おい、タバコはあるか?」

マイケルは若者たちがタバコを探してポケットをまさぐる様子を見ていた。全員がダニー・ボーイ・カドガンといっしょにすごしたと触れまわる機会があることを祈っていた。それは彼らの忠誠心と沈黙を保証する。

その光景がこれほど物悲しいものでなかったら、笑いだしたくなるほどだった。

アンジは眠ることができなかった。夫は数時間前に出かけていったきり、まだ家に戻っていない。ふだんなら気にも留めないが、今回ばかりは彼がドナルド・カールトンに会いに行ったのではないかと疑っていた。ビッグ・ダンは自分の不用意なおしゃべりが原因となった騒ぎの被害を、最小限に食い止めようとしていた。息子がこっそりやっている取引のことが知れ渡ってしまったのも、夫の口の軽さが原因だ。重要な人間とはだれとも話していないと彼は誓ったけれど、彼はダニー・ボーイが避けて通るような相手にも息子の個人的な話を吹聴せずにはいられない。それはダニー・ボーイのせいだ。彼は父親の前で多くのことを語りすぎる。彼女は夫の前では重要なことは決して漏らさなかった。なぜなら彼は地元でも有名な口の軽い男だからだ。しかしダニー・ボーイは自分が築いた地位を父親に見せびらかさずにはいられない。彼は自分がどれだけ成功しているか、いくら稼いだかを父親に知らせることに喜びを感じていた。息子の気持ちは彼女にもいくらか理解できた。ダニー・ボーイはまだ子供で、幼稚な行動をとらずにはいられない。だが目を見張るほどの地位を確立した息子が、すでに何年も前に充分に怯えさせた相手に自分を誇るために、すべてを犠牲にしようとしていることに彼女は苛立った。

アンジはベッドから出て、ガウンを羽織った。可愛らしい花柄のデザインが、彼女を実際よりもよけいに太って見せた。だが彼女はそんなことは気にしていなかった。外見を気にするのは何年も前にやめていた。キッチンに行くと、ささやき声が聞こえた。そして、娘の寝室に入り、彼女は啞然とした。美しいが無学な娘がベッドにすわり、堕落した目つきのポニー・テールの若い男とキスをしていた。彼女が以前に白く塗った籐椅子に、男の革のジャケットが無造作にかけてある。近頃はスニーカーと呼ぶらしい運動靴は、靴ひもが解かれ、彼女が今朝掃除機をかけたばかりの薄いピンクのカーペットの上に転がっていた。アニーは半裸で、シャツの前が開いていて、そばのベッドカヴァーの上にジーンズが脱ぎ捨てられていた。部屋に入った彼女は、二人がしていることを理解するのに数秒かかった。だが目の前の光景の意味を理解したとたん、彼女は正気を失った。殺人者の息子を持つだけでも手一杯なのに、このうえ娘が売春婦になるとは。明かりをつけ、今まで愛していた娘の現実の姿を見た。娘のピンクの口紅がはがれた唇と、激しい動きであらわになったバストを見ているうちに、アンジは地元で伝説となっている激しい気性を抑えることができなくなった。彼女が娘に飛びかかった瞬間、若い男はベッドから飛び降りて靴をはいた。彼は地元の出身ではなかった。もしも彼女がダニー・ボーイ・カドガンの妹だと知っていたら、どれほどアニーが魅惑的に誘っても、家に入り込むことはなかったはずだ。男は母と娘が罵り合いながら、髪をつかんで取っ組み合いの喧嘩をするのを見ていた。アンジは男を殴るかのように娘を殴りつけた。男はあとの始末は出会ったばかりの恋人にまかせて、あわてて部屋から飛び出していった。

アニーはすでに泣きだしていて、たっぷりとつけたマスカラのせいで両目が焼けるように痛かった。彼女は抵抗するのをやめていて、母が度を失っているのは知っていたが、こうしたことがこれからもくりかえし起こることもわかっていた。アニーは動物のように閉じ込められる生活に疲れていた。家族の目が届かないところに行ったときには、その行動を逐一報告しなくてはならないことにもうんざりしていた。母が彼女を押さえつけるのは、彼女の若さと人気に嫉妬しているせいだと思い込んでいたので、そんな母のことも憎んでいた。イアン・ペックは理想の男性ではないかもしれないが、彼のキスと嘘の約束は彼女にごく普通のティーンエイジャーの女の子になった気分を味わわせてくれた。

「やめてよ、母さん。わたしのことは放っておいて」

彼女は髪をつかんだ母の手を振りほどこうとしていた。乱闘のせいで髪がごそっと引き抜かれたことはわかっていた。唇が切れて出血しているのもわかっていたので、彼女はベッドの上で身体を起こそうとした。すると母が突然身を引いたので、彼女は驚いた。アンジは戸口に立ち、ふりかえって娘を見た。そのとき、彼女には娘の正体が初めて見えた気がした。

「このあばずれ……こんなことをするために、おまえは夜間のクラスに通っていたんだね？　男に身体を売ることを覚えるために。今じゃ話し方まで売春婦のようだよ」アンジは吐き捨てるように言った。動悸がひどく、本当に心臓麻痺を起こしそうだった。

「あばずれ、尻軽女、あんなろくでなしをわたしの家に連れ込むなんて。この家は、おまえが暮らしやすいように、わたしが掃除して磨きあげていたんだ。この家は、おまえが恐怖の力を感じることがないように、おまえを守ろうとしている場所なんだ。なのに、おまえはなんてことをするんだい？　男を連れ込んで、なにもかも台無しにして……」

アンジはふたたび娘に襲いかかり、猛烈な勢いで何度も娘を殴りつけた。標的にしたのは顔と肩で、わざと傷跡を残そうとした。娘がけっしてこの夜のことを忘れないように、記憶に刻みつけてやりたかった。

娘の柔らかな肌に自分の拳が沈むのを感じながら、アンジは実際に肌で感じられるほど強い憎しみを感じた。娘が、大切な娘がジーンズを脱ぎ捨て、シャツをはだけて胸をあらわにし、あのろくでなしのペニスがズボンから顔を出し、娘がそれを撫でている情景は、けっして忘れることができないだろう。今後は娘を見るたびにその情景を思い出すだろう。たとえ娘がイスラム教徒の女性のように黒いベールをかぶったとしても、その点は変わらない。その恐ろしい光景が彼女の記憶に焼きつき、それまであった幼い頃の娘のイメージに取って代わった。娘が自分の寝室に男を連れ込んだという事実だけではなく、大切な娘がじつは良い子ではなかったということを彼女は知ってしまった。本能的に、娘は以前にも同じことをしていたと彼女は悟った。この娘はあの手の男に触れられ、抱かれることを好んでいる。脂ぎった髪の赤の他人、彼女の大切な娘を性欲のはけ口としてしか扱わない男に。服を脱いで平気でいられるその態度から、母は娘が過去に何度もこういうことをくりかえしていると確信した。若い娘が平気で裸をさらせるようになるには時間がかかるものだ。出会ったばかりの他人に裸を見せても平気なのは売春婦だけだ。アンジはようやく怒りがおさまってくるのを感じ、殴るのをやめた。娘は血まみれで傷だらけになっていた。彼女は初めて目にするように娘を見つめ、ゆっくり首を振り、以前は愛していた娘の顔に唾を吐きかけた。

ベッドに横たわったアニーの顔から唾が流れ落ちた。血がコットンのシーツに染み込み、彼女は何年ぶりかというような声で泣いた。すすり泣く娘をおいて、アンジは静かに部屋を出て、ドアをそっと閉めた。それは象徴的な行動だった。彼女は娘を自分の人生から完全に閉め出した。これからは娘を見るたびに、薄汚い男の勃起したペニスと、ブラジャーからはみ出た娘の胸を思い出す。これまで彼女が必死に純潔を守ろうとしていた娘には、じつは以前から俗悪なところがあった。夫のような男の手から娘を守り、ああいう連中がしでかすことを一生娘には知らさずにおこうとしてきたのに。

アンジは激しい吐き気をもよおして、トイレに駆け込んだ。吐く音が娘にも聞こえるのがわかっていて、それが嬉しかった。ジョンジョーが濡らしたネル地の布を持ってきて、彼女の顔をそれで拭いてくれたとき、アンジはようやく涙をこぼした。

ローレンス・マンガンは自分のベッドに寝そべり、顔に笑みを浮かべながら、タバコを手にしたまま、女が必死に彼のペニスをしゃぶるのを見ていた。女はとびきりの美人だったが、高級娼婦だけが使える化粧が濃すぎるために、その美しさも台無しだった。それは自分たちが普通の女より上だと彼女たちが考えているせいだ、と彼は思った。彼女たちは業界を知り尽くしていて、客と会ったときに実際にセックスをしなくても、その厚化粧が穴埋めをする。彼女たちは雑誌に出ている女のようだったが、実際には彼女たちがここにやって来る唯一の理由は金のためだった。

だがこの女はどんな手を使っても、ふたたび彼を奮い立たせることはできなかった。彼はこの女を早く追い返し、眠りにつきたいと思っていた。彼は商売女をけっして家に泊めなかった。売春婦はすべて泥棒だと思っていた。仕事の性質上、彼女たちには道徳観念がなく、やがてまわりのものがすべて盗む対象に見えてくる。カフスボタンでも脱臭剤でもなんでもいいが、とにかく彼女たちはなにかをくすねずにはいられない。以前に彼はそういう経験をして、盗みを犯した女を厳しく罰した。女は彼の腕時計を手にして出ていこうとするところを見つかった。それはアメリカ製のシンプルな金の時計だったが、彼にとっては宝石をちりばめた精巧な金細工のファベルジェの卵でも同じことだった。女は盗みをはたらき、彼はそれを黙って見過ごさなかった。彼は女の目をつぶした。彼女の厚かましい行為が彼を怒らせ、ボトルが彼女の顔に激しくあたった。だが彼に言わせれば彼女の自業自得で、結局女は二人の用心棒に連れていかれ、その夜の一件が話題にのぼることはなかった。要するに、一度咬まれたら、用心深くなるのだ。ローレンスは女の頭を乱暴に持ち上げ、彼女を押しのけると、まるで煩わしいハエのように彼女を追い払った。

リンダ・クロックにとって、こういう客は以前にもいた。いったん目的を遂げると、内心の恥ずかしさや罪の意識を女にぶつけるのだ。ふん、勝手にするがいい。前金でもらうものはもらっている。マンガンは男としては役立たずのくせに、ただで女を手に入れようと威圧したり、いわゆるフェイスとしての悪評を利用する男だという評判だった。あいにく彼女は十四歳のときからポン引きとやり合ってきたので、このていどのことであわてはしなかった。すでに金はもらっているので、これ以上芝居をする必要はない。彼のような男は、いずれ自業自得の終わりを迎えるにちがいない。服を着ながら、彼女がいつものセクシーな表情のかわりに高慢な態度を見せると、マンガンは自分がすっかり騙されていたことを知り、彼女がウェスト・エンドの劇場の舞台に立てるぐらいの名女優であることを思い知らされた。

彼女の態度はローレンスを動揺させ、彼は女が身支度をととのえているあいだじゅう黙っていた。女は別れの挨拶すらしなかった。彼は女が化粧室に行ったと思ったので、彼女が帰ったと気づくまでにしばらくかかった。自分が金を騙し取られたことを知り、彼は苛立った。相手が金額さえ折り合えば、どんな男にも身体を売る女である点がよけいに腹立たしかった。まるで虚像の背後にある現実の姿を見せつけられたような気がした。彼が指名する売春婦たちは、みな彼の過去の無分別な行動を知っているので、無事に玄関のドアを出るまでは演技をつづける。

女の高慢な態度に、彼がまだ憤激していると、玄関のドアをノックする音が聞こえた。ローレンスはにやりと笑い、ドアを開けに立ち上がった。あの女、なにを忘れていったのだろう？　それがなんであれ、あっさり返してやるつもりはなかった。あの女を叱ってやらねばならない。彼の経験からいって、女は甘やかせてはならない。彼が嫌悪感をあらわにして、迷惑そうな表情で玄関のドアを開けた瞬間に、最悪の悪夢が現実のものとなったことに気づいたが、もう手遅れだった。

「おい、大丈夫か？」ジョンジョーの低い声の調子から、彼がまた大麻を吸っているのがアニーにはわかった。兄は静かに部屋に入ってきて、ベッドの縁に腰をおろした。踊り場から射す裸電球の光で、妹がぼろぼろにやられたことがわかったが、彼は妹に同情心のかけらも持たなかった。ここまで身を落としたのは彼女自身であり、なにがあったのかを把握した彼は、母と同様に妹の行動に嫌悪感を抱いていた。それでも彼は妹の無事を確かめておきたかった。母はその気になれば相手をぶちのめすことができる。小柄な身体ながら、正真正銘の喧嘩の達人なのだ。

ジョンジョーは妹の傷だらけの顔を見て、ため息をついた。「今夜のことは父さんとダニー・ボーイには黙っておいてくれるように、お袋を説得した」

アニーはうなずき、その目から熱く塩辛い涙がこぼれた。兄に同情されたことで、彼女はますます動揺した。自己憐憫から彼女はすすり泣きを始めた。兄から自分の姿を隠すように、右腕をそっと目の上にあて、左腕で胸を隠した。

「相手はだれだ？」

泣きじゃくっていたアニーは、答えることができなかった。

ジョンジョーは悲しげに微笑み、目の上の手を下ろして、真剣な表情で妹の顔を覗きこみ、本音を言った。「もしおれに言わないなら、今夜あったことを父さんだけじゃなくてダニー・ボーイにも話すぞ。さあ、おまえの卑しい話をだれにしたいか、覚悟を決めろ」

まだ出血はとまらない。彼女の唇は腫れていて、乾いた血の味がしたし、頭じゅうの髪が抜けた痕がずきずきと痛んだ。彼女の髪の束がそこらじゅうに散乱していた。身体のまわりに飛び散っている髪の束が見えて、彼女の目からまた涙がこぼれた。

「冗談で言ってるんじゃないぞ、アニー。相手はだれなんだ？」

彼女は首を振った。ジョンジョーは妹の怪我の具合を見た。耳からも血が流れていて、片方のイヤリングがもぎ取られたらしく、耳たぶが裂けていた。この傷はそう簡単には治らないだろう。母は本気で娘を痛めつけたのだ。だが、そこまでするのも当然だった。

「おい、さっさと言わないか。さもないと……」

アニーはすすり泣きをしながら、手で口を覆い、弱々しい声で言った。「知らないわ、ジョンジョー。本当よ、彼とはベスナル・グリーンのカフェの前で知り合ったの」

ジョンジョーは身体を起こし、ショックと怒りで背中を反らした。それを見て、アニーは兄がこの数カ月でいかに成長したかに気づいた。彼はダニー・ボーイほどの巨体ではなかったが、それでも充分に体格がよい。彼が顔を近づけたとき、この家族が脅威にさらされたとき、いかに暴力的になれるかを、アニーはふたたび思い出した。

「冗談で言ってるんだろうな。まさか、まったく見知らぬ他人を家に連れ込んで、そいつの前で裸になって、やらしてやろうとしたって言うんじゃないよな？」

兄が今にも自分を殺しそうだったので、アニーはなんとか彼をなだめつつ、今夜がこんな暴力的で恐ろしい終わり方になったことを悔やんだ。自分はなにを血迷ってあの男を自宅に連れてきたりしたのだろう？　なぜいつものようにヴィッキー公園に行くか、路地で済ましてしまわなかったのか？　だがその理由はわかっていた。尼僧のように自分をこの家に閉じ込めている家族への反発なのだ。カドガンの名のせいで、だれ一人として彼女に近寄ってこない。兄の問いには答えず、彼女はただ枕に顔をうずめ、胸が張り裂けそうな声で泣きつづけた。

ジョンジョーは妹を見た。彼女を愛していたが、さっきまで抱いていた同情心は完全に消えていた。彼女の腕をつかみ、自分のほうに向かせると、彼はもう一度言った。「これが最後のチャンスだぞ。男の名前を言わなければ、お袋と同じことをしてやる。ただし、おれはおまえが死ぬまでやめないからな」

アニーは、兄が本気だとわかっていた。彼はすでに拳をつくって身構えていた。彼女はあとさきを考えずに静かな声で答えていた。「ロムフォードから来た男で、名前はイアン・ペックよ」

ジョンジョーは振り上げた拳をゆっくりと下ろし、まるであふれ出した下水でも見るような目で彼女を見つめてから、立ち上がって部屋から出ていこうとしたが、戸口でふりかえり、毒づくように言った。「ロムフォードだと！　冗談のつもりか？」

彼女がふたたび泣きだすと、ジョンジョーは乱暴にドアを閉めた。アニーは頭のなかで同じ言葉をくりかえした。「ここから出なきゃ、ここから出なきゃ」だがそれは不可能だということを彼女は知っていた。このアパートから出られるのは、棺に入って運び出されるか、夫に抱かれてという選択肢しかない。この瞬間、彼女は迷わず前者を希望した。

ローレンス・マンガンは自分がしてやられたのがわかったが、むざむざ殺される気はなかった。二人の若造が彼の家まで乗り込んできて、偉そうにしているのは彼の理解を超えていた。彼らの肩越しに、マンガンの二人の用心棒がことの成り行きを放心したように眺めているのを見て、彼らもこのたくらみに加担しているのがわかった。彼が忠実な子分だと信じていた連中が、彼の身がどうなるかを見物しようとしていた。その瞬間に彼は悟った――いくら金やコネがあっても、だれも彼を助けに来てはくれないことを。ダニー・ボーイのにやにやした顔を見て、彼は自分の最期を見届けるのは自分自身だけだと気づいた。ダニー・ボーイに寝室に押し戻された彼は、マイケル・マイルズがさまざまな道具の入った買い物袋をかかえているのを見た。ダニー・ボーイが袋の中身をベッドの上にひろげたとき、マンガンは自分の死がすばやく痛みのないものではないことを知った。実際に起きたことも想像上のものも含め、ダニー・ボーイはこれまで彼から受けたすべての侮辱に仕返しをしようとしていた。ダニーは彼を警告として利用し、芝居がかったできごとに仕立てようとしていた。彼の死はダニーが本当の大人の世界に入るさきがけとなるはずだった。

マンガンが自分の立場の深刻さを理解すると、ダニー・ボーイはカッターで彼の両目をすばやく切り裂いた。すると出血で彼は目が見えなくなった。マンガンは膝から崩れ落ちながら、本能的に両手で顔をかばった。自分が必死に哀れみを請う声が聞こえ、そんな自分がいやだった。いっそ早く殺してくれ、自分が今まで他の連中にしてきた拷問はやめてくれと、マンガンはダニーに懇願した。フェイスとして、彼は温情を求めた。やがて彼は泣きながら懇願し、そのうちうなり声しか出なくなった。ついに彼は自分の運命を受け入れ、拷問が早く終わることだけをひらすら願った。だがそれが不可能なことを、彼は知っていた。ダニー・ボーイ・カドガンは前例をつくり、劇的なかたちで自分の存在を印象づけようとしていた。なんとしても入りたかった世界の一員として認められるために、そして将来の主役の地位を確実なものにするために。

そのとき、マンガンの生来の反抗心が顔をのぞかせ、彼はやみくもに叫んだ。「おれを見ろ、ダニー・ボーイ。いつの日か、おまえもおれみたいになるんだぞ」

ダニー・ボーイは彼を見て笑い、楽しげに言った。「あんたの目はまるでケチャップをかけたゆで卵みたいだぜ。痛いんじゃないかい？」ダニーはマンガンの横っ面を張り倒した。

目が見えないことで、ローレンスはよけいに恐怖を感じた。物事は巡りめぐって自分に降りかかってくるものだ。

「こういう古いことわざを知ってるか、ローレンス？　物事は巡りめぐって自分に降りかかってくるものだ。そのとおりだと思わないか？」

ローレンスは目の前の若者の姿がはっきり見える気がした。がっしりした顎、けっして見せびらかそうとはしない力強い肩。目にはなんの感情も浮かんでいないが、人を殺すことの抗しがたい興奮に酔いしれている。ダニー・ボーイが平然と暴力をふるうという話は聞いていたが、それがやがて自分に向けられるとは思ってもみなかった。今、マンガンは自分の残忍さと憎しみが巡り巡って自分に襲いかかってくるのを感じた。

ダニー・ボーイはならず者だ。マンガンは彼のことをすっかり見くびっていた。この件でダニー・ボーイは全員の意識の先頭に躍り出るだろう。ダニー・ボーイ・カドガンという男が必要とされていることが、ローレンスにもようやく理解できた。彼のような人間は、もう長いこと登場していない。彼は一匹狼の悪党で、警察がサイコパスと呼ぶいかれたろくでなしだ。彼の友人や隣人にとっては善人だが、自制できないひどい癇癪持ちだと思われていた。

マンガンの両目の痛みは耐えがたかった。全身がショック状態に陥りつつあり、激しい震えが起きて呼吸をするのも難しかった。マイケルが家捜しをして、彼らが将来使えるものを探している音が聞こえていた。彼が生涯をかけて培ってきたものが、なにも考えていない二人のならず者に利用されてしまい、彼が人々の記憶に残るのはむごたらしい死体としてだけだ。ダニー・ボーイは状況をすべてわかってやっていた。そんな彼のことを、マンガンは全身を襲う痛みと闘いながらも高く評価していた。

ダニーが道具を並べ替える音を聞き、ローレンスは口をつぐんだ。彼は今や避けられない死の瞬間が一刻も早く訪れることを祈った。

ダニー・ボーイが彼の耳もとでささやいた。「これから面白くなるんだぞ、ローレンス。あんたには最後までつき合ってもらうからな。グランド・フィナーレまでちゃんと参加してもらわないとな」


拷問を受けたローレンス・マンガンの遺体の様子を、すべての日刊新聞が書きたて、その後数週間、その残忍さと、この国の首都でふたたび組織犯罪が台頭してきた事実が国内をにぎわせた。だがその後、好色な教区牧師と、夫と同じくらい道徳観念のない妻の話題に新聞の一面の座を奪われ、いつしかこの話題は忘れられていった。

この恐ろしい夜のできごとはダニー・ボーイに有利にはたらいた。今や彼は周囲から尊敬されるだけではなく、上の世代を押しのけつつある新しい世代の犯罪者の一人として恐れられるようになった。欲しいものを手に入れるために彼らが用いる激しい暴力は、今では日常のできごとになっていて、そのなかでもダニー・ボーイ・カドガンは他に例を見ない新たなタイプの悪党として台頭していた。ジャマイカ人も、ギリシャ人も、トルコ人も、中国人も、みな彼のことを侮れない力とみなしていた。それは彼が取引している自国の犯罪者たちも同様だった。しかし、だれもはっきり口には出さなかったことは、彼らの世界で過去の遺物あるいは厄介者と見られていた二人の男の死が、新たなビジネスチャンスをもたらしたということだ。ダニーとマイケルは新たな金儲けの手段をとりいれ、その恩恵を自由奔放さであちこちにばらまいた。若くて怖いもの知らずの彼らは、捕まって長期間の刑務所暮らしになることを恐れてはいなかった。たとえ十二年の刑をくらっても、出所したときにはまだ三十代で、ふたたび名を上げる時間はたっぷりあると考えていた。

二人は老齢で痛手を負った世代に、新たな活力を導入し、同時にもっと若く精力的なメンバーに仕事をあたえていくことで、求められている新たな世代の数を増やした。全体としてみると、二人の若者の殺意と欲は彼らに有利にはたらいて、彼らが予想したよりもずっと良い結果をもたらした。だが彼らが抹殺した男たちと同じように、それは容易に彼らの足を引っ張る結果にもなりえた。

14

「なあ、いいだろう、ちらっとでいいからあそこを見せてくれよ」

メアリーは淫らな笑い声をあげ、ダニーは彼女を抱きしめた。二人はブライトンのビーチにいて、彼女は穏やかな友人関係に満足し、次の段階に進む準備ができるまで彼が辛抱強く待ってくれることに感謝していた。身持ちの固い女だというわけではない。彼女は何人もの男を知っていた。だがダニーもそれを望んでいると感じたメアリーは、なんとしても彼を喜ばせたかった。今の彼女には彼がすべてだった。彼がケニーを始末したことで、肩の荷が下りたような気がしていた。もう痣や瘤について嘘をつく必要もないし、八つ当たりしようとするケニーから逃れる必要もないし、明け方の三時に髪をつかまれてベッドから引きずり出される心配もない。ダニー・ボーイといっしょにいると安心できたし、必要とされ、愛されていると感じることができた。ダニーについての噂には耳を傾けなかった——彼がやったとされていること、拷問や銃や麻薬の密売や高利貸しなどには。

メアリーは、彼の心優しく寛大な面を引き出せるのは彼女だけだ、と人々が思っていることを知っていた。ドナルド・カールトンとローレンス・マンガンの悲劇的な死を境に、人々は彼のことを話すときは声をひそめていた。ローレンスの腎臓と肝臓と脾臓がブライトンで、放置されていたトレーラーの冷凍庫から見つかった。噂によると、その車は何週間もルーイ・スタインの敷地内に停めてあったらしい。それは一時大きな話題となり、そのためにダニー・ボーイ・カドガンは最悪の人物として地元の伝説となった。彼の子分たちや、彼から経済的な恩恵を受けている者たちは、みなダニー・ボーイを崇拝した。

今では、彼女の兄マイケルも新世代のフェイスの一人で、自分たちが作った新たな秩序のなかで成功して金持ちになり、そのことを隠そうとしなかった。ダニー・ボーイのおかげで豊かな生活をしている者たちは、彼に対して忠誠を誓っていた。人々を味方につけるにはやる気を起こさせるものを与えなくてはならないことを、ダニー・ボーイは理解していた。そうすれば彼らが他のだれかの誘いに乗って裏切ることはありえない。そのため、彼はまわりの者に充分いい暮らしをさせ、彼が経営する合法的なビジネスへの投資を奨励した。稼いだ金を合法化する方法を思いついたのはマイケルだった。そしてその金を稼いだのはダニーだった。二人は最高のコンビだった。メアリーは、兄に殺害本能がないのはわかっていた。それはダニー・ボーイの担当分野だ。彼女はさまざまな噂がすべて真実であることはよくわかっていたが、彼に背を向ける気にはならなかった。それどころか、それは彼の魅力を増す結果となった。彼の危険な部分が好きだった。暴力的だという評判だったが、ダニーは彼女には優しかった。彼は自分の言いなりだとメアリーは感じていたし、彼の新たな地位は彼女にとって充分すぎるものだった。マイケルがこの状況を喜んでいないのは知っていたし、兄の心配も理解できたが、彼女はそれを完全に無視した。自分がなにをしているかはわかっていたし、生まれて初めて彼女は本気で恋をしていた。

「なあ、結婚しよう、いいだろう?」

メアリーは彼のプロポーズに驚いた。彼女の美しい顔に浮かんだ信じられないという表情に、ダニーは声をあげて笑いだした。

「本当に、ダニー?」

彼は肩をすくめた。彼が握っている権力は彼女の目にもあきらかだった。彼といっしょになったら、つねに女性問題がつきまとうのはわかっていたが、彼女はその事実を受け入れようと決めていた。ダニー・ボーイ・カドガンのような男のまわりには、彼の目に留まりたいと思う女がつねに群がっている。むろん、なかには彼の興味をしばらく引きつける女もいるだろうが、現実主義者の彼女はそれでもかまわなかった。女は彼に一生つきまとう。なにしろ彼はフェイスだし、彼のそばにはつねに若い女がいるだろう。彼の妻として、彼の子供の母親として、メアリーはそれを覚悟していた。夫の浮気に関しては目をつぶるつもりだった。夫の女性関係に慣れなくてはならない。なぜなら教会で結婚式を挙げさえすれば、ダニーは彼女を妻として尊重し、けっして見捨てることはない。いったん式を挙げたら、それを取り消すことはできない。

神父が結婚式を執り行なうことが、一生彼のそばにいることを保証するパスポートになると、メアリーにはわかっていた。ダニーはいまだにミサに通い、聖体拝受を受けていた。

彼女と同様に、彼もまた日々の生活すべてに教会の影を感じていた。神への信仰と、結婚の誓いが、今後の彼の行動を左右し、なにがあろうとも最後にはかならず彼女と子供たちのもとに戻ってくるだろう。今の彼女にはそれが重要なことだった。メアリーは自分が求めているのは本物の愛だということを、ケニーから教えられた。それも彼女からの一方通行ではなく、男性の側も同じ気持ちでいてほしかった。母の影響もすくなからず残っていた。もしもダニー・ボーイが今の彼女の生活レベルを維持できなければ、メアリーは彼とは結婚しないだろう。彼女は子供の頃からずっと彼に憧れていた。こうして彼を手に入れた今、こういう気持ちを持ちつづけられるのは幸いなことだった。

いっしょに今後の人生を計画している時点では、ダニーがじつは彼女が思っているのとは違う人間かもしれないとは、メアリーは想像もしなかった。メアリーはダニーを、彼女を傷つけた男から救ってくれたヒーローだと思っていた。ケニーは心の底で、彼女が金のために自分と付き合っていることを知っていたし、ダニー・ボーイと同じように、彼女が多くの男と寝てきたことを知っていた。多くの女性がそうであるように、メアリーもまたダニー・ボーイを彼が本当はどういう人間かではなく、自分が望んでいるとおりの男としてしか見ていなかった。彼女はダニーに恋をしていた。彼といっしょに将来の計画を語り合いながら、彼女は自分の過去が二人のあいだにつねに立ちはだかるとは思いもしなかった。

彼の腕に抱かれて愛の言葉をささやいているとき、メアリーはこれまで感じたことのないほどの幸福感に酔った。生まれて初めて心からの幸せをかみしめていて、彼の逞しい腕に抱かれると、母の死でぽっかり開いた心の穴が埋められるような気がした。彼の舌が唇のあいだから侵入してくると、彼女は興奮をおぼえ、彼が初めての男であったならと心の底から思った。彼女はその重要性に気づかずに、多くの男性がそれをどれほど重んじるかを知らずに、処女という最も貴重なものをあっさり捨ててしまった。処女性は一度失ってしまったら、二度と取り戻すことはできない。若い頃にだれかがその重要性を教えてくれればよかったのにと、彼女は悔やんだ。とくに感情面での影響は大きく、彼女の高い自己評価や自信につながっていただろう。

メアリーは自分の処女性を捨てるべきもの、目的を達する手段としか思っていなかった。だが実際には、それは始まりであって捨てるべきものではない。その価値と彼女の供犠を理解して、彼女とともにその体験を尊ぶ相手に捧げるべきものだった。彼女はそれを浪費し、今、その浅はかな行動と向き合わねばならない。彼女はあまりに美しすぎ、若すぎた。それが彼女の問題だった。人生に対して反抗的だったかつての自分を、彼女は後悔していた。この先、彼女はその償いをしつづけなくてはならない。なぜならダニー・ボーイは、以前に彼女に多くの男がいたことを知っているのだから。その事実を消し去ることができたらいいのに、と彼女は悔やんだ。

だが他の多くの女性と同様に、彼女も自分の愚かな行為とともに生きていかねばならず、そのなかで最善をつくすしかなかった。ダニー・ボーイは彼女のために殺人を犯した。そこまで献身的な男性と出会った女が何人いるだろうか？　これ以上の忠誠心の示し方があるだろうか？

自分のせまくてみすぼらしいオフィスにやって来たダニー・ボーイとマイケルに、ルーイは微笑みかけた。彼は今では大金持ちだったが、昔ながらの汚い移動式プレハブ小屋をいまだにオフィスとして使っていた。くず鉄置き場に置かれた機材は五十万ポンドを超える価値があり、プレス機だけでも多くの政治家の家よりも高価なものだったが、古くからこの業界にいる彼は、金を持っていることを世間に誇示しようとはしなかった。彼はこれ見よがしの態度は慎むべきだと考えていた。だが目の前の二人は違った。彼らはジャガーを乗り回し、あつらえた高級スーツを着ていた。所有するクラブやカジノなどの他の合法的なビジネスでたしかに儲けているものの、ルーイから見れば、富をひけらかしている彼らはまるで調べてくださいと言っているようなものだった。警官はよろこんで賄賂を受け取り、学費や休暇のための臨時収入は歓迎するが、もしも捜査しろと上から命令されたら、それに従わざるをえない。それが警官の本能というもので、必要とあれば彼らは迷わずに捜査する。なぜなら彼らは警官であり、仕事をしていると見られなければならないからだ。自分たちが容疑者になるわけにはいかない。いつかはごみ拾い《フィルス》をしなければならないわけで、だから彼らは警官《フィルス》と呼ばれるのだ。だが最近はいつもそうだが、ルーイはその意見を口には出さなかった。この件について何度も意見を言ったが、そのたびに苛立ちを抑えて礼儀正しく微笑む顔を見てきた。歳をとったルーイは今では指人形と同じ扱いで、この業界で長年培ってきた彼の知識とアドヴァイスが有益な助言とみなされないことを、彼は残念に思っていた。それでも分別があってずる賢い彼は、口を閉じて、自分の考えは胸のうちにしまっておいた。若い彼らは警察や違法ビジネスに関して怖いもの知らずで、それが彼らの特権だった。ルーイ自身はけっして危ない橋を渡らないが、それは妻と五人の娘がいるせいかもしれなかった。

ただ近頃つぎつぎに仕事が舞い込むのはダニー・ボーイのおかげだということは、彼もわかっていた。大昔の勘がようやく実を結んでいた。そのうえ他の者たちと違い、彼は本当にこの若者が好きだった。だがマイケル・マイルズについては、いまだにはっきりした結論は出ていない。それでもダニーが彼をずっとそばに置くつもりなのは、ルーイにもわかっていた。チームでのダニー・ボーイの役割は残忍な悪漢であり、頭脳ではなかった。ダニーはこらえ性がなく、なにかに手をつけたとたんに、つねに次にやることを考えている。日々のビジネスの管理は彼には向いていなかった。ダニーは街で獲物を見つけては稼ぐハンターで、会計士ではなかった。それはマイケルの専門分野で、彼は金庫番であり、生まれつきの会計士だった。彼は専門分野に関しては一歩も引かなかった。マイケルがうまく工作して、彼らは合法的にも財産を築いていたが、注目を集めすぎているのは彼らの業界ではけっしていいことではなかった。この国は法治国家であり、重大組織犯罪庁の出現とIRAが人殺しをくりかえしているせいで、国内で非難する相手を探している状態だった。そして非難されるのはいつでも彼ら犯罪者の一団だ。ただ今回は、ギャンブルからデザイナーブランドのコピー商品や電化製品にいたるまでの不正に得た収入が、なんらかの形でアイルランド系テロリストの資金源になっていると政府が主張していた。それがでたらめであることは、内情に通じている者ならばだれでも知っている。アイルランド人たちは独自のネットワークを持っていて、他人の助けなど必要としていない。資金はアメリカや他の国々から入ってくる。だがそれは一般大衆を味方につけるには充分な理由であり、そのために彼らの世界は危険な場所になっていた。とりわけ身を潜めるだけの常識がない場合には、いっそう危険だった。それでもダニー・ボーイには自分の身を守れるだけの充分な支援者がいた。

ルーイは二人にうつろな笑みを浮かべながら、オフィスのドアを大きく開け、かつてダニー・ボーイがやっていた仕事をしている若者に、邪魔をするなと頭を振って合図をしてから、自分のデスクの椅子にすわった。それから一番下の引き出しを開け、ベルズ・ウィスキーのボトルをとりだし、二人が高価なコートを脱いで椅子に腰かけるまでに、全員の分の酒をグラスに注ぎ終えていた。

いちばん量の多いグラスを手にとった彼は、ウィスキーをたっぷり口に含んだあと、明るい調子でたずねた。「それで、なんの用だ?」

だがむろん、彼には答えがわかっていた。

アニーは未来の義姉が、まるで信管を除去する爆弾処理の専門家のような慎重さでウェディングドレスを吟味する様子を眺めていた。裾の縫い目にまで目を光らせる彼女を見て、アニーはいつものように苛立ちがこみあげてきた。メアリーが美しいということはそれほど気にならなかった。アニー自身もそれなりに自分が美しいことを知っていた。ただメアリーが兄の婚約者だというだけで多くの人々の関心を集め、会う人すべてと親しくしていることが、彼女を苛立たせた。彼女自身も同じように扱われていたので、あるていどはアニーにも理解できたが、それでもやはり癪にさわった。当然、慣例にしたがって花嫁の付添い人をたのまれると思っていたのに、その申し出はなかった。メアリーがそれを望まなかったのはわかっていたので、兄たちや母に文句を言うわけにもいかず、アニーはその怒りの矛先を未来の義姉に向けることにした。ささいな過ちのために家族から罰せられるのは不当だった。とくにメアリーが彼女よりよほど大きな過ちを犯していることを考えると、彼女には納得がいかなかった。イアン・ペックの一件があって以来、母は彼女をずっと無視していて、それはジョンジョーも同じだった。彼は機会があるごとに妹をあからさまに無視した。アニーにすこしでも優しい言葉をかけてくれるのは父だけだったが、考えてみれば彼女は子供の頃からずっと父のお気に入りだった。ただダニー・ボーイだけは彼女への態度を変えていない。それはつまり彼が真相を知らないということだ。もし彼が話を聞いていたら、今頃なにか言われているはずだ。兄の逆鱗に触れずにすんだのは嬉しかった。妹の傷跡に関して、ダニー・ボーイは母の説明に納得したのだろう。おそらく口答えをしたとか、帰宅が遅かったからと言ったにちがいない。彼女が殴られるのは珍しいことではなかったし、今回のようにひどい傷を負うのも初めてではなかった。

アンジはメアリーがチュール地のドレスを脱ぐのを手伝い、脱いだドレスを大切にハンガーに掛けながら、結婚式の準備について楽しそうにしゃべりつづけた。アニーは下唇を嚙んで言いたい言葉を飲み込み、居間を出てキッチンに行き、肩の力を抜いた。

三カ月前に母に殴られて以来、アニーはこの家のなかでの自分の立場が危ういと感じていた。ダニー・ボーイの妹として、家の外では丁重に扱われるが、それは同時に彼女に近づく度胸がある者などいないということも意味していた。今はなんの自由も許されない。なりたい自分になれる場所に行くことはもうできない。孤独感と心の痛みは耐えがたいものだった。だが最悪なのは、母がもう彼女の目を見ないということだった。あのようなひどい騒ぎを引き起こした原因はつねに二人のあいだに立ちはだかり、彼女は罪悪感にさいなまれ、あのような行為におよんだ自分の愚かさを恥じていた。

「元気を出せ、アニー、現実にはならないかもしれないぞ」

その声で、彼女は父のほうをふりかえった。そこにいるのは、兄の激しい怒りを買って何年も前から身体の自由がきかない父親だった。彼女は思わず言い返した。「父さんはだれよりよく知ってるでしょう。もう現実になっているのよ」

ビッグ・ダンは返す言葉もなかった。家族のだれになにを言っても無駄なことはわかっていた。みんなダニー・ボーイの影に怯えて暮らしていて、それが近い将来変わるとは思えなかった。彼と同じように、娘もここから逃げられない。ここから出ることはできず、自分の意思でなにかを決めることもできなかった。彼と同じように、娘も籠の鳥だった。

キッチンに入ってきたアンジは、その場の空気を即座に感じ取った。今の状況と娘の堕落に彼女は心を痛めていた。ビッグ・ダンもそれはわかっていたが、妻はいつものように都合の悪いことはなにもないというふりをした。彼女はまるでつぎになにをすべきか、ダニー・ボーイからの合図を待っているかのようだった。それは彼自身を含めて、全員が同じだった。

「ルーイ、もし失敗しても、痛い目にあうのはジェイミーだけだ。ただ了解してくれればいいんだよ。あとはこの新しいビジネスに投資しようというやつを数人紹介してくれればいい」

ルーイは苛立っていたが、怒りで胸が締めつけられるほどではなかった。ダニー・ボーイは彼の意見を尊重して、彼の否定を受け入れるべきだった。彼はパニックを起こしかけていたが、なんとか不安を飲み込んだ。ここで踏みとどまることができなければ、ダニー・ボーイ・カドガンという狂気の世界に引きずりこまれてしまう。彼は歳をとりすぎた。それが、新たなビジネスを立ち上げる不安を背負いこむには歳をとりすぎた。それが、警察が嗅ぎつけたらほうってはおかないようなビジネスであればなおさらだ。ダニーとマイケルが提示した金額は、警察に捕まることを考えたら割に合わない。もしも逮捕されたら、彼らはあっという間に寝返る。目の前に刑務所をちかつかされたとき、彼らを黙らせておくだけの金はこの世には存在しない。投獄されると、汚職警官には悲惨な生活が待っている。彼らは正直な警官よりも悪く言われ、憎まれる。汚職警官の逮捕は醜態とみなされる。真面目な警官というのは職業病で、密告者を逮捕するのはまったく別の問題だ。彼らは金を受け取った時点で仲間を裏切るだけではなく、逮捕されると完全に降参し、彼らを食わせてきた連中に平気で咬みつく。それはとんでもない行為で、普通の人間には理解しがたい行動だ。

汚職警官はかならず基本に立ちかえる。刑務所に入れられ、そこでかつて自分が追っていた連中と顔をつき合わせる恐怖から、彼らはかならず捜査に全面協力する。ルーイに言わせれば、物事がうまくいかなくなったときに警官を味方につけておけるような金は、だれにも出せるわけがなかった。

「まったく図々しいやつだ。おれはノーと言っただろう。何度言ったらわかるんだ……」

ルーイは怒っていた。あまりの怒りの激しさに、まったく恐怖は感じなかった。それはもはや取引を断わるかどうかの話ではなく、敬意の問題だった。彼はダニーの面倒を子供の頃からみてやったのに、ダニーが勝手にこちらが同意すると決めてかかっているのが許せなかった。

マイケルはルーイの剣幕に驚いていた。同時に彼は老人がダニー・ボーイの依頼を断わったことにも驚いていた。ダニーも同じように感じていて、彼がごり押ししようとしないことにマイケルはほっとしていた。

ダニーが立ち上がった。彼は怒りのあまり落ち着きを失い、ルーイの言葉に動揺して泣きだしそうな顔をしていた。彼のあきらかな苦悩に、ルーイは最悪の気分になった。そのとき初めて彼は、ダニー・ボーイが彼を仲間に引き入れることで褒賞をあたえるつもりだったことに気づいた。たんに長年の友情に対して、褒美をあたえたいと思っただけなのだ。それは驚くべきことだった。

ダニー・ボーイはあわてて関係を修復しようとした。こんな小さな誤解がもとで、数年来の友情を台無しにするつもりはなかったが、こみあげてくる怒りを抑えることができなかった。怒りを爆発させてはいけないとわかっていたが、怒りのはけ口が必要だった。

「ルーイ、落ち着けよ。あんたに仲間に入ってほしかっただけだ。けっこうな金が入ってくる。あんたの名前はけっして出さないことはわかってるだろう。ぜったいにそんなことはしない……なのに、どうしてそんなに怒るんだ？　おれを簡単に追い出せるごろつきだとでも思ってるのか？」

ルーイはダニーの前に立って、なんとか彼をなだめようとした。両手をつかんで彼を落ち着かせようとした。ダニーが怒りを爆発させようとしているのはわかっていて、自分が状況をすっかり誤解したことを後悔していた。

ダニーに比べれば小柄だが、立派な体格のマイケルが椅子から立ち上がり、ルーイを押しのけてダニー・ボーイの両肩をつかみ、全力でダニーを押さえつけた。ダニーがこのオフィスを破壊するのを防ぐためだった。マイケルはダニー・ボーイの目を覗き込み、彼を落ち着かせようとした。

「おい、しっかりしろ、ダニー。ルーイは悪気があって言ったんじゃない……ルーイは年寄りだから、自分のやり方に固執するんだ……もうよせ、やめるんだ。ルーイとは昔からの友人じゃないか。忘れたのか？　彼はおまえのボスだろう。落ち着け。さあ、肩の力を抜くんだ」

ルーイは恐怖を感じながら、ダニー・ボーイがしだいに落ち着いていくのを、無理やり感情を抑えようとするのを眺めていた。そして目の前にいる若者が、ずっと助言をあたえてきた少年とは別人になっていることにようやく気づいた。目の前にいるのは、冷血だと評判の悪魔だった。この若者はかっとしやすく、自分の意見に反対されたりすると、自分を抑えることができなくなる。ダニー・ボーイ・カドガンは本物の狂人で、この状態は日増しに悪化していた。これまでもそういう男は何人かいたが、今目の前にいるこのろくでなしほど悪賢いやつは初めてだった。ダニー・ボーイにはまともな思考能力が欠如していて、自分の欲しいものしか見えない。彼は危険で信用できない人間だった。

ルーイはマイケルが慎重にダニーを落ち着かせようとする様子を見ていた。そのとき彼は、やがてだれ一人としてダニー・ボーイ・カドガンを押さえつけることができなくなる日がやって来ると確信した。すでに手遅れだった。ダニーはまだ幼いときに、家族を守る立場に立たされた。ダニーはマーリー兄弟との戦いに勝ち、彼らから家族を守った。それは彼が支持者を味方につけたからだ。ルーイ自身が少年を擁護したからだ。今彼は、ダニーのなかに潜んでいた一面を目の当たりにしていた。だがそれはつねに敵に向けられるものであり、けっして仲間に向けられるとは思っていなかった。

ダニー・ボーイがふたたびルーイのほうを向いた。目に光が戻り、実直そうな表情には自分の激しい言葉遣いへの後悔の色が浮かんでいた。ダニーは太い腕でルーイをぎゅっと抱きしめた。あまりの力に、ルーイは痛みで気を失いそうになった。「神よ我を助けたまえ」と、ダニーはくりかえした。

マイケルは二人の様子を眺めていた。苦悩のためにダークブルーの目を細め、その顔には、野獣をようやく飼い慣らしたものの、その状態が長くは続かないことを知っている人間の表情を浮かべていた。

ダニー・ボーイはふらつく足でプレハブ小屋から出ていき、愛車の紺のジャガーのボンネットに寄りかかり、目をかたく閉じて、ふたたび自制心を取り戻すために低い声で祈りを唱えた。

マイケルは深いため息をついた。プレハブ小屋を不気味な沈黙が包んだ。いつもは聞こえてくるはずの車の音さえ聞こえない。まるで彼らのまわりだけ時間が止まってしまったかのようだった。

突然、電話がけたたましく鳴ったので、二人の男は飛び上がった。ルーイは受話器をとらなかった。ようやく鳴り止んだときには、二人ともすっかり神経が参っていた。

「やつは本気で言ったんじゃない、ルーイ。あいつはあんたが大好きだし……」

ルーイは応えなかった。マイケルは外にいるダニーがタバコに火をつけ、煙を深く吸い込むのを見た。マイケルはふたたび今度は安堵のため息をついた。ダニーがタバコに火をつけたということは、最悪の状態を脱したにちがいなかった。

「あいつはしょっちゅうあんなふうになるのか、マイケル？」

マイケルは肩をすくめた。ルーイは彼のダニーに対する忠誠心に感心したが、同時に横っ面を張り倒してやりたい衝動に駆られた。マイケルのハンサムな顔が曇った。ダニーがそばにいないと、彼はより男らしくハンサムに見える。ダニー・ボーイとならんでいると、彼はどこか腰抜けに見える。マイケルもその気になれば戦えたが、ダニーほど争いを好んではいなかった。彼がダニー・ボーイの影に隠れているのは残念なことだった。なぜなら前回の騒動のおかげで、その影は今や巨大なものになっていたからだ。

「質問に答えろ。どれくらい頻繁に、やつはあんなふうに我を失ってしまうんだ？」

マイケルは肩をすくめた。彼の相棒であり親友に関する質問には、いつもなにも答えなかった。だが尊敬するルーイには、きちんと説明をすべきだとマイケルは考えた。彼はじっくり考えてから口を開いた。「そのときによってだが、今はいろいろあって頭がいっぱいになってるだけだ。結婚式やら仕事のことやらあるから。あいつが言ったことは半分も本気じゃないんだ」

ルーイは灰皿から葉巻をとりあげた。両手が震えていたが、彼は葉巻に火をつけ、あらたに強い調子で言った。「もう一度だけ訊くぞ。どれくらい頻繁に、やつはあんなふうになるんだ？」

　マイケルは手で顔をぬぐった。隠しようがないほど汗が流れ出てくるのは、その問いかけに対して神経質になっている証拠だった。それはどちらも知っていた。

「一カ月に一度くらいだが、でもあいつはちゃんと対処できるし、必要ならおれがなんとかしてやれる。だからこの件を他人に話す必要はない、そうだろう？」

　ルーイはマイケルのあからさまな脅しに驚いたが、同時に彼の忠誠心に感心した。だが彼は二人に、とりわけダニー・ボーイにお仕置きが必要だと感じた。

「なのに、おまえは自分の妹をあの男と結婚させるのか？」

　マイケルは答えなかった。ダニー・ボーイがようやく笑みを浮かべてオフィスに戻ってくるのを見て、彼はルーイに黙るように手で合図をした。

　恥ずかしそうな表情で、ダニーは二人に言った。「ジプシーの目をとがった棒で突いてはいけないと言うだろう。泣く結果にしかならないってことだな」

　すると三人は笑ったが、たがいの関係が元の状態には戻らないことを、だれもがわかっていた。ダニー・ボーイは見えない一線を越えてしまった。ルーイはそのことをけっして忘れないだろう。彼らの信頼関係は壊れてしまった。ダニー・ボーイは口を慎まなかったために、彼を支援してくれていた人間を遠ざける結果となってしまった。

　ダニー・ボーイは怒りを抑えることができなかった。だれもが彼の言いなりになると思い込んでいたので、予想どおりの反応が返ってこないと、とたんに全体像や目的を見失ってしまう。とくに今日のように覚醒剤を使っているときは、ふつうならば制御できる怒りが数倍に膨れ上がってしまう。

「あんたのことは大好きなんだよ、わかってるよな、ルーイ」

ダニーは汚れたデスクの上に、スピードを線状にならべていた。スピードでできた六本の線は、通常ならば六人分の量だった。それをダニー・ボーイは手に持った管状の繊維で次々と鼻で吸い上げていった。彼は頭を上げ、親指で左の鼻の穴を押さえ、鼻から勢いよく息を吸い込み、頭をがくんと後ろに倒して薄汚れた天井を見上げた。するとさっきの異様な行動はすっかり忘れられ、愛想のいい若者が戻ってきた。

ダニー・ボーイ・カドガンの激しい怒りが年々ひどくなっていくことに、ルーイ・スタインはようやく気づいた。ダニーはあまりに不安定で、それはまわりの者にとっても彼自身にとっても危険なことだった。だが、あらゆる面で自身を渦中に置かないかぎり、彼にできることはなにもないと実感した。ダニー・ボーイはつねに苛立っていた。それは彼が普通の人間ではないからだった。彼は狂っていた。彼の父親がそうなるように意図したとおりに。その事実にルーイは心を痛めた。

メアリーといとこは冗談を言い合いながらサンドウィッチと紅茶の準備をしていた。彼女たちが頻繁に家にやって来ることにアンジは大喜びしていて、彼女たちといるのが楽しいことに驚いていた。家にふたたび笑い声が戻ってくることで、彼女のつらい人生にささやかな幸福をもたらした。ダニー・ボーイですら近頃は機嫌がよかったが、彼が本当に幸せを感じているかどうかはわからなかった。息子はときおり妙な行動をとるが、彼が家族のために働いているのはわかっていたので、彼の気の変わりやすさにも、自分の支配下から抜け出そうしていると感じる相手への情け容赦ない発言にも彼女は目をつぶっていた。息子が好きなことができるのは彼の父親だけだったが、ある意味ではそれは侮辱でもあった。息子が父親を完全に無視するのには深い理由があった。

今、彼女たちが楽しげにしゃべっている様子を見ながら、メアリーがこの家にやって来るのは、いろいろアドヴァイスをしてくれるはずの母親が、すでにこの世にいないからだということにアンジは気づいた。むろん母親が生きていたとしても、まともなアドヴァイスができたとは思えないが。

アンジは自分にかかっていた責任の重さを感じ、結婚後は長男がこの家への出入りを控えてくれることを願っていた。メアリー・マイルズが息子の不機嫌さや怒りを引き受けてくれることを、アンジは期待していた。

アンジがせまい居間にすわっていると、メアリーが紅茶を運んできた。未来の義理の娘からカップとソーサーを受けとりながら、アンジは悲しげな目で彼女を見て、みずからを押しとどめる間もなく話しだしていた、「やめておきなさい、メアリー。あの子といっしょに暮らすのは大変よ。わたしは、だれよりもそのことをよく知ってるわ。自分がなにをしようとしているのか、よく考えてごらんなさい。お母さんが亡くなってまだまもないことだし……」

未来の母の言葉に、メアリーは憤慨して顔をしかめた。彼女は義母の発言に軽蔑の表情を浮かべ、義母が嫉妬して言ったにちがいないと考えた。大事な息子を手放したくない母親の土壇場の抵抗に思えた。アンジの目に悲しみの色が浮かんでいるのを見て、メアリーは彼女に同情した。自分の息子が家を出ていくときには、同じように感じるのだろうか、とメアリーは思った。アンジにとっては、ダニー・ボーイはずっと以前から一家の大黒柱だったわけで、幸せの絶頂で寛大になっているメアリーには、義母が息子の愛情を独り占めする女を憎む気持ちが理解できた。

メアリーは未来の義母のずんぐりした首に細い腕をまわし、彼女に優しくキスをしながら言った。「心配しないで、アンジ。あなたから彼を完全に取り上げたりはしないから。あの人はお母さんを愛しているし、わたしは彼のそんなところを愛しているの。みんなの面倒を見ている彼が好きなのよ」

アンジはなにも答えず、メアリーの豊かな胸に顔を押しつけて赤ん坊のように泣きだした。二人が抱き合って泣いているところに、ダニー・ボーイとマイケルが入ってきた。

その光景にダニー・ボーイは啞然とし、心をかき乱された。マイケルは愛情あふれる場面に心を動かされた。ダニー・ボーイは友人の反応をそのまま真似た。それは彼が過去に何度もしてきたことだった。彼はマイケルを模倣し、マイケルは状況に応じた反応の仕方を彼に教えてくれた。なぜならダニーはどう反応すべきかがわからなかったのだ。彼には嫉妬と怒り以外の感情がなかった。自分に欠けている感情が、ほとんどの人が日常的に感じているものだとはわかっていたが、もうずいぶん前から彼はなにも感じなくなっていた。とくに恐怖、共感、悲しみ、幸せ、愛という感情はまったくなかった。母とメアリーが抱き合っている姿を見て、彼が感じたのは苛立ちだけだった。だがダニーは微笑んだ。それがその場にふさわしい表情だとわかっていた。

彼女たちが涙をぬぐい、嬉しそうに部屋から出ていくと、ダニーは微笑んでウィンクをした。たがいに心が通じ合った彼女たちは、気持ちが楽になっていた。ダニーには急に二人の女性が親しくなったのは不健全に思えた。彼は自分がのけ者にされたような気がした。母は見かけほどこの結婚を楽しみにはしていないはずだ。実際にメアリーと母が親密そうにしているのを見て、彼は動揺した。二人の気持ちが通じ合うことは予想外で、彼はそれを許すわけにはいかなかった。あの二人を結託させるわけにはいかない。彼は彼女たちをそれぞれ別の箱に入れて所有し、自分の言いなりになるようにしておきたかった。

一方、ダニーがだれよりも大切に思っているマイケルは、女性たちの新しい関係を大歓迎した。妹には母親代わりの存在が必要だと彼が言うと、ダニーは同感だというそぶりを見せた。だが彼は内心では彼女たちを分割し、妻を思い通りに支配するつもりだった。

ダイニングテーブルに腰かけ、ダニーは静かに話しだした。「ところで、マイケル、おれはルーイにそろそろ引退してもらうつもりだ」

マイケルはしばらく無言で彼を見つめてから言った。「やめてくれ、ダニー、本気じゃないよな。ルーイはおまえにとっては父親みたいなものじゃないか」

ダニー・ボーイはにやりと笑った。ハンサムな顔が彼を実際よりも善人に見せていた。彼の笑顔は頑なな心ですら溶かすことができたが、ただ目までが笑うことはほとんどなかった。

「おれが父親についていてないのは知ってるだろう？　結婚式が終わったら、大掛かりな整理を始める。そのつもりでいてくれ」

マイケルはこういう事態を予想していた。そしてダニー・ボーイの性格からすると、絶好のタイミングが来るまで待つとは思えなかった。ただひたすら突進し、その結果がどうなるかなど考えない。

ダニーが自分の妹のメアリーと楽しそうに話す様子を見ながら、マイケルはなぜ自分がここまでダニーに忠誠を誓うのだろうと思った。ダニーが敵対すべき相手ではないのはわかっていたが、もしも必要なときに彼を説得できるのは、妹のメアリーと彼の母親アンジをべつにすれば、自分しかいないとわかっていた。

マイケルは、ルーイが彼らにとって最高の味方であることをダニーに思い出させようとした。最近のダニーはどうかしている。だがマイケルは、彼が子供の頃にもこうした極度の鬱状態に陥ったことがあるのを知っていたので、ダニーが元気になるのを待ってから彼を説得するつもりだった。ダニーは突如として考えを変えることができるので、彼はそれをふまえて行動することにした。話をどう切りだそうかと思案しながらも、マイケルの心のなかの声が、ダニーは現実からどんどん乖離しているとささやいていた。結婚後、妹は手を焼くことになるだろう。だがダニー・ボーイが彼らを結びつけているのは知っていたし、彼のように子供時代にあんな体験をした人間は、疑惑と妄想に絶えずつきまとわれることもわかっていた。

それでもマイケル・マイルズは友人の異様な行動を正当化しようとし、彼が本当は精神科医の助けを必要としていることを認めようとはしなかった。彼らの世界では、ダニーの人格は有利とみなされ、マイケルは彼に背を向けるにはあまりにも深くかかわりすぎていた。

15

ダニー・ボーイは、すでに酔っぱらっている神父を眺めていた。神父の息の臭いがまわりに充満していた。それは安物のウィスキー特有の、半径六フィートにいる人間ならだれもが顔をそむける臭いだった。神父がようやく強いミントキャンディを口に放り込んで舐めはじめたのを見て、ダニー・ボーイはほっとした。神父が以前にも同じことをやってきたのはあきらかだった。

彼は体格のいい老人で、典型的なアイルランド人神父の姿をしていた。生まれつき喧嘩っ早く、最終的にカトリック教会の誘引に屈服した。ダニー・ボーイはこの神父を気に入っていて、前の晩に懺悔に行ってよかったと思っていた。彼はいつものように喜んで懺悔をした。罪を告白し、その行ないが生み出した罪の重荷を肩から下ろし、彼をよく知っている人間ならばだれでも目を見張るような真剣さと深い信仰に基づいた態度で、懺悔の祈りを唱えた。ダニー・ボーイは危険をかえりみずに冒険する人間で、破壊者だったが、同時により大きな力の虜でもあった。彼は神を敬い、神が無の状態から教会を作りあげたことに感嘆していた。彼は教会のメンバーであることを楽しんでいたが、それは隠れた信仰であり受容であり、個人的な問題だった。

懺悔のあと、彼はいつも教会で一人で静かにすごす時間を楽しんだ。十字架の道の留《りゅう》をじっくりと眺め、自分の計画が結実するように祈った。そこは古い教会で、彼はみずからの手で浮世の煩わしさから解放してやった連中のために、数本のローソクをともした。彼らのために祈るのは、ダニーにとって重要なことだった。それは彼の笑いのツボを刺激した。彼は敬虔なカトリック信者として知られていて、定期的に教会に通い、そのことが街での評判を上げることを知っていた。

だがダニーは、ふだんの暴力的な行ないにもかかわらず、教会とその信仰を純粋に尊重していた。キリストと同様に、彼も自分のことをより良い社会をつくるために努力しているのに、十字架に磔にされて手足に釘を打ち込まれている人間だと考えていた。警察も厄介だが、最近彼がかかわっている年寄りたちは、二〇年代、三〇年代の口髭を生やしたペトロの集団を思わせる。新しく革新的なものに対する彼らの態度は、まったく理解できなかった。ビジネスチャンスを嗅ぎ分けることができない彼らが、どうやってあの地位まで登りつめることができたのか、彼には理解できなかった。多角経営のセンスなしに、どうやってこの業界のトップの座を守っていくつもりなのだろう？　その価値を知っている人間にとって、ステロイドなどの処方薬は大きな利益を生む。いわゆる痩せ薬と呼ばれる食欲抑制剤や睡眠薬、それにバリウムやマンドラックスといった鎮静剤と覚醒剤の取り合わせは、夜遊びに出かけて可能なかぎり長い時間楽しみつづけたい新世代の若者にとっては、不可欠のものとなっている。覚醒剤文化はすっかりこの国に根付いたが、多少金を持っている人間が好むのはコカインだった。それは一八九〇年代に、一瓶に五グラム以上のコカインが入ったコカコーラには疲れをとる魔法のような効果があるという宣伝が始まって以来の傾向で、人々が眠る必要を感じないのももっともだった。新たに登場したジャイロ世代が好むのはスピードだ。コカインよりも安く、手に入れやすいうえに、夜眠らずにいられる効果も高い。質の悪い覚醒剤はLSDと同じで、場所と売人と客を選ばなければ大きな利益はあげられない。この客とは、少なくともピンク・フロイドのアルバムを一枚は持っている連中で、外に遊びに出かけるよりも家にいることを好むタイプの人間たちだ。ヘロインの常習者の多くはかならず販売にも手を染めようとするが、それは時間とエネルギーの無駄遣いに終わる。なぜならほとんどの場合、売るより多くの量を自分で使ってしまうからだ。だが売人を選べば、大儲けができる。

ダニーはこれらの基本的な事実を、新たな〝絶対に手に入れたい〟類似麻薬《デザイナー・ドラッグ》についてすでに知っていると彼が考える人々に説いてまわった。業界のトップにいる人間なら、目を光らせているのが当然だ。今日から彼は妻帯者になるわけで、今度は子供ができる可能性もある。上の人間たちから落ち着いたと見られることを、彼は知っていた。年寄りたちは今でも独身者を信用しない。きちんとした家族を持たないものは、良識ある判断ができないと見なされる。家族持ちの男は、物事をより慎重に考え、長い刑期をくらうような危険に身をさらすわけがないと、彼らは信じていた。そのうえ彼が抹殺した男の元愛人が結婚相手だという事実は、とてもロマンチックなことだと思われていた。とにかく、ようやくこの日が来て、彼は結婚する。早く一日が終わり、夜のお楽しみにとりかかりたいと思っていた。だがいずれは時間が過ぎ、無期懲役を言い渡された囚人にもトンネルの出口は見える。早くとも遅くとも時間は過ぎ、最後になって時間が過ぎたことに気づく。その証はすべての墓地に眠っている。

ダニー・ボーイはグレーのモーニングコートを着て、シルクハットをかぶっていた。すこし落ち着かない気分だったが、がっしりした体型にその装いがよく似合っているのはわかっていた。メアリーが選んだのは伝統的な白のウェディングドレスで、彼女はなんでも欲しいものを手に入れることができた。彼はメアリーをずっと自分のものにしておきたかったので、今夜、彼女のすべてを手にできると思うと感無量だった。彼はメアリーの恋人だったケニーという邪魔者を取り除き、賞品を手に入れたのだ。ケニーが死んだということが彼には嬉しく、なにが正しいかという彼の価値観を満足させた。妻が必要なのはわかっていたし、他の人々がそうしていて、だれもがそれを求めているというだけの理由で、彼は家族が欲しかった。メアリーと結婚しても夜遊びをやめるつもりはなかった。ただ新しい家にメアリーが越してきて、彼の世話をし、彼の欲求を満たし、やがて彼女は彼の子供を産む。メアリーは彼に心から感謝すべきだった。ケニーのような最低の男と寝るほど身を落とした彼女を、こうして救ってやったのだから。

妻を持つと思うと笑いだしたくなる。おれの妻、おれの子供と言うのが待ちきれなかった。それは、人生に欠けていると自分でも自覚している普通の男としての社会的な地位を彼にあたえてくれる。

ルーイの姿が見え、かたわらに彼の妻が立っていた。二人は似合いの夫婦で、スタイン夫人は哀れな夫にすら官能的な考えなど持ったことがないような、本当にすばらしいレディだった。突然、彼はこの友人に対する自分のひどい行ないに悲しみを感じた。マイクが言うように、ルーイはだれよりも彼に手を貸してくれた。それなのに、彼はその親切にどう応えたのだろう？　動揺し、友人を脅し、抹殺したいという衝動に駆られた。怒りを抑えなくてはならないのはわかっていて、たいていの場合はそれができたが、ときとして耐えきれなくなって爆発してしまう。恐ろしいのは、ほとんどの場合、その怒りにこれといった理由がないことで、怒りに駆られると結果にまで考えがおよばなくなる。やみくもに怒りを吐き出したくなり、目の前にいる人間がその標的になってしまう。ダニーはルーイに目配せして微笑み、教会にいる全員の目にとまるように彼に派手に手を振った。それは彼が家族同然の大切な友人だとまわりに教えるためで、それを見たマイケルは嬉しそうに微笑んだ。

マイケルはダニーのとなりに立っていた。彼のモーニングとシルクハットは新郎のものに比べるとやや見劣りがしたが、それはダニーが意図したものだった。皆は礼服を借りたが、彼はサヴィル・ロウのテイラーでモーニングを誂えた。それは本当に見事な仕立てで、自分が抜きん出て見えるのはわかっていた。金をかけているのは一目瞭然で、それこそ彼が周囲にあたえようとしている印象だった。

話しかけてくるマイケルに、ダニーはいつものように微笑みながらうなずいた。そのためマイケルは彼が自分の話を聞いていると思い込んでいたが、実際にはダニーは教会を見回して、重要人物である彼の結婚式に集まったフェイスたちの多さに感嘆していた。彼が知るかぎり、招待を断わった者は一人もいなかった。招待した客全員が来たというのは、彼にとって生まれて初めてのできごとだった。さまざまな国籍の、主だった犯罪組織の連中が顔をそろえていて、ウォットフォード渓谷以北を縄張りにしているギャングたちも集合していた。そのなかにはジェイミー・カールトンの姿もあり、これでまたダニーについての噂が広がることだろう。それは彼の新たな地位を公表するようなもので、彼はこの機会に自分の新たなビジネスに投資させたいと思っている連中に圧力をかけるつもりだった。いったん金をかき集めてしまえば、ビジネスを横取りされたり、力ずくでその何割かをもぎ取られる心配は不要になる。たとえば、彼を押しのけて収益を手に入れようなどと妄想を抱いたとしても、その足がかりもつかめないほど彼は安全な場所に身を置いていた。ダニーに必要なのは彼らの金と絶対的な友好関係で、それ以上のことは期待していなかった。

自分が独占する金額を思い描いていると、メンデルスゾーンの曲の最初の数小節が聞こえてきたので、彼は微笑んでふりかえり、もうすぐ自分の妻となる女が真っ白なレースと最高級の香水に包まれてバージンロードを歩いてくるのを眺めた。それは見とれるほど美しい姿だった。彼女が美人であるのは間違いないが、同時に彼女は堕落した女であり、彼女の行動にはつねに目を光らせていなければならなかった。彼女が売春婦だったことはだれもが知っている。彼女はとびきりの評判と同時に頭を抱えたくなる評判をとっていた。だが今、バラの花びらを敷き詰めたバージンロードの上を、新郎を目指して歩いてくる彼女は、本当に輝いていた。羨望の眼差しで息をのむ女たちと、好色そうな目つきの男たちのあいだを抜けていく。彼らがメアリーを値踏みしていて、減点する部分がなにも見つからないことも、ダニー・ボーイは知っていた。彼女は目を見張るほど美しかった。それは当然で、あのドレスだけで途方もない金額を支払っている。メアリーはまるで映画スターのようで、それこそ彼女が作り上げようとしているイメージだった。

未来の夫と同じように、彼女もこの結婚式を今年一番の社交行事ととらえていて、それにふさわしい服装をしようと心がけた。披露宴のために地元のナイトクラブを貸しきり、料理はロンドン一のシェフが担当した。音楽も素晴らしく、深夜のビュッフェは正式のディナーと同じくらいの金がかかった。一日借り切ったロールスロイスで、新郎新婦はその晩遅くヒースロー空港にむかい、その瞬間からモーリシャス諸島での三週間のハネムーンが始まる。全体として見ると、これはこの十年で最高の結婚式で、彼女は多くの者たちにとって今年見たなかで最高に美しい花嫁だった。性的魅力にあふれていながら、処女のように清らかな自分に戻るのは、彼女が学校を卒業して以来、久しぶりだった。

花嫁の到着を待つあいだ、アンジは息子を見ていた。彼女は充分に幸せで、夫がかたわらに立っていた。モーニングは彼の痩せこけた身体には大きすぎたが、それでも夫によく似合っていた。若い頃の夫はハンサムだったし、今でも正装をすればハンサムだった。アンジは娘の苛立っている顔を見た。彼女が花嫁の付添い人を頼まれなかったことで傷ついているのはわかっていた。メアリーは彼女に頼みたがったが、それを止めたのはダニー・ボーイだった。彼は妹の行動を快く思っておらず、それはアンジも同意できた。母親である彼女も娘に対して同じ感情を抱いていた。娘は生まれつき男にだらしなく、こうして注意されることで、今後は行状を慎むかもしれない。

教会のなかを見渡しながら、アンジも息子の結婚式に集まった人々の顔ぶれに驚いていた。招待客リストを見て、夫は羨望のあまり顔をゆがめていたが、そんなことはどうでもよかった。彼女はこの栄光の瞬間を楽しみたいと思っていた。ほかになにができるというのだろう？　昔、学んだことは、手に入るものをできるだけ活用すべきだということだった。人生は失望させられることばかりなのだから、楽しめるときには楽しんでおくべきではないか？

「すると五月十日は姉さんの結婚記念日ってことになるのか？」

メアリーが嬉しそうにうなずくと、モーニングがよく似合う弟のゴードンが、酔った勢いで大声で言った。「それにしても、白いドレスだって？」

弟に睨みつけられたメアリーは屈辱を感じた。彼は思ったことを口にし、それによって他人の気分を害することに鈍感だった。酒に酔っているときの弟は手がつけられず、死んだ母と同じで、いったん飲みだすと止まらなかった。

「やめてよ、ゴードン。今はやめて。ダニー・ボーイに聞かれたら冗談ではすまないわよ」メアリーは弟をたしなめたが、穏やかな口調だったので弟を黙らせることはできなかった。

ゴードンは姉にむかってにやりと笑った。弟が話してわかる状態を超えているのはあきらかで、メアリーは彼をひっぱたいてやりたかった。ゴードンはいつだって騒ぎを起こし、まわりの人間を傷つけずにはいられない。他の場合だったら彼女は弟を哀れに思っただろうが、今日だけは弟に憎しみを感じ、今日だけは弟が勝手なふるまいをせずにいてくれることを祈っていた。しかし弟の顔には憎しみが浮かんでいて、酒で真っ赤になった顔には、不機嫌なときのダニー・ボーイを知らない者の無謀さがうかがえた。

「姉さんの過去を思うと、まるで馬の前に馬車を置くようなものじゃないか。どこの鶏小屋《コック》でよりもたくさんのちんちん《コック》を見てるんだから。パブでも大人気で、便器に姉さんの名前をつけたらしいぜ」

酔っぱらい特有の陽気な表情で、彼は姉の顔を覗きこんだ。翌日、あれは冗談だったと言い訳するための、いつもの手だった。メアリーの微笑が凍りついた。最初に騒ぎを起こすのはいつもゴードンで、彼女はそれにうんざりしていた。こうなるのはわかっていたはずなのに、彼がちゃんとふるまうと、愚かにも彼女は信じていた。この歳になっても彼は自分が特別だと信じている。そして彼女はこれまでその間違いを正そうとせずに弟の肩を持ってきた。そして今、メアリーは他の人々と同じように彼と距離をおき、無視しなかったことを後悔していた。酒を飲んだ弟はまさに悪夢のようで、母親の場合と同じだった。アルコールが彼を残忍な人間に変え、ふだんの彼とは正反対の悪魔に変えた。

弟の目には邪悪な光が見え、言い聞かせてわかる状態ではなかった。彼女は周囲を眺めた。貸し切りにしたクラブはユリと白バラで飾られ、全体の色調は白とゴールドで統一されていた。そんな豪華で格調高い雰囲気のなかで、彼女の弟は辛らつな言葉を投げかけてきた。ゴードンは酒を飲むと嫉妬と憎しみの塊となり、罪のない被害者に殴られることもたびたびあった。いつも彼のことを気にかけている被害者は、彼の言葉に傷つけられる。彼の言い訳はいつも同じだった――真実を言っただけだと。まるでその事実によって彼が相手にあたえた痛みを帳消しにできるかのように。彼らの世界では、真実は人々が最も聞きたくないことだ。真実はたいていの場合、ひじょうに高い代償を払うことになるか、過剰な感情を引き出して、破壊的で危険な力になる。真実は彼らのような人間には向かないことを、弟はよく知っているはずだった。だが彼はメアリーを容赦なく傷つけるつもりだった。自分の発言が悪いとは思わず、その影響にも頭がまわらず、姉の苦しみと自分の残酷さの区別がつかない状態になっていた。彼は行儀よくすると彼女に約束していたのに。夜まで酒は飲まないと誓っていたのに。まだ若かったが、メアリーの弟は麻薬中毒者であると同時にアルコール中毒者で、姉やその新しい亭主の感情にまったく配慮できない酔っぱらいだった。

この数週間というもの、メアリーはこの日のことだけを考え、この日のために心をくばってきた。マイケルと同様に、ゴードンもこの結婚式が彼女にとってどれほど重要かわかっていたはずだ。結婚生活を順調に始めるために、彼女がどれだけ結婚式の成功に賭けていたかを、彼は知っていたはずだった。無事にこの一日を終えるために、彼女が家族の協力をあてにしていたことを、ゴードンはだれよりも知っていたはずなのに、その彼が姉に恥をかかせるとは、あまりにも残酷だった。

彼女はこの日のためにあらゆる準備をしてきた。そして今日、ようやく正式に結婚し、人生をやり直そうとしたときに、酔った弟の侮蔑的な発言によってすべてが台無しになってしまった。彼女や新郎の友人たちの前で彼女の正体を暴露したのが、実の弟であったということがメアリーには耐えがたかった。弟が姉の大切な婚礼をめちゃくちゃにして楽しんでいることが、彼女にはとうてい理解できなかった。彼女には自分の家族にこんなひどい真似をすることなど考えられなかった。彼女には愛する弟を傷つけることなどできなかった。

ゴードンのひどい裏切りに、メアリーは涙がこみあげてきたが、目をしばたたいて涙を押しとどめた。それから弟に小声で言った。「黙りなさいよ、ゴードン。場所をわきまえてちょうだい」

彼女は自分にそっくりの顔を覗きこみ、なぜ血のつながった兄弟がこんなふうに自分を傷つけるのだろう、なぜ悪意に満ちた言葉を吐けるのだろうとあらためて驚いた。なぜ彼女の一生で最も重要な日に、彼は姉を悩ませて楽しんでいられるのだろう？　彼はいつもそうしたいからというだけの理由で、メアリーを貶めようとする。それは彼自身がなんの価値もない人間だとわかっているからだ。だからこそこんなふうに彼女を傷つけるのが嬉しくてしかたがない。ゴードンは彼女から金を借りながら、そうした姉の気前のよさを憎んでいた。そして姉の助けなしには生きられない自分自身も憎んでいた。メアリーは、弟が以前からわかっていたことにようやく気づいた。ゴードンはろくでなしだ。良心のかけらもなく、日常生活の基本的なこともまともにできない、酔っぱらいのろくでなしだ。彼は姉の結婚式を台無しにした。それが他のだれかならば、彼女も立ち向かうことができただろうが、弟の裏切りはあまりに耐えがたかった。

「やめて、ゴードン。いいかげんにしてよ」

ゴードンは声をあげて笑った。マイケルがそばにいなければ、彼もけっこうハンサムだが、マイケルとメアリーの横に立つと見劣りがした。自分が洗練されていないことを彼も知っていて、それがこうして彼らといっしょにいるときに揉め事を起こさずにはいられない理由の一つだった。彼は無邪気そうに目を見開き、薄汚れた手を口にあて、ニコチンの染みのついた指のあいだから大きな声で皮肉まじりに言った。「ああ、ごめんよ、姉さん。表向きの話はどうなっているんだっけ？　処女として生まれ変わったとか？　まさかダニー・ボーイはケニーのことを忘れてないと思うぜ。だってやつとはいろいろ揉めたわけだし。姉さんだってケニーのことは覚えているだろう。おれは忘れてないぜ」

彼はついに超えてはならぬ一線を越えてしまい、酒とドラッグで朦朧とした意識のなかでも、彼はそのことに気がついた。自分が手におえない状態なのはわかっていたし、裏切り行為の報いを受けなければならないのも知っていた。姉はけっして彼を許さないだろう。

まわりにいた人々は、メアリーやダニー・ボーイの友人たちではなく、招待客リストに載っていた人々だった。ダニーが呼ぶ必要があると考えて招待した客たちだったので、弟の戯れがよけいに悪い結果を呼んだ。彼らはメアリーの友人たちと違ってゴードンに慣れていなかったし、ダニー・ボーイに聞かれるまえに口を慎めとゴードンを叱る立場にもなかった。彼らは話の種を探しに来ているだけで、新郎新婦の幸せを祝福するためではなく、この場に顔を見せてダニーとの付き合いをアピールし、自分たちがどれだけ成功したかをひけらかすために、この場にふさわしい贈り物を持ってきただけの人々だった。弟に激しく非難される現場を彼らに目撃されるということは、メアリーには耐えがたいことだったし、とくにここでかわされた会話が、ロンドンの暗黒社会でこの先何年も話題にされるかと思うといたたまれなかった。せっかくの結婚式は台無しだった。必死で準備したにもかかわらず、今日のできごとは、彼女の人生の、とりわけ家族にかかわる多くのいやな思い出といっしょに、最悪の記憶として刻みつけられることになるだろう。だがすでになにもかもが台無しになってしまった今、彼女にできることはこの被害を最小限に食い止めることだと考え、彼女は精一杯の笑顔をつくり、歯を食いしばって言った。「ダニー・ボーイに殺されるのを覚悟しときなさいね、ゴードン。彼はあんたのおふざけをわたしたちみたいに見逃したりはしないわよ。あんたは、欲しいものを手に入れるためなら人殺しも辞さない人をあざけったのよ。それに彼はきちんと敬意が払われていないと思ったら、相手を殺すことだってできる人なんだから」

最後の言葉は、まわりの連中に聞かせるためのものだった。限界を超えたとき、ダニー・ボーイ・カドガンはひじょうに凶暴になるということを、暗黙のうちに思い出させるためだ。彼女は突然、ダニーが弟の行動にどんな反応を示すか不安になった。ゴードンのふるまいは苛立たしいが、かといって彼が傷つくところは見たくなかった。身を乗り出して、メアリーは彼の耳もとでささやいた。「あんたのせいでせっかくの結婚式が台無しだわ。さぞ満足でしょうね」

若い身体に不似合いなグレーのオーダーメイドのスーツを着たゴードンは、背をそらして嬉しそうに叫んだ。「天にも昇る気分だよ、姉さん。姉さんが淑女だったらありえない話さ」

それから、美しく飾られた部屋を見回し、彼はさらに大きな声でつづけた。「母さんはきっと大喜びしたはずだよ。おれときっと同じ気持ちさ、メアリー。姉さんはみんなより上品ぶって、幸せそうなふりをしてるけど、おれは騙されないぜ……あんたは大嘘を……」

メアリーはこんどこそ本当に泣きだした。弟の発言はあまりに的外れだった。彼女が母の言いつけに従って、金のためにダニー・ボーイと結婚したと、彼は思い込んでいる。母がもし生きていたら、さんざん結婚したことを褒めたあとで、金で身を売ったと彼女を非難したにちがいない。弟がドラッグや酒のせいでなにを言おうとも、家族はたいてい無視していたが、ここは公の場であり、これ以上弟にやりたい放題のことをさせるつもりはなかった。

ウェディングドレス姿で、細い肩にヴェールがあたり、ハイヒールのせいで足が痛くてたまらない彼女は、これがこの先の自分の人生を暗示する、不吉な予言のような気がしてならなかった。そのあまりにリアルな感覚に、彼女はその場で気を失いそうになり、またこの感覚と弟の暴言から逃れるために、気を失ってしまいたいと思った。

ジョンジョー・カドガンはショックを受けていた。彼の友人がちょっといかれたやつなのはわかっていたが、実の姉に対してあそこまで無礼なことを言うとは信じられなかった。それもよりによって彼女の結婚式の日に。彼女が自分の兄と結婚し、自分と同じファミリーネームを名乗るようになるその日に。彼は体内に怒りが湧き上がってくるのを感じた。突然、家名が尊重されることにこだわる兄の気持ちが理解できた。生まれて初めて、彼は自分の家名を守りたいという衝動に駆られた。これまで彼はダニー・ボーイの父に対する憎しみも、カドガン家の名を一流にしたいというこだわりも、不必要なことだと考えていた。だが今は、それが完全に理にかなっているように思えた。最後に残るのは家名だけで、それが重要なのは、その名を誇りにおもうか恥に思うかのどちらかしかないからだ、とダニーはいつも言っている。家名こそおまえの唯一の持ち物で、それを拒否することはできないのだと。今、ゴードンの話を聞いているうちに、彼は初めて兄の言葉の意味が理解できた。自分が持っているのは名前だけで、いつの日かそれを妻や子供たちに分け与えることになる。そしてその名前を誇り高いものにするか、または汚すかは自分しだいなのだ。良くも悪くも、人が本当に持っているのは名前だけだ。ダニー・ボーイはカドガン家の名を再生しようとしていた。もう一度誇り高い名に変えようとしていた。兄はそれをメアリー・マイルズに分け与えたのに、彼女の弟はそれを踏みつけにした。彼女は今やカドガン家の一員であり、その彼女が恥をかかされたということは、自分の顔に泥を塗られたのと同じことだった。

ジョンジョーはふだんの友情をすっかり忘れ、古くからの友人にどなった。「このろくでなし。そんなことを言って、ただですむと思っているのか?」彼は拳を振り上げて友人の顔に一発お見舞いした。ゴードンはその勢いで吹っ飛んだ。攻撃を続けるジョンジョーの腕を、メアリーがつかんだ。

「お願いよ、ジョンジョー、その子をここから連れ出して。お願いだから、その子を見えないところにつれていって」

その顔は恐怖で蒼白になっていて、彼女が屈辱を感じているのはだれの目にもあきらかだった。今では店にいる全員がその様子を眺めていた。〈イルフォード・パレイス〉は超満員で、全員の目が自分に注がれているのをメアリーは感じていた。

「心配するな、メアリー。おれが決着をつけてやる。なぜこいつがあんなことを言ったのかは知らないが、こいつをとことん痛めつけてやる」

ジョンジョーは本気でメアリーに同情していた。彼女は屈辱感に押し潰されそうに見えた。「こんなやつの言うことは、だれも本気にしやしない。でまかせしか言わないのは、みんなが知ってる」

彼は精一杯メアリーを慰めようとしたが、それがなんの役にも立たないことは二人ともわかっていた。メアリーがふたたび口を開こうとしたとき、マイケルとダニー・ボーイがこちらに向かってやって来るのが見えた。マイケルはゴードンの腕をつかむと、彼を床から乱暴に助け起こし、そのまま彼を連れてクラブから出ていった。ジョンジョーも二人のあとを追った。

メアリーは新郎の胸に顔を埋め、声をあげて泣きだした。本当に涙がとまらない。大切な日が台無しにされてしまった。緊張のしすぎと酒が彼女を無防備にしていた。ところが、ダニー・ボーイは新妻を抱きしめるかわりに、彼女の両腕を乱暴につかみ、彼女を押しのけた。彼のハンサムな顔はゆがんでいた。

「満足か？　おまえがどれだけ尻軽女か、みんな話してるぞ。実の弟さえ、おまえには呆れ果てているんだ。まったくなんて日だ。女房はじつは売春婦だったってことを、実の弟にばらされたんだからな」

メアリーは自分の耳を疑った。彼がなぜ怒っているのか、なぜ彼女を裏切るのか、どうしても理解できなかった。自分の結婚式であんなことを言いだしたゴードンを、なぜ彼は黙認するのか？　たとえそれが真実であっても、なぜそれを裏づけるようなことを言うのか？　彼らの一生は体面だけがすべてなのに。信じたいことだけを信じ、これから理想の人生を生きていくはずだったのに。もし警察が家にやって来て夫のアリバイを訊いたら、彼女はたとえ嘘でも自分といっしょにいたと答えるだろう。夫の言葉は弟のあてこすりに真実味をあたえただけだった。今、彼女はダニー・ボーイに味方になってほしいと懇願したかった。そんなことを頼まねばならない日が来るとは夢にも思っていなかった。妻の気持ちを楽にして、安心させるのが夫の役割のはずなのに。「ちょっと、ダニー・ボーイ……どうしちゃったの？　あの子がでたらめなことしか言わないのは知っているでしょう……」

ダニー・ボーイは新妻を見下ろし、彼女が屈辱を感じているさまを見て楽しんでいた。彼が妻を必要としていたのはスケープゴートとしてであって、彼にとってメアリーは目的を達成するための手段でしかなかった。ゴードンのおかげで、不意を突かれて自信を失っている妻を前にして、彼にとっては結婚生活を始める完璧な機会がおとずれた。

メアリーは美人だが、彼女のわがままを許したら、身勝手ぶりは目に余るだろう。目の前のチャンスをけっして逃さないダニー・ボーイは、彼女を一生脅すために、ためらいなくこの瞬間を利用した。

「まったくたいした女だよ、おまえは。なにしろ実の弟に、みんなの前で正体をばらされたんだからな」彼は大げさに首をふり、うんざりしたように言った。

それからダニーは新妻を押しのけ、取り乱した彼女を一人残して、そのまま店から出ていった。


翌日、この話はロンドンじゅうに広まっていた。結局ダニーは店に戻らず、新婦は一人で新居に帰った。気の毒な新婦に、だれもがなんと声をかけていいかわからなかった。やがて帰りはじめた客たちは、彼女に優しい言葉をかけようと苦心した。だが、すべては手遅れで、彼女の大切な日は台無しになり、夫の行方はわからなかった。

ハネムーンはキャンセルされ、披露宴は惨憺たる結果となったが、それでも彼女は待っていた。新築の一軒家で、希望を胸に抱いてすわっていた。そこは二人で内装を考え、家具を選んだ我が家だった。彼女はとにかく今日だけはダニーが自分の元に戻ってきてくれることを祈っていた。

朝の六時に、彼女は酒を飲み過ぎて意識を失った。まだウェディングドレスを着たままだった。それでも彼女は夫が自分のところに戻ってくると信じていた。今夜は新婚初夜なのだから。ダニーが彼女にあそこまで無慈悲になれるとは信じられなかったし、知り合い全員の前で彼女に恥をかかせることができるとは信じられなかった。だが彼女は自分が間違っていることをわかっていた。新しく夫になった男に関して、彼女は以前から多くの誤解をしていた。

ダニーはひどく酔っていた。前夜の大騒ぎの途中で拾った女が、見知らぬホテルの部屋で、彼のとなりに横たわって大きないびきをかいていた。昨夜は彼女がこれほど太っていることには気づかなかったし、毛深いこともわからなかった。女の口髭は彼が知っているどの男よりも立派だった。だが彼女はたんなる売春婦で、記憶をたどれば、彼に数時間の楽しみを与えてくれた。豊かな黒髪が女を実際よりもエキゾチックに見せていた。ダニーは女をまじまじと観察し、ビールが人の脳にあたえる影響に驚いた。ふだんならば、彼女には目もくれなかっただろう。ところが、今こうして新婚初夜をこの売春婦とすごしている。そう考えると、彼の顔に笑みが浮かんだ。女が寝返りを打ったので、彼は女の腹がゆるんでいるのに気づいた。それで女に子供がいることを知った彼は、彼女を嫌う気持ちが十倍にふくれあがった。こいつが男に身体を売っているあいだ、子供の面倒はだれが見ているのだ？　ダニーは目を覚ましたとき、となりに子持ちの女が寝ているという状況が嫌いだった。それはすべてを実際よりもみすぼらしく感じさせる。彼女たちが産んだ子供は、最低でも売春婦ではない母を持つ権利があるはずだ。それはけっして高すぎる望みではないだろう。

グラスに酒を注ぐと、となりで女がもぞもぞと動いた。きっと無意識にアルコールが注がれる音を聞き取ったのだろう。ふたたび彼は、平気で見知らぬ男とベッドを共にするほど堕落した女について考えた。自分がその女と寝ていたという事実は、考慮に含まれなかった。彼は男であり、どんな女とでもセックスできるのが男の本能だが、女は慎みを持たねばならない。彼のような男に、神は目の前にいるような女をあたえてくださった。

今頃、妻はなにをしているのだろう、と彼は思った。まだ起きていて、大切な結婚式の日に起きたことを思い返しているのだろうか？　これまで彼女がこの日の準備に躍起になっていたので、彼は叫びだしたい衝動に駆られていた。あの騒ぎを引き起こした彼女の弟はどうしているだろう？　メアリーは美しい娘だが、今日のうちに彼女を思いきり痛めつけてやるつもりだった。あのいい気になった雌犬をこらしめてやりたかったので、彼女の弟が都合よく絶好のチャンスを彼にあたえてくれた。

今では、怒っているマイケルも仲間の一人だ。なにしろダニー・ボーイが望んでいた騒動を引き起こしたのが、自分の弟だったのだから。とにかくすべてが思いどおりにいった。ダニーは噂になることの重要さを知っていて、派手なスキャンダルによって、周囲の人々の心のなかに自分の名がいかに刻みつけられるかを知っていた。この結婚式のおかげで、ダニー・ボーイの名は地元の伝説として語り継がれるにちがいない。妻をもう一度迎え入れたとき、彼は寛大な男として尊敬されるだろう。父のときも、公の場での父に対する態度によって、彼は多くの人から信頼と尊敬を得た。彼が父をまともに歩けない身体にしたのは、父がギャンブルのせいで家族に借金を残したまま、彼らを捨てるという不道徳な行ないをしたためだ。それでもダニーが世間から愛されているのは、彼が父の面倒をみているからだ。それは良いＰＲになった。彼は今やスモーク地区で一番の話題の人物で、そのことを彼も知っていた。自分の結婚式から、それも信じられないほどの金をかけた結婚式から、花婿が出ていってしまったということは、これから何年ものあいだ、くりかえし人々の話題となるだろう。彼の不名誉は今後の生活で償えるし、そもそも彼自身は恥とは思っていないが、メアリーは二度と立ち直れないだろうし、それこそが彼が望んでいたことだった。メアリーがどんな世界に足を踏み入れたかを、彼女にわからせておきたかった。ゴードンがそのきっかけをあたえてくれたことに、ダニーは生涯感謝しつづけるだろう。メアリーは、彼が女に望むものをすべて備えた女性だったが、同時に彼女はすべての男たちの理想だった。結婚式前に彼女と一度も寝なかったのは、ケニーをはじめとする他の男たちと同じことをする気にはなれなかったからだ。それでもダニーは彼女を妻にしたかったし、彼女に深い思いを抱いていた。その思いが憎しみと紙一重だという事実は、以前から認めていた。

数時間前、目の前で寝ている女の内部にあった自分のしぼんだペニスの感覚や、彼女の中でいった時のべとべとした感覚、彼女のなかから出たときの、精子が女の太腿を流れ落ちるべたべたした感覚や、目覚めたときに感じた女の鼻をつくような臭いを思い出していると、妻のことが頭に浮かび、これまでメアリーが何度同じ状況に身を置いたのだろうと考えずにはいられなかった。彼女は尻軽だったので、彼はこの結婚からなにかを得たかった。妻を求める気持ちはあったが、メアリーがこうした姿を他の大勢の男たちに見られ、同じように扱われたという事実を、彼はどうしても見過ごすことができなかった。彼はメアリーに今までの奔放な男性遍歴を一生後悔させてやるつもりだった。彼は父が家族を捨てたあと、ふたたび戻ってきて、そのあと母の腹が大きくなったことを思い出した。母がふたたびあの男をベッドに迎え入れたことは、ダニーにとっては究極の裏切りだった。母が流産したとき、彼はわずかに残っていた愛という感情が自分のなかから消えていくのを感じ、母の流産を祝った。母は父を求め、彼を手に入れたわけで、ダニーは両親にその裏切りの代償を払わせた。彼は子供のときに一家の大黒柱にならなければならなかったというのに、母は父が戻ってくるのを許したうえ、あの男に以前どおりの暮らしをさせようとした。それが子供たちをふたたび裏切る結果になろうとも。女というのは、だれもが汚物といっしょだ。身体を許した相手からなにもかもむしり取る。ダニーはそれをだれよりもよく知っていた。彼が命がけでマーリー兄弟と戦い、自力で生活をしなくてはならなかったのは、父親のギャンブルと母親の身勝手のせいだった。六百ポンドのせいで彼の人生はめちゃくちゃになってしまった。六百ポンドなど、今の彼にとってははした金だったが。そういえば、父親がよく冗談で言っていた――結婚するなら売春婦を選べ。そうすれば女房はそれより堕ちることはない。ダニー・ボーイは父の言いつけに従った。その報いを受けなければならないときが、彼は待ち遠しかった。

マイケルは、ダニー・ボーイと共同経営しているカジノのオフィスで、コーヒーを飲みながらトルコタバコを吸っていた。彼は前日に起きたできごとのショックからまだ立ち直れずにいて、あれは夢であって実際に起こったことではないと自分に言い聞かせようとした。だが、あれは現実に起きたことだった。妹はすっかり打ちひしがれていて、彼女があれほど楽しみにしていた結婚式は台無しになってしまった。ようやく酔いが覚めたゴードンは反省し、その落ち込みぶりは見ていて胸が痛くなるほどだった。それでも彼は弟を激しく殴りつけずにはいられなかった。実の弟がこれほどの災難を引き起こしたということが、マイケルを落胆させた。メアリーは本当に美しかったし、親友であり相棒であるダニー・ボーイは婚礼の日を楽しみにしていたので、ようやく式の当日を迎えたときには、だれもが安堵のため息をついた。ダニー・ボーイが、ゴードンの新妻への暴言に耐えられなかったのは当然だ。あのような暴言を黙って聞き流すには、ダニー・ボーイはプライドが高すぎた。あのとき彼が披露宴の席から出ていかなかったら、彼はあの場でゴードンを殺していたかもしれない。マイケルはメアリーにもそう説明した——ダニーがパーティ会場から姿を消したのは、バカなことをしないためで、あの有名な癇癪を起こさないためだったのだと。

今のメアリーにはその意味はまだわからないだろうし、新郎に見捨てられて彼女が傷ついていることも、その原因をつくったのが自分の弟だという当惑も、マイケルには理解できた。彼女はもう二度とゴードンと口をきかないと宣言した。さすがのゴードンもこれからは酒に溺れないように気をつけるだろう。今、彼は結婚式を台無しにしたことで、ダニーに仕返しをされるのではないかと本気で怯えていた。もしもダニーが本気で怒っていたら、ゴードンは覚悟を決めるしかない。ダニーにはゴードンに報復する権利があるのだから。メアリーの結婚式、彼女についてあんなことを言うとは論外だ。しかも花婿は、なんの躊躇もなく人を殺せる人間なのだから。ダニーは何時間も人を拷問しつづけ、その恐怖の悲鳴を楽しめる人間だ。まったくゴードンはなにを考えているんだ？　あきれた茶番だ。今までこんな異常なことを経験したことがないマイケルには、これがどういう結果になるかがわからなかった。

メアリー・カドガンとなった彼女が目を覚ますと、昨日結婚したばかりの夫が、シャワーを浴びるために服を脱いでいる姿が見えた。目を開けて、彼がそこに立っているのを見つけた彼女は、胸が高鳴った。むりやり身体を起こそうとすると、昨夜酒を飲みすぎたせいで、咽がからからに渇き、頭がずきずきと痛んだ。夫が裸でバスルームにむかうのを見ながら、メアリーは彼がなにも言わないことに驚いた。まるで前日の騒ぎなどなかったかのようだった。ダニーは肩越しにふりかえり、軽い調子で言った。「紅茶をいれてくれ。それからそのドレスを脱いでくれないか？　頭のいかれた女の家に来たかと思ったぞ」

彼の態度は、まるでふだんと違うことはなにも起こっていないかのようだった。メアリーはまごつき、まだ怒りを感じながら、幸せな気分で飾りつけをした寝室を見まわし、化粧台の鏡に映った自分の顔を見た。それはひどい顔で、目の周りは崩れた化粧の黒い縁取りができ、涙の跡が頬だけでなく首にまで筋となって残っていて、何歳も老けたように見えた。自分の顔を見ているうちに、前日の記憶がよみがえってきて、彼女はまた涙を飲み込んだ。口のなかが乾き、酒臭いのが自分でもわかる。立ち上がったとたんに、身体がぐらりと揺れ、このまま気を失って死んでしまえば、この先のつらい人生に向き合わずにすむと思ったが、気を失いはしなかった。そこで彼女はウェディングドレスを脱いだ。ドレスはすっかり汚れていたので、寝室の床に脱ぎ捨て、夫のことを考えながら買ったシルクのガウンをはおった。それから化粧を落としながら、シャワーの水音がとまるのを待った。これから彼と喧嘩になるのはわかっていたし、それを避ける方法はなかった。あの結婚式でひどい茶番劇を演じた彼女たちを、ダニー・ボーイが許すはずがなかった。彼女はベッドの端に腰をおろした。二人で寝そべり、愛し合い、話をする場所と信じていたベッドに。彼女がここで胸が張り裂けるほど泣いたせいで、寝具の一部が乱れていた。彼女は屈辱感にうちひしがれていた。

まるで何事もなかったかのように、ダニー・ボーイは彼女に紅茶をいれてくれと言った。気が短くて怒りっぽいという彼の評判は知っていたが、その怒りが自分に向けられるとは彼女は夢にも思わなかった。そこで彼女はその場にすわりこみ、彼がシャワーを浴び終えるのを待ちながら、彼が考えている罰を受け入れようと決めていた。

寝室に戻ってきたダニーの身体は、シャワーの水できらめいていて、メアリーは思わずたじろいだ。全裸の彼を見て、彼女は初めて彼の大きさに気づいた。がっしりした体格で、全身が筋肉となめらかな肌に包まれている。彼女は自分が失ったものへの悔恨に、ふたたび涙がこみあげてきた。ダニーが目の前に立つと、メアリーは彼のハンサムな顔を見上げた。彼女が昔から憧れていたその顔が、彼女にむかって微笑んでいた。物憂げでにこやかな笑みは、だれもが彼を好青年と思い込んでしまう表情だった。

妻を見つめる彼のダークブルーの目には怒りは浮かんでおらず、それどころか優しく、彼女を気づかうような目だった。メアリーは結婚式を台無しにしたことで、彼に叱られないのが不思議でならなかった。「大丈夫かい？」

心配そうな声で彼は言った。そのあまりに優しい口調に、彼女は自分が夢を見ているのではないかと思った。

メアリーは悲しげに首を振った。「あんなことになって、本当にごめんなさい、ダニー・ボーイ。ゴードンは自分がなにを言っているのかわかってないのよ……お酒のせいで、それにいつもドラッグをやってるせいで……」

自分がなぜ弟の行ないを正当化しようとしているのか、彼女自身にもよくわからなかった。かばってやる必要などないはずだ。弟は彼女になにもしてくれないのだから。

ダニーは床にひざまずき、静かな声で言った。「やつは本当のことを言っただけだ、そうだろう。おまえは汚らしい売春婦で、おれはその事実を受け入れて生きていかねばならない、違うか？」

そして彼はにやりと笑った。歯並びのよい歯を見せると、使ったばかりの歯磨き粉のミントの香りがした。彼は笑みを浮かべたまま、穏やかな口調で言った。「さあ、早く紅茶をいれろ。同じことを二度言わせないでくれ」

〔下巻へ続く〕

マイクル・クライトン

失われた黄金都市
平井イサク訳

調査隊全滅の真相を究明せんとコンゴのジャングルへ向かった科学者たちが目にした驚異

スフィア—球体—上下
中野圭二訳

南太平洋に沈んで三百年が経つ宇宙船を調査中の科学者たちは銀色に輝く謎の球体と遭遇

サンディエゴの十二時間
浅倉久志訳

大統領が来訪する共和党大会に合わせて仕組まれた恐るべき計画とは……白熱の頭脳戦。

アメリカ探偵作家クラブ賞受賞

緊急の場合は
清水俊二訳

違法な中絶手術で患者を死に追いやって逮捕された同僚を救うべく、ペリーは真相を探る

ターミナル・マン
浅倉久志訳

脳への外傷が原因で暴力性の発作を起こす男が、コンピュータ移植手術に成功するが……

ハヤカワ文庫

マイクル・クライトン

北人伝説
乾 信一郎訳

十世紀の北欧。イブン・ファドランはバイキングと共に伝説の食人族と激戦を繰り広げる

ジュラシック・パーク 上下
酒井昭伸訳

バイオテクノロジーで甦った恐竜が棲息する驚異のテーマ・パークを襲う凄まじい恐怖！

ロスト・ワールド——ジュラシック・パーク2 上下
酒井昭伸訳

六年前の事件で滅んだはずの恐竜が生き残っている？ 調査のため古生物学者は孤島へ！

ディスクロージャー 上下
酒井昭伸訳

元恋人の女性上司に訴えられたセクシュアル・ハラスメント事件。ビジネス・サスペンス

タイムライン 上下
酒井昭伸訳

十四世紀にとり残された教授を救え。量子理論をもとに描く驚異のタイムトラベル冒険譚

J・C・ポロック

樹海戦線
沢川　進訳
カナダの森林地帯で元グリーンベレー隊員とソ連の特殊部隊が対決。傑作アクション巨篇

ミッションＭＩＡ
伏見威蕃訳
囚われの身となった戦友を救うべく、元グリーンベレーの五人がヴェトナム奥地に潜入！

トロイの馬
沢川　進訳
ソ連の科学者が自国の核兵器を無力化させる米国の極秘計画を持ってプラハで亡命を計る

デンネッカーの暗号
広瀬順弘訳
死んだ元ＳＳ中将が記した手帳の暗号。謎を解く元グリーンベレー隊員は黒い謀略の中へ

復讐戦
広瀬順弘訳
デルタ・フォースの元中佐ギャノンは、妻を惨殺した犯人を追って旧友と密林に向かう。

ハヤカワ文庫

J・C・ポロック

狙撃
広瀬順弘訳

米大統領を狙う超一流の暗殺者を、大統領警護課長と元デルタ・フォース中佐が迎え撃つ

略奪者
広瀬順弘訳

ナチが集めた名画を狙う国際テロリスト。追うCIAとモサドのコンビ。死闘の行方は？

かくも冷たき心
中原裕子訳

連続殺人を犯し姿を消した元KGB要員。密命を帯びた元CIA工作員が捜索に乗りだす

射程圏
中原裕子訳

殺人現場を目撃した高級娼婦と彼女の護衛にあたる刑事を、第一級のスナイパーが狙う！

終極の標的
広瀬順弘訳

墜落機で見つけた大金をめぐり、元特殊部隊員は命を狙われるが……冒険アクション巨篇

ハヤカワ文庫

クリス・ライアン

襲撃待機
伏見威蕃訳

爆弾テロで死んだ妻の仇を討つため、SAS軍曹シャープは秘密任務を帯びて密林の奥へ

弾道衝撃
伏見威蕃訳

誘拐された恋人と子供の命を救うべく、SAS軍曹シャープはIRAのテロリストに挑む

偽装殲《せん》滅《めつ》
伏見威蕃訳

ロシアに小型核兵器を設置せよ——困難な任務に赴いたシャープ軍曹らに思わぬ運命が。

孤立突破
伏見威蕃訳

戦火に揺れるアフリカの共和国で、孤立無援の状況に陥ったシャープ曹長らの壮絶な闘い

特別執行機関カーダ
伏見威蕃訳

MI6直属の秘密機関に入った元SAS隊員ニール・スレイターは、驚くべき陰謀の中へ

ハヤカワ文庫

冒険アクション

暗殺工作員ウォッチマン
クリス・ライアン／伏見威蕃訳

上司を次々と暗殺するMI5工作員とSAS大尉テンプルが展開する秘術を尽くした戦闘

SAS特命潜入隊
クリス・ライアン／伏見威蕃訳

フォークランド諸島の奪取に再び動き始めたアルゼンチン軍とSASの精鋭チームが激突

テロ資金根絶作戦
クリス・ライアン／伏見威蕃訳

MI5の依頼でアルカイダの資金を奪った元SAS隊員たちに、強力な敵が襲いかかる。

傭兵部隊〈ライオン〉を追え上下
ブラッド・ソー／田中昌太郎訳

アメリカの大統領を誘拐した傭兵組織と闘うシークレット・サーヴィス警護官ハーヴァス

テロリスト〈征服者〉を撃て上下
ブラッド・ソー／田中昌太郎訳

幾多のテロ組織を統合する黒幕を倒せ。素顔も知れぬ標的を追うハーヴァスの痛快な活躍

冒険アクション

氷雪のサバイバル戦
デイヴィッド・ダン／佐和　誠訳
自然を知りつくした男キアと武装した傭兵たちが雪山で対決。クライブ・カッスラー絶賛

鷲の眼 上下
デイヴィッド・ダン／田中昌太郎訳
邪悪な研究の秘密を握る調査員サムに暗殺者の魔手が迫る。注目の気鋭が放つ白熱の巨篇

ステルス原潜を追え 上下
テッド・ベル／広瀬順弘訳
海賊の末裔にして大富豪の勇者ホークが、キューバでクーデターを計画する一派と闘う。

ハシシーユン暗殺集団 上下
テッド・ベル／広瀬順弘訳
妻を殺害した犯人を探しつつ、ホークは女暗殺者集団を率いる男の陰謀の阻止に向かう。

特別追撃任務
マーカス・ウィン／遠藤宏昭訳
元特殊部隊員の殺人鬼を、同じ特殊部隊の精鋭が追う。対テロ活動の専門家が描く話題作

レイ・ブラッドベリ

火星年代記
小笠原豊樹訳
火星に進出する人類、そして消えゆく火星人——その姿と文明を描く、壮大なSF叙事詩

華氏四五一度
宇野利泰訳
焚書の任務に何の疑問も抱かなかった男が初めて持った恐るべき秘密とは？　不朽の名作

太陽の黄金《きん》の林檎
小笠原豊樹訳
地球救出のため、宇宙船は、全てを焦がす太陽の果実を求める旅に出た……22の傑作童話

よろこびの機械
吉田誠一訳
火星の古井戸で、あることを待つ男の悲哀を描いた「待つ男」など21篇を収録した短篇集

黒いカーニバル
伊藤典夫訳
処女短篇集『ダーク・カーニバル』からと、雑誌発表作などを収録した珠玉の初期短篇

ハヤカワ文庫

話題作

レッド・ドラゴン〔決定版〕上下
トマス・ハリス／小倉多加志訳
満月の夜に起こる一家惨殺の殺人鬼と元FBI捜査官グレアムの、人知をつくした対決！

夜明けのヴァンパイア
アン・ライス／田村隆一訳
アメリカから欧州と現代までの二百年間歴史の闇を渡り歩いた驚くべき伝説の吸血鬼物語

ローズマリーの赤ちゃん
アイラ・レヴィン／高橋泰邦訳
マンハッタンの古いアパートに越してきた若妻ローズマリーの身に次々起きる奇怪な事件

逃亡者
J・M・ディラード／入江真佐子訳
妻殺しの罪を着せられ死刑を宣告された医師が、真犯人捜しに燃え決死の逃亡をつづける

ゴッドファーザー上下
マリオ・プーヅォ／一ノ瀬直二訳
陽光のイタリアからアメリカへ逃れた男達が生んだマフィア。その血縁と暴力を描く大作

ハヤカワ文庫

勇敢なる艦長と博識の医師
友情で結ばれた二人の活躍を描く帆船小説

英国海軍の雄
ジャック・オーブリー・シリーズ

パトリック・オブライアン
高橋泰邦／高沢次郎／高津幸枝／大森洋子訳

英国海軍の艦長ジャック・オーブリーは腕のよい軍医スティーブン・マチュリンとともに、七つの海へと任務に赴く……勇敢な艦長と軍医の活躍を、二人の友情を絡めて描く海洋冒険シリーズ。

新鋭艦長、戦乱の海へ
勅任艦長への航海
特命航海、嵐のインド洋
攻略せよ、要衝モーリシャス
囚人護送艦、流刑大陸へ
ボストン沖、決死の脱出行
風雲のバルト海、要塞島攻略
封鎖艦、イオニア海へ
灼熱の罠、紅海遥かなり
南太平洋、波瀾の追撃戦
映画化名
「マスター・アンド・コマンダー」
（各上下巻）

ハヤカワ文庫

訳者略歴　青山学院大学文学部英米文学科卒，英米文学翻訳家　訳書『アリバイのA』グラフトン，『骨の城』エルキンズ，『バニー・レークは行方不明』パイパー，『ドラマ・シティ』ペレケーノス（以上早川書房刊）他多数

HM=Hayakawa Mystery
SF=Science Fiction
JA=Japanese Author
NV=Novel
NF=Nonfiction
FT=Fantasy

フェイス
〔上〕

〈NV1186〉

二〇〇八年十一月十日　印刷
二〇〇八年十一月十五日　発行
（定価はカバーに表示してあります）

著者　マルティナ・コール
訳者　嵯《さ》峨《が》静《しず》江《え》
発行者　早川浩
発行所　株式会社　早川書房
郵便番号　一〇一‐〇〇四六
東京都千代田区神田多町二ノ二
電話　〇三‐三二五二‐三一一一（大代表）
振替　〇〇一六〇‐三‐四七七九九
http://www.hayakawa-online.co.jp

乱丁・落丁本は小社制作部宛お送り下さい。
送料小社負担にてお取りかえいたします。

印刷・株式会社亨有堂印刷所　製本・株式会社明光社
Printed and bound in Japan
ISBN978-4-15-041186-2 C0197